별별다방으로 오세요!

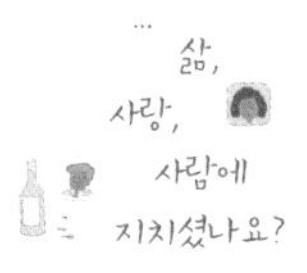

별별다방으로 오세요!

홍여사 지음

북클라우드

작가의 말

저희 별별다방이 문을 연 지도 어느새 1년 반의 시간이 훌쩍 지났습니다. 작년 2월, '별별다방 홍여사'로 여러분께 첫인사를 올리며 마음의 휴식과 정겨운 수다가 필요하신 분들은 들러주십사 청했었지요. 지갑 대신 고민을 품에 안고 부담 없이 드나들며 믿음직한 여주인에게 속마음도 털어놓고 손님들의 위로도 받을 수 있는 공간이 되고자 저희 별별다방은 노력해왔습니다.

그렇게 새봄을 맞이하고, 1년이 훌쩍 지나 두 번째 여름을 맞이하는 지금, 저는 별별다방이 걸어온 발자취를 벅찬 마음으로 돌아봅니다. 수많은 분들이 용기를 내어 별별다방 우편함에 사연을 보내주셨고, 지면과 커뮤니티에 소개되어 손님들의 격렬한 공감을 불러일으킨 사례만 해도 300회를 넘었습니다. 예상을 뛰어넘는 열렬한 성원만 해도 놀랍고 감사한 일입니다만, 제가 특히 자랑스럽게 생각하는 점은 저희 별별다방만의 품격과 가치입니다. 여느 온라인 커뮤니티들과 달리 중년 이상의 연령층도 활발히 참여하여 인생의 진지한 문제를 화두로 던져주신다는 점, 그리고 타인의 고민이나 의견을 따뜻한 시선으로 감싸 안아주시는 분들이 많다는 점에 별별다방 안주인으로서 큰 자부심을 느낍니다. 어떠한 상황에서도 상대방에 대한 예의를 잃지 않으며, 풍부한 인생 경험이 녹아든 조언을 품위 있는 언어로 남겨주시는 저희 단골손님들은 별별다방의 자랑이자, 보물입니다.

별별다방이 이룬 지난 1년의 성과는 전부 손님들 여러분의 공이고 덕입니다. 감사하는 마음으로 저는 앞으로도 여러분의 이야기에 성심껏 귀 기울이겠습니다. 이 책은 여러분에게 바치는 트로피이자 홍여사의 작은 약속으로 알아주세요. 아직 별별다방에 들르신 적이 없는 분이라면 이 책을 '별별다방으로의 초대장'으로 생각해주시길 바랍니다. 타인의 이야기에 귀 기울여줄 마음의 여유만 있으시다면, 언제든 부담 없이 들러주세요. 별별다방은 우리 모두의 사랑방이고, 당신이야말로 별별다방의 주인이십니다.

2015년 여름,
당신의 이야기에 귀 기울이며
홍여사 드림

story 1 남도 아니요, 피붙이도 아니요 그대 이름은 부부

story 2

믿음을 저버린 너, 돌아서지 못하는 나 위기의 부부

story 3 어느 날, 내 가족이 남처럼 느껴질 때

story 4 달라진 세상의 新트렌드 시월드와 백년손님

story 5 나는 아직도 누군가를 사랑하고 싶다

story 1

남도 아니요,
피붙이도 아니요
그대 이름은 부부

행복한 가정의 모습은 한 가지이지만,
불행한 결혼의 모습은 저마다 다르다.

톨스토이의 소설 〈안나 카레니나〉의 첫 문장입니다. 소설의 위대함과는 별도로, 결혼과 인생에 대해 이야기할 때 자주 인용되는 말이지요. 그러나 가만히 생각해보면 그 날카로운 통찰을 담은 말은 톨스토이와 같은 대문호가 아니라도 누구나 할 수 있는 말이기도 합니다. 100점을 맞은 답안지는 모두 똑같지만 엉망진창의 점수를 받은 답안지는 제각각 다른 답이 적혀 있습니다. 같은 이치로 행복의 모습은 하나이고 불행의 양상은 제각각이라는 뜻일 테지요.

그러나 별별다방을 통해서 실로 다양한 부부의 행복과 불행한 이야기를 접하게 되면서 그 익숙한 문장이 제게 조금씩 새로운 의미로 다가오기 시작했습니다. 톨스토이가 말하는 '행복한 가정의 모습'이란 우리 모두의 마음속에 존재하는 결혼에 대한 이상적인 이미지를 뜻하는 건지도 모르겠다고 말입니다. 아마 '행복한 사람들은 이렇게 살겠지'라고 막연히 꿈꾸는 완벽한 모습처럼 사람들이 생각하는 행복의 이미지는 하나입니다. 실제로 행복한 부부를 말하는 것이 아니고요. 그러나 우리가 살고 있는 현실은 어떤가요? 그 누구도 완벽한 삶을 살고 있지는 못합니다. 제아무리 완벽한 선남선녀가 만났다 해도 그 결합은 완벽하지 못합니다. 현실의 부부들은 모두 나름의 문제를 끌어안고 살아갑니다. 불행한 결혼의 모습이 저마다 다르다는 건 그런 뜻일 겁니다.

물론 문제의 크기와 무게는 천차만별입니다. 외도나 폭력, 파산이나 가출을 경험하는 부부도 있지만, 대개의 부부는 일상생활 속에서 주고받는 말과 행동으로 문제를 키워갑니다. 처음에는 저도 모르게 별별다방의 사연을 몇 단계로 분류해보곤 했습니다. 파탄일로를 걷는 부부부터, 아옹다옹 사랑싸움 중인 부부까지 고민의 심각성에 따라 사연의 등급(?)을 나누는 거지요. 그러나 요즘은 그런 구분에 그다지 의미를 두지 않습니다. 크고 무거운 문제를 안고 있는 부부나, 가볍고 유치한 문제를 안고 있는 부부나 본인들이 느끼는 스트레스와 화는 다르지 않다는 걸 깨달았습니다. 어쩌면 불행한 사건보다 더 견디기 힘든 것이, 불행한 일상이 아닐까 하는 생각마저 드는 요즘입니다.

누구나 일생일대의 사람을 선택해서 사랑의 서약으로 결혼을 하지만, 결혼생활은 거룩한 순애보가 아니라 일상생활입니다. 일상생활이라는 네 글자가, 보기에는 가볍고 쉬워 보이지만, 어쩌면 가장 길고도 지루한 인내의 길인지도 모릅니다. 종일 누워서 뒹구는 남편, 옷을 벗어서 여기저기 늘어놓는 아내를 견뎌온 수십 년의 세월은 우리의 성격마저도 바꿔 놓습니다. 허허 웃으며 넘어가 줄 수 있다면 그건 이미 득도의 경지겠지요. 대부분 사람들은 배우자의 사소한 단점에 점점 더 치를 떨게 됩니다. 연애할 때 같으면 귀여워 보일 일도 중년의 부부는 눈을 흘깁니다. 문제 자체보다도, 배우자를 참고 살아온 긴 세월이 사람을 미치게 합니다. 더 큰 문제를 안고 사는 사람들도 분명 있겠지만 그건 그들의 문제이고, 우리는 우리의 문제로 팽팽히 맞섭니다.

게다가 일상이라는 희한한 렌즈는 신기한 마술을 부립니다. 큰 문제가 있으면 작은 문제들이 안 보이지요. 그러나 큰 문제가 없을 때는 작은 문제가 커집니다. 결국, 스트레스의 크기는 같아지지요. 별별다방 우편함은 그야말로 '호강에 겨운' 부부의 하소연으로 가득합니다. 일상의 말과 행동으로 나를 미치게 하는 그 사람을 고발하는 사연들이지요. 물론 그들도 알고 있습니다. 별별다방이든 그 누구든, 제 3자가 해결책을 줄 수는 없다는 것을요. 그들이 바라는 건 누군가의 공감과 격려입니다. 그리고 어쩌면 따끔한 질타의 말을 더 필요로 하는 건지도 모르겠습니다. 그대 못지않게 그대의 남편도 고될 거라는, 그대의 아내도 할 말이 있을 거라는 깨우침 말입니다. 이해할 수 없다, 참아낼 수 없다는 비명 속에, 이해하고 싶고 화합하고 싶다는 마음의 소리가 더 크게 들리는 건 저뿐만이 아니겠지요?

부부의 행복이란 둘이 함께 문제를 풀어나가려는 자세에 더 가깝습니다. 나와는 다른 너를 깊이 끌어안으려는 몸짓입니다. 그렇다면 〈안나 카레니나〉의 저 문장을, 우리 별별다방은 이렇게 바꾸어 달아보았으면 좋겠습니다.

행복한 부부의 모델은 하나이지만, 우리가 행복을 느끼는 삶의 순간은 실로 다양하다고.

좋~겠다, 당신은?!

가정은 몸과 마음의 안식처라야 합니다. 그러나 안과 밖에서 시달릴 대로 시달리다가 저녁 식탁에서 맞닥뜨린 남편과 아내는 상대방의 휴식을 용납하지 못합니다. 너보다는 내가 먼저 쉬어야겠다고 으르렁거리지요.
그러나 가만히 생각해보면, 상대방을 믿고 맘껏 으르렁댈 수 있다는 것 자체가 휴식인지도 모르겠습니다. '으르렁거림'에 '으르렁거림'으로 맞서다가도, 침대에 들 때는 서로의 귓가에 따뜻한 말 한마디를 불어넣을 수만 있다면, 부부는 매일 사랑의 역사를 쓰고 있는 건 아닐까요?

4월 중순이면 저희 부부는 13주년 결혼기념일을 맞이합니다. 결혼기념일이라고 해봐야 그저 두 딸 데리고 나가서 외식하는 게 전부지만, 그래도 매년 이맘때면 아련하게 이런저런 기억과 생각들이 떠오릅니다.

제 남편은 무뚝뚝하고 보수적인 사람이라 기억에 남을 만한 프러포즈 같은 건 생각조차 안 한 사람입니다. 그냥 말 한마디를 툭 던지더군요. 고생하더라도 우리 둘이면 견딜 만할 거 같다고요. 저는 그 말이 참 마음에 와 닿았었습니다. 손에 물 한 방울 안 묻히게 해주겠다는 호언장담보다는 한결 믿음직해 보였거든요. 그 말을 프러포즈로 알고 남편 뜻을 따랐습니다. 그리고 그 뒤로 살면서 한 번씩 그 말을 떠올리곤 했지요. 고생하더라도, 우리 둘이면 견딜 만하겠지….

그러나 마음에 힘을 주던 그 한마디 말은 세월이 가면서 점점 희미해져 갔습니다. 요즘은 힘이 되는 말이 아니라, 마음에 가시가 되어 박히는 남편의 말만 귓가에 울립니다. 언제부터인가 남편이 입버릇처럼 하는 말이 "힘들어서 못 해먹겠다", "이놈의 회사 당장 때려치우든지 해야지"입니다. 그리고 그보다 더 싫은 말은 이겁니다.

"좋~겠다, 당신은?!"

남편은 세상에서 제가 제일 부럽답니다. 다 키워놓은 두 딸은 입을 뗄 것도 없이 제 할 일 잘하지, 남편이 벌어다 주는 돈으로 자기 마음대로 살림 살고, 스트레스 없는 직업에 자기가 버는 돈으로 옷이나 사 입고 사교활동, 취미생활까지 두루두루 하는 여자라고요.

남편 말을 듣고 보면, 저도 제가 부러울 지경입니다. 제가 그렇게 복 많은 여자였던가요? 그런데 왜 이렇게 나날이 사는 게 전쟁 같고, 마음은 복잡한 걸까요?

결혼 4년 차 때까지는 원래 제가 하던 학원 강사 일을 계속했습니다. 하지만 둘째를 낳고부터는 일을 쉬었지요. 그러다가 4년 전부터 월, 수, 금 그룹과외로 아이들을 가르치고 있습니다. 버는 건 반밖에 안 되지만, 두 아이를 키우며 살림을 해야 하는 제 입장에서는 나쁘지 않은 조건입니다. 남편이 볼 때는 제가 하는 일이 그저 아이들 코 묻은 돈이나 받아 챙기면 되는 일인 줄 알아요. 심지어 "당신은 누구 눈치 안 봐도 되잖아"라는 말을 자주 합니다. 물론, 경쟁이 심한 회사에 다니는 남편에 비하면 제가 하는 일이 쉬워 보이겠죠. 하지만 스트레스 없는 일터가 어디 있나요? 요즘 애들이 얼마나 다루기 어려운지 모릅니다. 게다가 엄마들 요구사항 맞추는 게 또 장난이 아니에요. 힘들다 소리 하기 싫어서 말을 안 하니까, 남편은 제가 대접만 받고 돌아다니는 줄 아네요.

자기가 버는 돈이라고 자신한테만 쓰는 주부가 어디 있나요? 어쩌다 옷을 사도 애들 것이 먼저 눈에 들어오고, 그래도 고급으로 고르게 되는 건 남편 옷이지요. 저는 그냥 종일 애들 뒤치다꺼리만 하느라 365일 후줄근한 추리닝 바람으로 살던 때도 있었어요. 그 시절과 비교해서 요즘 씀씀이가 커졌다고 말한다면 정말 억울하네요.

다 키웠다는 두 딸도 그렇습니다. 큰애는 요즘 부쩍 말대꾸가 많은 데다, 감정기복이 심해요. 둘째는 알레르기성 비염을 달고 살고, 쓸데없이 완벽주의에 소심한 성격이라 잔걱정이 많습니다. 늦게 퇴근해서 딸들과 대화할 틈도 없는 아빠는 대수롭지 않게 생각하지만요.

남편이 말하는 취미생활인 수영도 둘째 낳고부터 왼쪽 다리가 하도 아파서 시작했습니다. 눈에 띄게 호전되는 걸 경험해서 4년째 매일 아침 수영을 하는 게 유일한 낙이자 습관으로 자리를 잡은 건데, 그게 남편 눈에는 대단한 호사로 보이는 모양입니다. 마누라가 운동 게을리하다가 늘그막에 골골해서 좋을 게 뭔지요? 하긴 제가 어디 아프다고 하면, 남편은 자기가 더 아프다며 자기 말만 하는 사람이니….

돌이켜 보면 저희 친정아버지는 바깥일이 힘들다는 불평을 가족들 앞에서 한 번도 안 하신 거 같아요. 물론 세상이 더 팍팍해진 탓도 있겠지만, 남편은 어째서 그런 말을 듣는 마누라와 딸들의 마음을 생각하지 않는 걸까요? 게다가 매사에 자신과 아내를 비교하며, 자신이 더 고생하고 있다고 푸념하는 남편. 둘이 같이 고생하면 견딜 만하겠다더니, 혼자만 고생하는 거 같아 억울한 걸까요? 분명히 마음은 안 그럴 텐데. 마누라 고생 안 시키고 싶고, 두 딸에게도 세상에서 제일 믿음직한 아빠가 되고 싶을 텐데….

차라리 호강시켜주겠다고 호언장담하는 남자를 만났어야 하나요?

별별다방으로 오세요!

… 사연을 보니 그래도 참 행복한 부부 같네요. 행복하세요.

별별다방 커뮤니티에 달린 여러 댓글 중에 손님 한 분이 이런 말을 남겨놓으셨더군요. 고민의 무게로 손님을 차별하지는 않는다는 별별다방의 원칙을 믿고 속마음을 털어놓으셨을 텐데, 행복해 보인다는 뜻밖의 반응에 당황하셨을지도 모르겠습니다. 그러나 오해하지 마세요. 행복이라는 단어에 어떤 비아냥이 섞여 있는 건 아닐 겁니다. 그만큼 님의 고민이 평범한 부부들의 일상적 고민에 속한다는 뜻일 겁니다. 평범한 아내라면 누구나 님과 같은 이유로 한숨 쉰 적이 있을 겁니다. 아내뿐이겠어요? 남편 역시 아내가 내뱉는 무심한 입버릇에 상처받고, 과민해진 적이 있겠지요. 배우자의 엄살과 공치사에 눈을 흘겨보지 않은 사람은 없을 겁니다. 아마도 님의 마음을 우울하게 하는 남편의 말들은 어느 가정에서나 자주 들리는 말일 겁니다.

그 기분 잘 안다며 많은 분이 공감의 댓글을 남겨주신 가운데, 스스로 자신을 돌아보는 반성의 댓글도 눈에 띄더군요. “저도 와이프와 살며 그런 말 한 적 있나 되짚어보는 중입니다”는 남편, 그리고 “사회생활을 해봐서, 남편한테 미안할 때가 있어요”라는 아내까지. 그리고 그보다 더 눈여겨봐야 할 것은 남편의 심리를 대변해주는 댓글입니다.

> … 남자가 그런 말을 하는 심리는 내가 고생해서 가족을 이만큼이나 먹여 살리고 있으니 고맙다는 말을 한 번쯤 듣고 싶은 겁니다.

우리 여자들이 보기엔 참 답답한 일이지요. 얘기를 나누고 싶으면 커피 한 잔 아내에게 건네며 마주 앉으면 될 터인데, 가장으로서 한 번씩 공치사라도 듣고 싶으면 아이들 불러서 아빠 어깨 좀 주무르라고 하면 될 터인데, 왜 매번 애먼 아내에게 가시 박힌 말을 던지는 걸로 풀까요?

남자와 여자의 화법이 그렇게 다른 겁니다. 남자들은 대개 자신의 복잡한 생각을 한마디로 뭉뚱그려 표현합니다. 쓰는 어휘의 수 자체가 적지요. 입버릇이 된 남편의 한마디 말 속에는 실은 이런저런 다양한 감정이 깃들어 있는 건지도 모릅니다. 말을 액면 그대로만 받아들이지 말고, 남편의 기분을 살핀다면 상처받을 일도 적어지겠지요. 하지만 그게 말처럼 쉬운 일은 아닙니다. 차라리 남이라면 쿨하게 넘어가 줄 수 있을 말도, 부부끼리의 대화에서는 도화선이 되곤 하지요.

아닌 게 아니라, 부부간의 대화가 친구와의 대화보다 훨씬 어렵다는 분이 많습니다. 그런 분들의 사연을 접할 때마다 저는 나름대로 이유를 생각해보곤 합니다. 친구는 잠깐 만나고 헤어지는 사이지만 부부는 한이불을 덮고 잠들어야 하는 사이이기 때문일까. 친구와는 즐거운 일로 만나지만, 배우자와는 안 좋은 일로 대화를 할 때가 많아서인가? 그런데 오늘, 님의 사연을 읽고 저는 새로운 깨달음을 하나 얻었네요. 부부의 대화가 유독 힘든 건 바로 콩깍지 때문입니다.

님이 들려주신 남편의 프러포즈 이야기, 그 어떤 화려한 이벤트보다도 마음에 와 닿는 말 한마디에 결혼을 결심했다는 이야기에 저는 미소 지었습니다. 과연 그게 말 한마디의 위력이었을까요. 어쩌면 님은 다른 어떤 구혼의 말을 들었더라도 "YES"라고 대답할 마음의 준비가 되어 있었던 게 아닐까요. 이미 마음이 열린 여자에게는 그 어떤 말도 위력적인 힘을 발휘하지요. 눈이 아닌 귀에 콩깍지가 씐 상태라고나 할까요?

그러나 불행히도 콩깍지는 오래지나지 않아 벗겨집니다. 남편의 눈을 덮었던 콩깍지도 이미 벗겨졌을 테지만, 아내의 귀를 덮고 있던 콩깍지 역시 마찬가지입니다. 어쩌면 자연스럽고 건강한 변화겠지요. 문제는, 콩깍지가 벗겨진 자리에 새로운 콩깍지가 씐다는 거지요.

수수한 말 한마디를 부풀려서 행복의 꿈에 젖던 아내가 이제는 남편의 말을 고깝게 듣게 됩니다. 나 들으라고 하는 소리인가 발끈하게 하고, 벌써 골백번도 더 들은 소리를 또 하려는 건가 싶어 미리 욱하게 하는 그 콩깍지 말입니다.

아마 환상을 가지고 있었기에, 환멸도 큰 탓이겠지요. 내 자신에게 속아놓고, 배우자가 나를 속였다고 우기는 겁니다. 이젠 실체를 알았고, 상대방을 훤히 꿰뚫고 있다고 생각합니다. 고정된 이미지를 가지고 상대를 대할수록, 대화는 항상 같은 패턴으로만 흐르고,

상대방 역시 똑같은 방식으로 나올 수밖에 없지요. 말하자면 악순환입니다.

말 너머의 본심에 늘 귀를 기울이라는 말은, 그 악순환을 벗어나라는 주문입니다. 그러나 그게 쉬운 일이 아니기에 대부분 부부는 일정한 패턴의 대화를 나누며 살아가는 것이지요. 여느 부부와 다를 바가 없다면, 그건 문제가 없다는 뜻이겠지요.

그러나 님의 경우, 분명 문제가 있어 보입니다. 제가 느낀 특이한 점은 님의 소극적인 대응방식입니다. 대개의 부부는 아옹다옹, 주거니 받거니 만담과도 같은 대화를 많이 합니다. 그러다가 한 번씩 불꽃이 튀기도 하고요. 그런데 님은 속으로만 상처를 받고 계신 듯하네요. "좋~겠다, 당신은?!"이라는 말을 들을 때 님이 적당한 농담을 섞어가며 남편에게 반격이라도 하고 계시다면, 그 스트레스는 반으로 줄어들지 않을까요?

사실 저는 님의 글에서 두 가지 목소리를 한꺼번에 읽었어요. 겉으로는 남편을 원망하고, 자신의 입장을 항변하고 있어요. 그러나 그 밑에 감춰진 또 하나의 목소리는, 무력하게 남편의 말을 수긍해 버립니다. 왜일까요?

본심과 다르게 가시가 돋친 말을 하는 남편의 말투, 분명 고쳐야 할 습관입니다. 그러나 남편의 말을 자기 속의 거울에 비춰서 마음대로 해석하는 님 역시 자신을 돌아볼 필요가 있습니다. 마음 속 혼자만의 거울을 깨고, 콩깍지 벗은 귀로 남편의 말에 귀 기울일 수 있을 때, 님은 여유를 가지고 대화에 임할 수 있을 것 같아요. 남편의 말을 쿨하게 웃어넘기며, 도리어 남편을 꼼짝 못하게 만들 말 한마디를 던지세요. 그 날의 님을 위해, 별별다방의 댓글 하나를 전해드립니다.

… "가정의 대들보, 당신! 고마워! 오늘도 수고했어요!"라고 남편을 격려해주세요! 나도 피곤한데, 그런 마음이 안 난다고요? 그렇다고 언제까지 누가 더 피곤한지 경쟁하시겠어요?

곱게만 자라 개천의 용에게 시집온 나의 아내

'훌륭한 지휘관은 나쁜 소식은 전하지 않는 법이다.'
어린 시절 제 아버지께서 자주 하시던 말씀입니다. 농담 섞인 그 말씀 속에 가장으로서의 묵직한 책임감과 부담감이 실려 있었다는 것은 수십 년이 지난 뒤에야 깨달았지요. 수컷끼리의 싸움에서 상처를 입어도, 주머니 속에 보풀만 가득해도, 넉넉한 웃음으로 가족들을 보호하고 싶은 아버지의 마음에 우리는 늘 박수를 보냅니다.
그러나 경쟁은 치열해지고, 계층 간 격차는 커져만 가는 요즘 세상에 젊은 가장의 길은 전보다, 더 고단한지도 모르겠습니다. 그 길을 나란히 걸으며 어깨를 감싸 안아줄 동반자가 아쉽다는 오늘의 손님. 여러분의 따뜻한 격려가 필요합니다.

결혼 13년 차의 40대 남성입니다.

제 나이 친구들 얘기를 들어보면, 신혼인 몇 년 동안은 부부간 힘겨루기와 성격 차이로 다툼이 치열했다더군요. 그러나 저희 부부는 말다툼조차 거의 없이 10여 년을 보냈습니다. 그렇게 천생연분인 채로 백년해로하면 더없이 좋을 텐데, 결혼생활의 위기가 이제야 뒤늦게 드러나는 듯하여 고민입니다.

아내와 저는 캠퍼스 커플로 만났습니다. 동기들 사이에서도 인기녀였던 아내에게 첫눈에 반해 한동안 남몰래 해바라기 했었고, 사귀게 된 지 3년 만에 결혼에 골인했지요. 돌이켜보면 저에겐 참 눈물겨운 구애의 시절이었습니다. 나름 아내의 콧대가 높기도 했지만, 시골 출신인 저와 비교도 안 되게 유복한 환경에서 자란 사람이었기에 더욱 다가가기 어려웠거든요. 사귀는 동안에도 저는 고민이 많았습니다. 흔히들 말하는 '개천의 용'조차 되지 못한 제가 남의 집 귀한 딸에게 평생을 같이하자고 말해도 되는 것일까? 그러나 아내의 태도는 확고했습니다. 태어나서 지금껏 이렇게 마음 편하게 해준 사람이 없었다며, 돈보다는 마음의 행복이 우선이라고. 없으면 없는 대로 웃으며 살자더군요. 이 친구가 역시 세상 무서운 줄을 모르는구나 싶으면서도 그 말이 무척 기쁘고 고마웠습니다. 결혼하면서 저는 결심을 했습니다. 이 철모르는 아가씨가 언제까지나 천진

난만할 수 있도록, 튼튼한 울타리가 되어주겠다고요.

그 뒤로 저희 부부는 초심을 잃지 않으려고 애쓰며 살았습니다. 아내는 씀씀이를 줄이고, 알뜰한 주부로 거듭났고, 저는 저대로 아내가 원하는 건 다 해주려고 노력했습니다. 어렵게 자라 절약이 몸에 밴 저이지만, 아내에게만은 다른 기준을 적용했죠. 그렇게 우리는 새로운 가정을 꾸려나갔고, 눈에 넣어도 아프지 않을 두 딸이 연년생으로 태어났습니다. 문제는 그 아이들이 자라 유치원에 다닐 때쯤부터 시작되었습니다. 본인의 생활은 여느 주부들보다 더 알뜰해진 아내가 아이들에 관해서는 다른 눈높이를 갖게 되더군요. 이것도 입혀보고 싶다, 저것도 입혀보고 싶다, 인형 놀이 같은 옷탐으로 시작된 쇼핑이 각종 교구며 완구 도서로 확장되더니, 영어유치원과 놀이학교 얘기가 나오면서부터는 걷잡을 수 없이 커졌습니다.

마침 저는 다니던 직장을 그만두고 제 사업을 시작한 참이었습니다. 제 적성에 사업이 잘 맞는 건 아니었지만, 이대로 월급쟁이 생활만 해서는 아내와 두 딸을 제대로 뒷받침할 수 없을 것 같은 조바심이 컸기 때문에 결단을 내렸던 겁니다.

다행히 빨리 자리를 잡았고, 일도 잘 풀려서 직장생활 하던 때보다는 한결 여유로운 생활이 가능해지긴 했지요. 그러나 어떻게 된 게, 월급 받을 때보다 더 쪼들리는 기분이 드네요. 두 아이가 모두 사립 초등학교에 들어갔고, 남들 시키는 웬만한 건 우리도 가르치자니 교육비가 정신없이 들어가더군요. 게다가 아내가 자주 만나는 학부모들 수준이 저희보다 여유롭다 보니, 뱁새가 황새 좇는 거나 다름없는 상황이 벌어지곤 합니다. 한 팀으로 묶어서 무슨 캠프를 보낸다거나, 그룹 과외를 받는 일은 물론이고, 하다못해 엄마들 차림새에서도 너무 뒤처질 수는 없지 않겠습니까?

소비 규모는 눈덩이처럼 불어나는데, 그렇다고 제가 하는 일이 크게 번창하고 있지는 않습니다. 특히 작년 하반기에는 생각지 못한 일로 큰 손실도 보았고, 아직도 그 수습이 끝나지 않은 상황입니다.

더 능력 있는 부모를 둔 친구들에게 전혀 뒤지지 않고, 어디서든 똘똘하다는 소리를 듣는 두 딸을 생각하면 지금 이 생활을 후회하지는 않습니다. 그러나 달라진 아내의 태도에 한 번씩 상처를 받고 막막해질 때가 있습니다. 아내는 여유롭던 본인의 어린 시절 이야기나, 잘 사는 처형들의 얘기를 불쑥 꺼내며 부러워하곤 합니다. 그리고 다른 학부모들에게서 귀동냥해온 쓸데없는 정보들에 속을 태웁니다. 그렇게까지 사교육에 투자하는 게 과연 온당한 부모인지 의구심도 들지만, 가능하면 아내와 딸들이 원하는 만큼 뒷받침하고 싶은 생각에, 저는 반대의견을 거의 내지 못하고 있지요.

역시 아내는 곱게 자라 물정을 모르는 사람인 모양입니다. 철이 없어서, 가난한 남친과 덜컥 결혼했고, 철이 없어서, 남편의 자금 사정에는 관심이 없습니다. 물론 제가 현재의 어려운 사정을 털어놓으면 뜻을 따라주기는 하겠지요. 그러나 근본적인 관념 차이는 늘 존재할 것 같습니다. 아내는 애초에 세상이 얼마나 각박하고 험악한지, 그리고 우리의 미래가 얼마나 불투명한지도 모릅니다. 스스로 경제관념을 갖고 자발적인 절약을 하는 것과 남편의 호소로 강요된 절약을 하는 건 엄연한 차이가 있겠지요. 어떤 식으로든 아내가 압박감을 느끼는 건 바라지 않습니다. 하지만 가끔씩 현실적인 부분을 저 혼자만 고민하고 감당해나가야 한다는 게 부담됩니다.

얼마 전 뉴스에서 경제적인 이유로 가족들을 해친 젊은 가장을 보고 깜짝 놀랐습니다. 딸들 앞에서 욕설까지 하며 그를 비난했지만 제 속마음은 어쩌면 은밀한 공감이었는지도 모르겠습니다. 그의 행동은 도저히 이해가 안 되지만, 그의 절박했을 심정을 이해한 사람이 저 하나만은 아니겠지요?

별별다방으로 오세요!

답답한 마음에 용기를 내어 별별다방 문을 두드리셨을 님! 정작 아내에게는 속 시원히 털어놓지도 못하는 속마음을 저희 별별다방 손님들에게는 솔직하게 드러내 주셨습니다.

그런 분에게 다짜고짜 이런 말씀부터 드리면 당황스러워하실지도 모르겠습니다만, 저는 사연 속의 '아내'에게서 더할 수 없이 친근한 매력을 느꼈습니다. 두 분의 연애 스토리가 반짝반짝 빛나 보였고, 특히 아내가 보여주는 변신이 건실하고 자연스러워 보였습니다. 콧대 높은 아가씨에서 사랑에 빠진 여인으로, 알뜰하고 사랑스러운 아내에서 열혈 엄마로의 변신과정 말입니다. 저는 그 과정에서 부정적인 면을 발견하지 못했습니다. 님의 말처럼 곱게만 자라서 세상 물정을 몰랐던 것일 수도 있겠지만, 부잣집 딸이라고 모두가 그런 무모한 선택을 하는 건 아니잖아요. 어쨌거나 님을 평생의 짝으로 선택한 건 사랑의 힘이었을 거예요. 그리고 아내는 자신의 선택을 책임지기 위해 최선을 다했습니다. 새로운 환경에 맞춰서 자기 자신을 바꿔나갔잖아요. 그 모습이 고맙고 사랑스러워 님 역시 아내에게만은 다른 기준을 적용하셨던 것일 테고요. 요즘 같은 세상에 더욱 빛나 보이는 두 분의 모습에 저는 속으로 박수를 보냈습니다.

그런데 문제는 아내의 마지막 변신이군요. 사랑스러운 아내에서 열혈 엄마로 변신한 아내의 모습에 님은 당혹스러워할 뿐만 아니라, 상처까지 받고 계십니다. 단순히 지출의 규모가 커진 것이 문제였다면, 오히려 해결책은 간단했을 겁니다. 아내에게 솔직히 털어놓는 겁니다. 적정한 선에서 타협해 지출을 줄이면 됩니다. 그러나 진짜로 님을 힘들게 하는 부분은 금전의 문제가 아니라 관계의 문제인 듯합니다. 님은 아내가 변했다는 사실 자체에 상처를 받고 계시는 건 아닌지요.

그러고 보니 님은 처음부터 끝까지 별로 변한 게 없으신 거 같아요. 어찌 보면 변함없는 모습을 보이려고 무리하게 애쓰고 계신 게 아닌가도 싶습니다. 곱게만 자라 개천의 용에게 시집와준 아내에 대한 미안함과 고마움, 이 철없는 아가씨를 언제까지나 천진난만하게 지켜주겠다는 결심, 초심을 잃지 말자는 부부의 다짐….

어쩌면 그 '초심'이 문제인 건 아닐까요? 님을 압박하고 있는 건 현실 감각이 없는 아내가 아니라, 님 마음속에 깊이 박혀 있는 초심인지도 모르겠다는 생각이 듭니다.

초심이란 처음 시작할 때의 마음입니다. 세월과 함께 퇴색하는 건 당연하고도 자연스러운 일일 겁니다. 초심을 잃지 않는다는 말은, 처음 마음을 그대로 유지한다는 뜻은 아닐 겁니다. 살아가면서 "그때 그 마음을 잊지 않으려 노력하고, 초심에 어긋나는 행동을 하지 않는다"는 뜻이지요. 아내를 지켜주겠다던 그때 그 결심 때문에, 오늘날 아내와의 허심탄회한 대화 자체가 불가능하다면 그건 그야

말로 초심에 얽매여 일을 그르치는 것밖에 안 되겠지요. 댓글에서도 바로 그 점을 짚어주신 분이 계시더군요.

> … 너무 연애 시절에 얽매여 부인을 떠받드니까 점점 더 수렁으로 빠져드는 것 같습니다. 결혼생활이란 부부가 함께 현실을 공동으로 인식하고 타개해 나가는 것이지, 남편 따로 아내 따로 다른 세상을 사는 건 아니지요.

떠받든다는 표현, 너무 심했나요? 아마도 부부간의 균형이 깨져 있다는 의미일 겁니다. 대부분 부부 문제는 균형이 깨질 때 생겨나더군요. 님의 경우도 그런 것 같습니다. 아내는 이미 자연스럽게 40대 중년 부부의 모드로 돌입했는데, 남편은 그게 안 되는 것 같아요. 제가 보기에 아내의 변화는 초심을 잃었다 할 정도의 해이함도, 상식선을 넘은 일탈도 아닙니다. 물론 정도의 차이는 있겠지만, 많은 중년 여자들이 밟아가는 길을 아내도 밟아갈 뿐이에요. 나 자신은 마음의 행복만으로도 만족할 수 있지만, 자식의 앞길에는 물질과 영혼의 풍요로움이 함께 깃들기를 바라는 욕심. 주위의 여자들과 나 자신을 끊임없이 비교하며 울었다, 웃었다 하는 허영심. 아이들 교육문제만 나오면 한순간 현실감각을 잃고 주판알을 잘못 놓게 되는 조바심. 그런 어리석은 마음들로부터 자유로운 엄마가 몇이나 있을까요? 별별다방의 한 손님은 이렇게 말씀하셨습니다.

... 저도 댁의 아내처럼 남편 힘든 줄 모르고 아이를 사립 초등학교에 보내고, 엄청난 과외비를 쓴 열혈맘입니다. 아이들 태우고 학원 다닐 때가 젤 행복했다고 늘 말합니다. 10년 넘게 그렇게 살다 보니 남편을 살펴볼 여유가 없었습니다. 제가 남편에게 조금만 신경 썼더라면, 아니 남편이 힘들다고 솔직하게 얘기해줬더라면 저희 형편에 맞게 아이들 교육을 시켰을 겁니다. 말귀를 못 알아들을 정도는 아니니까요. 더 이상 못 버틸 형편이 되니 얘기를 하더라고요. 남편 말 듣고는 형편껏 공부 시켰어요. 사교육 많이 안 하면 공부 못할 것 같던 우리 아이들, 지금 S.K.Y 다니고 있습니다. 부인에게 말하세요. 힘들다고, 같이 고민하자고요. 부인도 말귀를 알아들을 겁니다. 자식 키워보시면 다 아실 겁니다. 황새가 뱁새 따라가도 자식 교육은 마음대로 되지 않습니다.

별별다방 손님들이 답답해하신 부분이 바로 그 부분입니다. 글의 내용으로 보아서는 대화가 통할 것 같은 아내인데 무엇이 두려워 혼자서 끙끙 앓고 계시냐고요. 어떻게 보면 님은, 아내에게 사정을 솔직히 털어놓을 수 없는 이유를 열심히 나열하고 있는 것만 같거든요. 곱게만 자라서 경제관념에 근본적인 차이가 있다, 강요된 절약은 부작용을 낳을 것이다, 어떤 식으로든 아내에게 압박감을 주고 싶지는 않다….

물론 아내에 대해 누구보다도 잘 아는 분이 님이시겠지만, 한번쯤 객관적인 눈으로 아내를 바라보세요. 그 정도의 건강한 스트레스도 견딜 수 없을 만큼 나약한 분인가요? 어쩌면 아내는 님보다 훨씬 더 성숙해 있는지도 모릅니다. 돈에 대한 감각은 다소 어리숙할지라도, 부부지간의 신뢰와 애정에 대한 감각은 님보다 더 유연할지도요. 마음을 열고, 초심을 잠시 내려놓고, 아내에게 털어놓으세요. 그러면 아내는 아내만의 초심으로 답을 해줄 겁니다.

통장 끌어안고 혼자만
행복에 빠진 구두쇠 남편

절약가와 구두쇠는 어떻게 다른 걸까요? 쓰기 위해 돈을 모으는 사람과 모아두고도 돈 못 쓰는 사람. 돈을 모아 인생을 사려는 사람과 인생을 팔아 돈을 모으려는 사람의 차이겠지요. 그러나 오늘의 사연을 읽고 저는 또 하나의 구별법을 배웠습니다.
돈으로 가족의 행복을 지켜주려는 절약가는 감사와 존경을 받습니다. 그러나 돈만 움켜쥐고 있으면 가족의 존경을 받을 수 있다는 생각은 구두쇠의 착각에 불과하군요.

결혼한 지 40년, 2남 1녀를 키워낸 60대 부부입니다. 장남은 일찌감치 결혼해서 아이 셋을 낳아 기르고 있고, 막내아들은 부부가 함께 외국에서 유학 중입니다. 거기서 아들 하나를 낳아 부모 노릇하며 공부하느라 두 배로 고생하며 살고 있죠. 그리고 가운데 딸은 30대 후반인데 아직 미혼입니다. 자기 일 열심히 하고 나름대로 재미나게 살고 있다지만, 그래도 부모 마음에는 시집 못 간 딸이 늘 걱정입니다. 아침저녁으로 얼굴 봐서 그거 하나는 좋았는데, 몇 해 전에 독립을 선언하고 집을 떠났네요.

딸은 남편과 갈등이 무척 심했습니다. 남편은 딸이 시집 못 간 것을 그저 인연이 없어 그렇다고 생각하지 않습니다. 여자가 시건방지면 시집 못 간다고 생각하지요. 세상에 바라는 것만 많고 고생은 하기 싫으니, 제멋대로 놀고 있는 거라고요. 딸은 딸대로 불만이 많습니다. 오직 돈밖에 모르는 이기적인 아버지가 싫다고 합니다. 딸이 돼서 그런 불손한 소리를 해서는 안 되겠지만….

남편은 정말이지 누구나 인정하는 구두쇠입니다. 남편에게 돈이란 쓰기 위한 것이 아니라 모으기 위한 것입니다. 신혼 때는 가진 게 없어서 그랬다고 쳐도, 남부럽지 않게 살 수 있을 만큼 돈을 손에 쥔 뒤에도, 가족들은 아버지 눈치를 보며 궁하게만 살아왔습니다. 공부 열심히 하라는 잔소리는 한 번도 안 하면서, 물 아깝다, 전기 아깝다, 입에 들어가는 것도 아깝다며 면박 주기 바빴지요. 그러나 그렇게 아껴 모은 돈, 꼭 써야 할 때 내놓기만 했어도 얼마나 고마울까요? 아이들 대학 등록금을 낼 때조차, 마치 제가 데려온 자식한테 돈을 내주듯이 짜기만 했습니다. 돈을 들고도 납부기한이 넘도록 내주지를 않아 애를 먹이곤 했지요. 자식들 결혼자금 같은 건 애초에 바랄 수도 없었고요. 고아처럼 어렵게 공부하고, 빈손으로 결혼한 자식들한테 부모로서 할 말이 없네요.

자식한테 안 쓰는 돈, 마누라한테 내줄 리 없지요. 환갑이 넘도록, 저는 아직도 남편한테서 일일이 돈을 타서 쓰고 있습니다. 공과금 내고 식비나 될 정도의 액수뿐이지요. 내 자신의 호사를 위해서 돈을 쓰는 건 언감생심, 꿈도 못 꿀 이야기고요. 손자 돌에 봉투라도 하나 내놓으려고 해도 며칠 전부터 남편 비위를 맞춰 지갑을 열어야 합니다.

40대까지만 해도 견디다 못해 제가 일을 하러 다니기도 했습니다. 문제는, 제가 일을 하면서부터는 아예 생활비를 안 주려고 하는 거였습니다. 버는 돈 다 어쨌느냐며 오히려 저한테서 가져갈 생각을 하더군요. 항의도 해봤고, 싸워도 봤지만, 통하지 않아요. 돈에 관해서라면 40년 된 마누라도 절대 믿지 않습니다. 세상사람 누구도 자신만큼 야무지게 돈 관리를 할 수 없다고 생각하죠.

저는 남편의 재산이 정확히 얼마나 되는지 알지도 못합니다. 제가 아는 건 남편 명의의 상가에서 임대료가 나오고 있고, 월세가 나오는 강남의 아파트가 있다는 것뿐입니다. 은행에 묻어놓은 돈이 얼마나 되는지는 본인만 알고 있습니다. 저는 그 돈과 전혀 상관없이 언제나 궁색한 생활을 면치 못하고 있습니다. 저야 이제 다 살았으니 포기한다 치더라도 자식한테 야박하게 구는 것을 보면 남편이 너무 매정하게 느껴집니다.

월급쟁이로 일하면서 고만고만한 애들 셋을 학원에 보내는 큰아들. 부모한테 바라는 기색 하나 없지만, 그래도 조금만 보태주면 얼마나 힘이 되겠나 싶습니다. 그러나 남편은 아들한테 받을 생각만 합니다. 아들네가 전세금을 올려주지 못해 애 셋 데리고 이사를 할 때도 저만 애가 달았습니다. 조금만 융통해주면 숨통이 트일 텐데, 남편은 빌려줄 생각이 없습니다. 돈은커녕 휴지 한 다발도 못 사주게 하네요.

유학 중인 아들의 상황은 더합니다. 어릴 때부터 공부밖에 모르더니, 부모 도움 없이 나랏돈, 장학금 받아서 유학간 아이인데, 남편은 자랑스러운 줄 모릅니다. 서른 넘도록 돈 안 벌고 외국까지 나가서 공부한다고 호강에 겨운 짓이라 타박하지요. 심지어 손자가 아파서 수술받기 위해 잠깐 귀국했을 때도 1원 한 장 내놓지를 않으려 하더군요. 비행기 푯값 때문에 며느리만 오고, 아들은 전화로만 애를 태우는 걸 뻔히 보면서도 말입니다. 우리보다 형편이 어려운 사돈이 손자 수술비로 쓰라고 봉투를 내놓는 마당에, 남편은 일절 기대도 하지 말라는 식입니다. 제가 모아놓은 얼마 되지 않는 쌈짓돈을 며느리에게 털어주면서 얼마나 미안하던지….

그때는 저도 화가 나서 크게 다퉜습니다. 그 돈 얼마나 되는지 몰라도, 다 싸 짊어지고 저승 갈 거냐고 했지요. 그럴 때마다 남편의 대답은 똑같습니다. 지금 물려주면 젊은것들이 이리저리 축내고 말 터이니, 나 죽거든 한꺼번에 분배한다고요. 그리고 지금 재산 물려주면 자식들한테 푸대접받는다고, 뭘 알지도 못하면서 나서느냐고 합니다.

죽는 날까지 돈을 거머쥐고 있으라는 말, 저도 무슨 말인지 압니다. 하지만 저는 그 말이 100% 정답이라고는 생각 안 해요. 죽는 날까지 대접받자고 자식이 처한 현재의 어려움을 끝내 모른 척하다니요. 물론 자식의 입에 발린 소리에 넘어가 전 재산 내주고 빈몸으로 쫓겨나는 일이야 없어야겠지요. 하지만 자기 자식이 어떤 애들인지 부모가 그렇게 모를까요? 자기 힘으로 살아보겠다고 애쓰는 애들이라면, 부모가 능력 범위 안에서 도와주는 게 더 보기 좋다고 생각합니다.

젊은 자식들 호의호식하도록 한 재산씩 물려주자는 게 아닙니다. 그런 건 바라지도 않아요. 애들이 아플 때, 이사 다닐 때, 아니면 축하할 일이 있을 때, 진심을 담아 봉투 하나씩만이라도 하자는 겁니다. 무조건 돈줄을 틀어쥐고 융숭한 대접을 받다가 숨이 넘어갈 때 목돈을 물려주는 게 현명한 일일까요. 그 큰돈 받아 들고 아버지 감사합니다 할지, 아니면 이거 모으시려고 그렇게 매정하고 야박했나 할지 어떻게 아나요. 지난 40년을 아무리 되돌아봐도, 남편과 함께 온 가족이 넉넉하게 웃어본 기억이 없으니 말입니다.

오늘 아침에도 딸이 사다 준 커피메이커에 원두커피를 내리고 있자니 남편이 지나가며 핀잔을 줍니다. 언제부터 커피 맛을 알았다고 허튼 돈을 쓰냐고요. 어미나 딸이나 헛바람만 잔뜩 들었답니다.

이렇게 향이 좋은데, 그런 말로 찬물을 끼얹는 남편입니다. 통장 열 개를 끌어안고, 이 돈을 누구한테 물려줄까 행복한 고민을 하고 있을지 모르지만, 남편은 참 불쌍한 사람입니다. 그 사람과 끝내 함께 가야 할 저 역시 마찬가지이고요.

별별다방으로 오세요!

아장아장 걷는 아기, 젊고 어여쁜 처녀에게 저절로 눈길이 가듯이,

근사하게 나이 드신 어르신을 발견하면 저는 눈을 떼지 못합니다. 나이에 비해 놀랄 만큼 젊어 보이시거나, 명품을 두르고 계신 분들을 말하는 게 아닙니다. 지나간 세월을 담담히 회상할 수 있고, 얼마 남지 않은 여생을 아름답게 마무리할 수 있는 삶의 여유 같은 것이 느껴지는 분들이지요. 그리고 그 여유는 아무래도 혼자이신 것보다는 둘이 함께인 노부부들에게서 느껴질 때가 많습니다.

님의 편지 첫 문장만 읽고도 저는 벌써 마음이 따뜻해지는 걸 느꼈습니다. 결혼한 지 40년, 세 남매를 잘 키워내신 60대 노부부시라…. 어느 공원 벤치에 나란히 앉아 노을에 젖고 계신 두 분을 마주쳤다면 저는 혼자 미소를 지으며 고개를 숙였을지도 모르지요. 아! 우리 부부도 언젠가는 저렇게 평화로워지겠지, 생각하면서요.

그러나 유감스럽게도 저는 해 질 녘 공원이 아닌 별별다방에서 님을 뵈었습니다. 님은 남편과의 해묵은 갈등과 답답함을 하소연하러 별별다방을 찾아오셨더군요. 님의 글을 통해 엿본 노부부의 풍경은 노을빛처럼 아름답게 물들어가고 있지는 않네요. 아닌 게 아니라 별별다방 메일함에는 그런 안타까운 사연이 차곡차곡 쌓여가고 있답니다. 남편의 잔소리 때문에, 아내의 푸대접 때문에 집에 들어갈 맛이 안 난다는 6, 70대 어르신들의 사연 말입니다. 그렇습니다. 노부부도 아직은 부부임에 틀림없고, 부부인 한에는 끊임없이 다투고 힘겨루기를 한다는 걸 이제는 저도 잘 알고 있답니다.

그럼에도 불구하고 님의 글은 저를 또 한 번 안타깝게 하네요. 커피 향기가 은은하게 퍼지는 가운데, 노부부가 단둘이 맞이하는 평온한 아침의 풍경을 한번 그려보았습니다. 이젠 작은 사치쯤은 누릴 자격이 있고, 또 그럴 만한 여유가 있는 분들인데…. 겨우 커피 한 잔을 두고, 헛바람이 들어 허튼 돈을 쓰고 있다고 핀잔을 주는 남편을 도대체 어떻게 이해해야 할까요?

별별다방의 많은 아내들이 남편을 두고 이런 말을 합니다. 나에게 뭔가를 해주려고 하기 전에, 내가 싫어하는 일을 안 해주면 정말 좋겠다고요. 그러나 아마 그녀들의 남편들은 어디선가 이런 푸념의 말을 할지도 모릅니다. 내가 이렇게까지 해주는데도 마누라는 고마운 줄을 모른다고요.

서로 잘해주려는 마음이 있는데도 자꾸 엇박자가 나는 부부는 대개 행복에 대한 관념의 차이를 극복 못 하고 있는 겁니다. 아내가 생각하는 행복과 남편이 생각하는 행복이 완전히 다른 거지요. 아내는 이른 아침 은은한 커피 향기 속에서 온갖 시름을 잊는다면, 남편은 통장을 꺼내서 두둑한 잔액을 확인할 때 그야말로 사는 맛을 느끼는 겁니다. 물론 저마다 생각이 다른 건 당연한 일입니다. 문제는 상대방의 행복을 전혀 이해하지 못하고, 심지어 한심하게 생각하는 경우지요. 나는 비록 커피를 안 마시지만, 커피 향에 물들고 있는 아내를 보며 싱긋 웃고 지나갈 수 있어야 하는데, 남편은 그게 안 되시는 겁니다. 저 시커먼 물 한 잔이 뭐라고 생돈을 들이는 걸까, 답답해하지요. 그리고 그 돈 아껴서 다만 500원이라도 굳힐 때의 그 깨소금 같은 행복의 맛을 모르는 아내가 한심한 겁니다. 그리고 아내 역시 남편을 한심하게 생각합니다. 나의 기분과 취향을 인정하지 않고서, 자기 생색만 내는 남편을 구두쇠라는 이름으로 경멸하게 되지요. 님은 남편의 꽉 막힌 생각이 답답하시지요. 남편 역시 마찬가지일 겁니다. 아내와 자식들이 한심하고, 심지어 억울한 기분마저 느끼실지 모릅니다. 내가 평생 노력해서 이만큼 살게 해주었는데, 고마워하기는커녕 나를 왕따시켜? 어쩌면 그런 기분이 남편을 점점 더 고립시켜, 숫자의 감옥에 가두고 있는지도 모르지요.

그러나 생각의 차이를 인정한다는 것만큼 어려운 일이 없습니다. 아마도 님은 지난 40년간 남편의 생각을 이해하기 위해 노력해오셨을 겁니다. 하지만 상대방이 나를 인정 안 해주는데, 나 혼자 그 사람을 인정할 수도 없는 노릇이지요. 이제 와서 남편이 갑자기 달라진다는 것도 기대하기 어려운 일입니다.

님의 사연을 읽고, 님과 비슷한 연배의 손님들이 많은 댓글을 남겨 주셨습니다. 제 예상과는 달리, 구두쇠 남편을 둔 님을 오히려 부러워하는 분들이 많으셨어요. 특히 자식에게는 한 푼도 내주지 말라는 남편의 소신에 찬성한다는 분들이 많았습니다.

한 재산 형성하신 남편이 부럽습니다.

… 부인한테는 좀 쓰시고, 자식들한테는 지금껏 하신 대로 계속 해나가시면 될 것 같습니다.

돈 주기 시작하면 자식들 다 버립니다. 돈 끼고 있어야 죽을 때까지 효도 받는답니다.

… 자녀분들이 워낙 자린고비인 아버지 밑에 커서 돈에 대한 개념이 있을 것으로 생각합니다.

제 예상을 다소 빗나간 댓글들을 보며 저는 마음이 서글퍼지는 걸 느꼈습니다. 그만큼 우리 사회 노년의 현실이 각박하다는 뜻인 것 같아서요. 가난한 부모에게 등 돌린 자식, 노후 준비가 안 된 채로 100세 시대를 맞는 공포 앞에서 부부간의 해묵은 갈등쯤은 대수롭지 않은 일로 치부될 수도 있군요. 우리는 때로, 나보다 더한 고민 앞에서 쓸쓸한 위로를 받곤 하지요. 님도 별별다방의 댓글들을 통해 위로 아닌 위로라도 얻으셨으면 합니다. 인생 100세라면 님의 결혼생활의 남은 세월은 40년입니다. 지금 님은 결혼생활의 한가운데에 서 있고, 어쩌면 부부관계의 틀이 달라져야 하는 시점인지도 모르겠습니다. 자식을 낳아 기르고 세상과 싸우던 때의 부부와 이제 단둘이 남겨진 부부는 다르지요. 관념의 차이, 취향의 차이를 뛰어넘는 유일무이한 동지일 수 있지 않을까요? 그런 차원에서, 님에게 따뜻한 위로가 될 수 있을 댓글을 하나 소개함으로써 제 어쭙잖은 답장을 마칠게요. 평안하시길….

… 남편의 지나친 근검절약이 마음에 들지 않는다 해도, 아옹다옹 같이 늙어갈 수 있다는 것이 얼마나 큰 행복인지 모릅니다. 자린고비라고 타박만 하지 마시고 대화로 사랑으로 서서히 남편의 마음을 녹이세요. 젊은 것들 말마따나 이 좋은 세상, 우리도 맞춰가며 살자고요.

마흔 넘은 여자는
여자가 아니라는 남편

진짜 플레이보이는 바람을 피울 때조차도 아내에게 더없이 잘 한다고 하지요. 달콤한 분위기에 부드러운 매너…. 여자를 안심시키기 위해서라기보다 아마도 몸에 밴 습관이 그런 거겠지요. 그럼 반대로, 밖에 나가서는 허튼짓을 전혀 안 하는 성실남이 자기 아내에게만은 매너가 '꽝'이라면 어떨까요? 아마 그것도 몸에 밴 습관 때문인 듯한데요.
여자들에게 과연 어느 쪽이 더 '꽝남'일지, 남자분들도 한 번쯤 생각해보셨으면 합니다.

마흔여섯 살 여자입니다. 이 글을 읽는 별별다방 손님들 중에, 우리 집 신랑 같은 남자분들이 많으시다면 아마 "마흔여섯"이라는 숫자를 듣자마자 이런 김빠지는 소리를 할 겁니다.

"내가 이런 늙어빠진 아줌마 이야기를 뭐하러 들어! 서른여섯 살이면 또 모를까?"

우리 집 남자는 늙은 여자는 여자 취급도 안 하고, 심지어 인간 취급도 안 합니다. 텔레비전을 보다가도 제 또래의 여자 배우가 오랜만에 보이면 이러지요.

"다 늙어서 저러고 나오고 싶냐? 완전히 마귀가 다 됐구먼."

몇 년 사이에 자연스럽게 나이가 들었을 뿐, 여전히 멋지고 근사한 배우들 보고도 그러니 저 같은 보통 아줌마는 아마 괴물로 보일 겁니다. 그래서 제가 한 번씩 묻습니다.

"당신, 마누라 얼굴은 무서워서 어떻게 보고 살아?"

"그래서 안 보잖아."

맞습니다. 우리 집 신랑은 저를 거의 안 봅니다. 할 말 하고, 들을 말 듣고, 한이불 덮고 잠을 잘 뿐, 언제 한번 그윽한 눈길로 쳐다본 적은 오래됐네요. 사이가 나쁘거나, 문제가 있어서 멀어지는 부부가 아니라 그냥 서로를 오래된 가구같이 대하는 부부입니다. 그런 생활의 밑바탕에는, 심각하게 왜곡된 남편의 여성관이 깔려있다고, 저는 생각합니다.

남편에게 여자는 두 종류입니다. 자꾸자꾸 보고 싶은 여자와 되도록 눈에 안 띄길 바라는 여자. 전자는 젊고 예쁜 여자겠죠. 그리고 후자는 당연히 늙은 여자입니다. 예쁘든 아니든, 곱든 추하든 마찬가지입니다. 마흔 넘었으면 다 똑같이 취급합니다. 아무 꾸밈없이 편안하게 나이 들어가는 여자나, 젊게 살려고 나름대로 노력하는 여자나 우리 집 남자 눈에는 다 똑같습니다. '늙은 마귀.' 그리고 당연히 저는 그 늙은 마귀 중 하나로 들어가죠.

제가 거울 앞에서 화장이라도 하거나, 피부를 들여다보며 한숨이라도 쉬면 꼭 등 뒤에서 면박을 줍니다.

"호박에 줄 긋는다고 수박되냐? 대충 살아."

그리고 외출할 때, 제가 빨리 안 나오면 신경질을 부립니다.

"아무거나 걸치고 가. 누가 본다고!"

부부동반으로 결혼식을 다녀오고, 그중 어느 여자분 이야기를 꺼내서 물으면 이렇게 대답하기 일쑤입니다.

"몰라. 자세히 안 봤어. 거기 그런 할마씨들이 한둘이었냐?"

그러면 제가 불만을 토로하지요. 왜 여자를 그런 식으로밖에 생각 못 하느냐고요. 남편은 말합니다. 세상 남자들 다 그렇다고요.

다만 말을 안 할 뿐이랍니다. 자기는 솔직해서 있는 그대로 말하는 거고요.

저는 그말에 이렇게 따집니다. 그건 솔직한 게 아니다. 천박하고 무식한 거다. 마흔 넘은 여자가 여자로 안 느껴지면 잠자코 그냥 사람으로서 존중해줄 것이지 왜 말을 그런 식으로밖에 못하느냐고요. 그러면 남편은 이렇게 답합니다.

"내가 언제 사람으로 존중 안 했어? 듣는 데서 내가 무시한 적 있나? 그리고 지나가는 이웃 아줌마한테 내가 뭐라고 했나? 지들이 텔레비전 같은데 나와서 예쁜 척을 하니까 하는 말이지."

하긴, 어디 가서 함부로 입을 놀리지는 않더군요. 오히려 매너 좋고 점잖다는 소리 듣지요. 젊은 여자 보고 껄떡대는 일도 없고 정말 늙은 여자 면박 주는 일도 없는 사람입니다. 7, 80대 할머니들께는 오히려 얼마나 잘하는지 모릅니다. 대신 오직 저한테만 대놓고 '속마음'을 드러내는 겁니다. 저는 그게 제일 서운합니다. 마누라 마음에 생채기를 내는 게 아무렇지도 않다는 거지요. 차라리 밖에 나가서는 젊은 여자들한테 군침을 흘리고 다니더라도 집에 오면 마누라한테는 매너가 좋은 남자였으면 좋겠습니다. 마누라 또래 여자들을 '마귀'로 보더라도, 마누라 듣는 데서만큼은 그런 말을 조심하는 사람말입니다.

솔직히 말해서 피차일반입니다. 제 눈에 비치는 신랑도 그다지 근사하지는 않거든요. 식스팩 자랑하는 2, 30대 배우들에 비하면 보잘것없기는 마찬가지입니다. 그래도 저는 최소한 그런 생각 자체를 미안해합니다. 같이 늙어가면서 서로를 추하게 보는 것보다는 근사하고 곱게 봐줘야 하는 거 아닌가요? 그런데 어째서 우리 집 남자는 그런 생각이 손톱만큼도 안 들어가있는지….

별별다방의 '아저씨'들한테 묻고 싶습니다. 정말 남자들은 마흔 넘은 여자는 여자가 아니라고 생각하나요?

별별다방으로 오세요!

제가 아직 30대일 때 님의 글을 읽었다면 저는 기분 좋은 미소를 지으며 페이지를 넘겼을지도 모릅니다. 두 분이 막상막하의 입담을 겨루며 알콩달콩 재미나게도 사신다고 생각했을 테니까요. 하지만 '마흔 넘은 여자'라는 가시 박힌 표현이 남의 얘기가 아닌 상황에 님의 사연을 접하고 보니 한숨이 저절로 나옵니다. 그래요. 저도 마흔을 넘은 여자입니다. 나와는 상관없는 숫자인 줄 알았던 나이 마흔이 어느덧 코앞으로 다가오더니, 잠시 머물러 주지도 않고 스쳐 지나가 버리더군요. 나이는 숫자일 뿐이다, 나이는 잠시 접어두고 있는 그대로의 나를 바라보자! 그렇게 자신을 다독이며 거울 앞에 앉곤 하는데, 이게 웬 말입니까? 여자도 아니라니요? 그러나 별별다방의 여자 손님들께서는 끝까지 우아함을 잃지 않았습니다. 그들의 멋들어진 항변을 들어보세요.

> 여든 살 할머니도, 세 살 먹은 꼬마도, 여자는 평생 여자이지요. 세월로 인해 변해버린 외모는 우리 눈에도 낯설고 싫지만, 더 많은 시간이 지난 뒤에는 깨닫게 된다고 합니다. 40대의 내가 얼마나 젊고 아름다웠었는지. 그러니 남편분께 말하세요. 지금 아름다운 아내의 모습을 충분히 기억해두라고요.

사실 님의 글을 별별다방에 소개할 때, 저는 매정한 댓글이 꽤 많을 걸로 예상했습니다. 행복한 아줌마의 지극히 사소한 고민이라고 일축해버리는 분들 말입니다. 그러나 손님들의 반응은 의외로 뜨거웠습니다. 평소 말씀을 아끼시던, 마흔 넘은 남성독자들이 저마다 들고 일어나 '남편의 망발(?)'에 원성을 쏟아냈습니다.

> 억울해서 댓글을 답니다. 남자들이 다 그렇다니요. 절대 그렇지 않습니다. 자신의 생각을 전체 남자들의 생각으로 착각하다니. 참 답답합니다. 나이 든 여자도 얼마나 우아하고 아

름다울 수 있는지를 모르는 일부 남자들의 생각일 뿐입니다. 특히 자기 마누라를 존중하지 않고 사는 일부 한국의 마초 남편들의 생각이지요.

나도 남자이지만, 아직도 아내만 보면 설레는데, 늙어서 주책없다고 핀잔주는 내 아내에게 이 글을 추천하고 싶군요. 여자의 아름다움은 나이와 함께 원숙해지는 것입니다. 부군께서 아직 여자를 제대로 몰라서 그럴 겁니다.

손님들의 위로와 지지에, 저까지 덩달아 힘이 나던데, 님 또한 힘을 얻으셨길 바랍니다. 저는 그렇더군요. 나이가 들어감에 따라 진심이든 빈말이든 힘이 되는 말을 따뜻하게 건네주는 사람이 좋아집니다. 100% 빈말인 줄 알면서도, 힘이 나는 걸 어쩌겠어요? 우리가 젊고 빛나던 때에는 남의 말이 귀에 안 들어오지요. 누가 뭐라던, 나는 나이고, 젊다는 자체로 충분히 자신이 있었으니까요. 그러나 마흔 넘은 여자가 되어버린 지금, 우리는 타인의 말에 흔들릴 수밖에 없습니다.

익명의 공간에서 생면부지의 타인들이 건네는 말에도 이렇게 힘이 나는데, 내 곁의 가장 가까운 사람이 그래 준다면 얼마나 좋을까요? 거울 앞에서 한숨 쉬는 내게, 등 뒤의 남편이 다가와 어깨에 손을 얹으며 "당신 마흔 넘은 여자 중에 최고로 근사해"라고 말해준다면요.

그러고 보니 희한합니다. 별별다방에만 해도 이렇게 멋진 신사분이 많으신데, 집에서 만나는 우리 남편들의 모습은 어쩌면 그렇게 천편일률로 '한국적'일까요?

어쩌면 이런 상상도 가능하지 않을까요? 님의 남편분이 별별다방과 같은 커뮤니티에 우연히 들렀다가, 님과 비슷한 고민의 글을 읽게 되었다면, 그 분은 어떤 댓글을 남기셨을지요. 마흔 넘은 여자는 여자가 아니라고 생각하는 사람, 여기 1인 추가! 그렇게 쓰셨을까요? 그렇지는 않을 거 같은데, 어떠세요? 어쩐지 제 느낌에, 남편의 진심은 그게 아닐 것만 같아요. 어쩌면 남편은 님을 매력 없는 늙은 여자로 보는 게 아니라, 여자가 아닌 마누라로 보는 건지도 모르겠다는 생각이 드는데….

님의 남편을 포함해서 한국 남편이 갖는 공통적인 특징은 바로 '이중성'이 아닐까요? 아내와 여자를 별개로 생각하고, 아내에게서는 그 어떤 여자의 향기도 기대하지 않지요. 바깥의 여자들 앞에서는 매너를 갖추지만, 아내 앞에서는 속내를 다 드러내는 걸로 친밀함을 확인하려 합니다. 실제로 여자를 괴물과 미녀로 이분해서 생각하지도 않으면서, 아내 앞에서는 단순하고 무지막지한 여성관을

뽐내는 거죠. 아내는 아내일 뿐, 여자가 아니기에 화장을 하고 투피스를 입든, 추리닝 바람에 눈곱이 꼈든 내 눈에는 하등 다를 게 없다는 식으로 생각하고, 말하는 겁니다. 나를 왜 여자로 봐주지 않느냐고 따지면, 남편들은 이런 반론을 펩니다.

"당신도 이제 내 앞에서 애교 안 부리잖아."

남편을 바꾸려면 아내가 먼저 변해야 할 것 같습니다. 남편의 뜨악한 반응에도 굴하지 않고 사흘 밤낮 여자의 향기를 뿜어낼 줄 알아야 합니다. 하지만 그게 체질상 쉽지는 않지요. 그럼 이건 어떨까요. 남편의 입방정에 가려져 있는 굵직한 애정을 그냥 콱 믿어보는 건요. 그리고 이렇게 말해주세요.

"여보세요 아저씨! 마흔 안 된 여자들한텐 당신은 남자도 아니야!"

아내가 변신하면
남편의 변심도 무죄?

'여자 나이 마흔'을 둘러싼 열띤 토론이 별별다방을 뜨겁게 달구었던 적이 있습니다. 그날 손님들 대부분이, 마흔이라는 나이는 아직 너무나도 여자인 나이이고, 여인의 향기가 한창 무르익는 나이라고 이구동성으로 외쳐 주셔서, 저부터도 크게 위로를 받을 수 있었던 시간이었지요. 그러나 오늘 모실 손님의 솔직한 고백에 저는 다시 의기소침해지는군요. 여자의 매력에 나이 제한은 없다지만 나이 먹고도 매력 있는 여자는 분명 소수라는 오늘의 손님. 아내를 사랑하는 마음과 아내를 여자로 느끼게 되는 순간은 전혀 별개의 감정이 아니냐고 묻고 계신데요. 이 손님에게 별별다방은 어떤 대답을 드려야 할까요?

얼마 전 별별다방에 올라온 〈마흔 넘은 여자는 여자가 아니라는 남편〉 사연을 보고 글을 씁니다. 댓글들 보니 비난 일색이던데, 솔직히 많이 찔렸습니다. 그 글을 읽으면서 '이 양반은 그래도 나보다 낫네'라고 느꼈거든요.

사연 속 남자분은, 행동은 멀쩡하시면서 입방정으로 아내한테 상처를 주시는 분이시더군요. 저는 반대입니다. 저, 겉으로는 아내에게 매너 좋습니다. 절대 상처 되는 말 안 하고, 여자를 싸잡아 낮추는 발언 따위는 안 합니다. 젊은 여자가 좋다느니, 늙으면 추하다느니 그런 말은 감히 꿈도 못 꾸죠. 아내의 헤어스타일이 바뀌면 칭찬해주고, 옷 사 오면 잘 어울린다고 말해줍니다. 결혼기념일에 큰맘 먹고 가방이니 목걸이니 그런 것도 사줘봤습니다. 당신도 남들 다 받는 피부 관리 그런 것 꼭 받으라고 말도 하죠.

그러나 속마음은 아내가 여자로 안 보인 지 오래입니다. 전혀 그렇게 안 보입니다. 왜냐하면, 제가 좋아서 프러포즈한 '그 여자'와 거리가 멀어도 너무 멀기 때문입니다.

일단 체중이 십 몇 킬로그램쯤 불었습니다. 결혼 전 장모님께 처음 인사드렸을 때, '어머님이 풍채가 좀 있으시구나'했는데 지금 제 아내가장모님 모습을 그대로 닮아가고 있습니다. 안 쓰던 안경도 쓰기 시작했습니다. 눈이 뻑뻑해서 렌즈를 못 낀다네요. 아들 둘 키우면서 목이 팍 쉬고, 목소리도 갈라집니다.

무엇보다도 태도가 변했습니다. 성격이 급해지고 괄괄해졌습니다. 아니 정확히 말하면 변한 게 아니라 본 모습대로 돌아간 겁니다. 원래 성격은 털털하다 못해 어지간한 사내대장부 못지않게 터프한 사람인데 저하고 연애할 때만 분위기 있고 다소곳했던 거죠. 결혼 전에는 명랑하고 싹싹한 줄로만 알았는데 지금 보면 한 성격합니다. 애들한테나, 저한테나 한번 발동이 걸리면 무엇으로도 막을 수가 없죠. 태풍 같은 시간이 지나가고 나면 또 금방 잊어버리고 콧노래를 부르며 부엌을 들락날락, 온 식구 거하게 한바탕 해먹일 생각을 합니다. 본인은 자신을 뒤끝 없는 성격이라고 자랑하지만, 저는 뒤끝이 있어서 그런지 화낼 때의 그 모습이 두고두고 잊혀지지 않습니다.

지금껏 아무에게도 묻지 못했던 말을 묻겠습니다. 여자가 이렇게까지 변했는데, 남자의 마음이 변하지 않을 수 있을까요? 백년해로를 약속했으니까 잠자코 살기는 하겠습니다. 두 아이 낳아주고, 제 부모님한테도 잘하는 착한 여자입니다. 저 만나 고생하고 사느라 살도 쪘고 목소리도 쉬었겠지요. 고마운 마음이야 백골난망이지요. 그러나 여자로 느껴지느냐 아니냐의 문제는 전혀 다른 거잖습니까? 그건 제가 노력한다고 되는 것도 아니고, 결심한다고 이루어지는 일도 아닙니다. 느껴져야 느끼는 거지요.

솔직히 다른 여자에게 눈이 돌아갑니다. 꼭 젊은 아가씨가 아니더라도, 40대, 50대, 심지어 60대까지도 뭔가 분위기가 있는 여자를 보면 눈을 못 뗍니다. 껄떡대는 건 전혀 아니고요. 마냥 부럽다는 생각이 듭니다. 저런 여인과 함께하는 남자는 아, 진짜 살맛 나겠다 싶은 생각을 10초쯤 해보는 거죠. 여자의 매력과 나이는 상관없다는 말, 저는 동의합니다. 심지어는 70대 노부인 중에도 제 마음을 끄는 분들이 있어요. '난 내 아내가 저런 느낌으로 늙어가기를 바랬고, 그 곁에 내가 서고 싶었는데….' 하고 아쉬워하죠. 그런 걸 껄떡댄다고 할 수는 없잖습니까?

이 상황에 제가 할 수 있는 최선은 여자 생각을 되도록 안 하려고 노력하며 사는 겁니다. 아무 사고 안 치고 한 20년만 더 버티면, 그때는 우리 부부도 남자니 여자니 하는 구분과 경계를 훌쩍 벗어나 있을지 모르지요. 그러나 그때까지는 하루하루 사는 게 시들합니다. 그리고 솔직히 피곤합니다. 언제나 매너 좋게, 어디까지나 아내의 남자인 척, 가장하고 살고 있습니다. 그런 남편이 좋은 남편이라더군요. 제 아내가 저를 좋은 남편으로 알고 살게 해주고 싶은 마음이 '사기'는 아니잖습니까?

아내에게 막말을 퍼부으며 산다는 그분은 아마, 마음은 편하실 듯하네요. 그리고 모르긴 몰라도 속사정이 저보다 나으실 겁니다. 아내가 전혀 여자로 안 보일 때는, 절대 그런 말을 할 수가 없습니다.

별별다방을 드나드는 여자분들! 주름살도 좋고, 군살도 새치도 다 좋습니다. 그러나 스스로 여자 느낌이 들고, 남편에게 은근히 다가가지 않으시면서 언제까지나 여자로 느껴달라고 우기지는 말아 주십시오.

여자의 변신이 무죄라면, 남자의 변심은 당연한 겁니다.

별별다방으로 오세요!

가끔은 저를 웃게 하는 사연들이 있습니다. 누군가의 고민을 접하고 미소가 떠오른다는 것이 스스로도 당황스러워 헛기침하며 표정을 수습하곤 하지만, 때로는 그런 죄스러움조차 느껴지지 않을 정도로 순수한 웃음이 떠오를 때가 있지요. 고민의 무게가 가벼워서가 아닙니다. 내용이 유치해서도 아닙니다. 곰곰이 따져보면 저를 웃게 하는 건 고민의 내용이 아니라 글쓴이의 '캐릭터'입니다. 어떤 종류의 고민이건, 그 고민의 무게를 짊어지고도 남을 만한 힘과 건강함이 느껴질 때 저는 웃게 되는 거 같아요.

이런 말씀드리면 어떻게 느끼실지 모르지만, 님의 글을 읽고 오래간만에 또 한 번 웃었습니다. 님이 별별다방 손님들에게서 뭇매를 맞을 각오를 하고 글을 쓰신 것처럼, 저도 님의 심기를 건드릴 각오를 하고 솔직히 답을 쓸게요.

마흔 넘은 여자는 여자도 아니라고 말하는 남편보다 내가 더 나쁜 남편이라고 실토하셨습니다만, 님보다 더 나쁜 남편들도 많을 것 같아요. 아마 어디선가 점잖게 침묵하고 있겠지요. 어쨌거나 마음속에 아내의 자리가 크지 않다면, 이런 생각 저런 고민을 하며 글을 쓰실 리도 없잖아요. 곱게 나이 든 노부인을 감탄의 시선으로 바라보며, 내 아내와의 70대를 생각해보는 남편이라면 결코 최악의 남편은 아닐 거예요. 그럼에도 불구하고 별별다방 손님들의 반응은 까칠했습니다.

그냥 그러려니 하고 사세요. 뭣하러 속마음을 드러내십니까?

세월 따라 변하는 거야 당연한 일이지, 그러는 그대는 꽃중년 미남이신가?

… 남자의 변심은 당연한 거라고 스스로 답을 주셨네요.

아마도 그분들의 심기를 건드린 것은, 님이 말하는 남자의 '변심' 자체는 아닌 듯합니다. 구태여 속마음을 입 밖에 내서 남자들 전체의 체면을 깎는 '경솔함'이 못마땅한 것이지요. 님은 분연히 일어나 수백만 남성동포들에게 무죄 선고를 해주셨는데, 그분들이 그다지 고마워하지는 않는 것 같네요.

솔직히 저는 님의 글이 별별다방 손님들을 '성대결'로 몰고 갈 줄 알았습니다. 여자분들은 원성을 쏟아내고, 남자분들은 지지와 공감의 박수를 칠 줄 알았지요. 그러나 손님들의 반응은 뜻밖이었습니다.

여자분들은 님의 사연 속에서 본인들의 사연을 읽어내고 자신의 남편을 떠올리더군요. 나 역시 살찌고 안경 꼈는데, 여전히 사랑해주는 남편이 새삼 눈물 나게 고맙다는 분, 혹시 내 남편도 겉으로만 매너남이고 속은 딴생각 중인가 의심하게 된다는 분, 혹은 나날이 망가져 가는 내 외모가 남편에게 미안한 건 사실이라는 분….

한편 남자분들은 어땠나요? 박수를 쳐주시는 분은 찾아보기 어려웠습니다. 대부분 님의 '철없음'을 나무랐지요. 물론 불쾌하셨을 수도 있지만, 마음을 열고 읽어보면 그 속에서 연장자의 '연륜'이라 할 만한 그 무엇을 느낄 수 있지 않았나요?

… 있을 때는 몰라요. 얼마나 소중한지를. 많은 사람들이 그래서 후회할 짓을 합니다.

저보다는 행복한 남편이시군요. 못생긴 아내라도 곁에 있고.

그들은 님을 '행복한 남편'이라고 했습니다. 소중한 것을 잃어보지 않아서, 감사할 줄 모르는 것뿐이라고요. 그런 말, 어디서나 흔히 듣는 말이라 전혀 가슴에 안 와 닿으시나요? 바로 그 무감각이 행복의 증거라고 저는 생각합니다. 소중한 것들을 잃기 전에 감사하라는 말이 가슴 아프도록 와 닿는다면, 그 사람은 이미 무언가를 잃은 사람이겠지요. 내가 가진 소중한 것들에 감사할 줄 모르는 건 너무나도 인간적인 한계인 듯합니다. 당연히 무죄이지요. 그러나 먼 훗날 되돌아보면 뼈아픈 후회가 남는 무죄이기도 합니다. 좋은 엄마에, 착한 며느리, 건강하고 성격 좋은 아내를 가졌기에, 날씬하고 세련된 아내를 바란다는 그 마음, 당연히 무죄입니다. 그러나 먼 훗날 소중한 것을 잃은 뒤에 돌아보면 스스로 어리석음을 탄식하게 되겠지요? 하긴 님도 저도 포함해서 누가 세월을 거슬러 살 수 있을까요? 별별다방 손님들 말씀처럼 '때가 되면 자연히' 진정한 가치를 알게 되는 거겠지요?

그래도 겉으로는 매너를 지키고 있다는 님, 잘하고 계시는 겁니다. 하지만 그 피로감으로 인해 비밀스러운 곁눈질이 오히려 늘어나고 있다면 그건 유감이지만요. 내 것이 지루해서 곁눈질하고, 또 그 곁눈질 때문에 내 것이 점점 더 지루해지는 악순환을 본인도 느끼시지 않나요? 곁눈질은 환상을 키워줄 뿐입니다. 10초 동안의 곁눈질로 실상을 파악하기는 어렵습니다. 내 마음에 들어있는 어떤 틀을 가지고 몇 가지만 체크하게 되지요. 님이 탄복하며 바라본 그 여인도 따지고 보면 누군가의 아내일 뿐입니다. 그 여인을 떳떳하게 오래 들여다볼 권리가 있는 남자들은, 그 여인을 쳐다도 안 볼지 모릅니다. 이미 속속들이 봤기 때문에, 아무런 환상도 없거든요. 그들은 또 다른 여인들을 곁눈질하며 살겠지요.

남자만 그런가요? 여자들도 마찬가지입니다. 꼬리에 꼬리를 무는 곁눈질 세상일 뿐입니다. 그러나 그 어지러운 맴돌이를 벗어나게 해주는 건, 어느 날의 독한 결심이 아니지요. 그야말로 때가 되어 자연스럽게 벗어나는 겁니다. 어쩌면 우리가 아직 젊어서 눈이 돌아가는 건지도 모르지요. 혹은 내 곁에 든든한 배우자가 있어서 가능한 일이겠지요.

세월에 따라 늙어가고 추해져 가는 배우자를 오래오래 바라봐야 하는 고통. 그것은 결혼의 기본옵션입니다. 그 극적인 변화 속에서도 여전한 마음을 느끼는 순간이 한 번씩 있고, 수십 년 전 추억이 흐릿한 배경 속에서 더욱 빛을 발하는 게 바로 삶이 아름다운 이유 아닐까요?

님의 곁눈질은 무죄일지 모르지만, 지금 당장 아내를 따뜻한 눈길로 바라보지 않는다면 그건 심각한 유죄입니다. 마음을 담아 아내를 오래오래 들여다보시길 바래요. 눈길이 오래 머문 자리엔 반드시 아름다움이 꽃피어 납니다.

우리 집 침실의 영원한 갑을관계

어린 시절, 아직 젊은 새댁이던 제 어머니가 이웃 여인들과 둘러앉아 나누던 은밀한 수다를 엿들은 적이 있습니다. 눈물과 웃음과 한숨으로 얼룩지던 그녀들의 수다는 아마도 결혼생활에 관한 가장 내밀한 속살과도 같은 하소연들이었을 텐데요. 누군가 한 여인이 이런 말로 결론을 냈었지요.

"그래서 자고로 여자는 자기가 좋아하는 남자보다 자기를 좋아해 주는 남자랑 살아야 돼."

이해는 못 했지만, 어린 마음에 깊이 들어와 박히던 그 말. 남자를 사귀고 결혼해서 사는 동안에도 이따금 한 번씩 되새겨지던 그 말을 오늘의 손님에게서 다시 떠올리게 되는군요.

부부간의 은밀한 갑을관계. 여러분은 어떻게 생각하시나요?

결혼 15년 차, 40대 주부입니다. 남편과는 친구 커플의 소개로 만났는데, 전부터 워낙 좋은 평판을 들어왔던 터여서 그랬던지, 첫 만남에서부터 저는 무척 좋은 인상을 받았었죠. 조건도 나쁘지 않았고 신중한 태도도 믿음이 갔지만, 솔직히 외적인 매력에 많이 끌렸었던 것 같아요. 키도 훤칠하게 크고 얼굴이 하얀, 특히 미소가 환한 훈남으로 보였습니다.

결국, 제가 더 적극적으로 다가갔고 프러포즈 비슷한 것도 결국 제 쪽에서 했네요. 남편은 좋게 말하면 너무 점잖았고 나쁘게 말하면 박력이 없는 편이었습니다. 프러포즈해주길 기다리다가는 결코 결혼에 골인하지 못할 것 같더군요. 그러나 어찌 됐든 결혼해서 지금까지 크게 문제 일으킨 적 없었고 좋은 가장, 좋은 아빠의 모습을 보여주고 있습니다. 그러나 제가 신랑 자랑을 하려고 이곳을 찾은 것은 아니고요.

지금부터 약 7년쯤 전의 일입니다. 저는 집안의 셋째 며느리라 위로 두 형님이 있습니다. 그중 둘째 형님이 하루는 웃으며 하소연을 하더군요. 이제라도 늦둥이를 하나 낳아볼까 하는데 아주버님이 일절 협조를 안 한다고요. 그래서 제가 농담으로 그랬습니다. 어느 날 분위기 잡고 형님이 유혹해서 뜻을 이루시면 되잖느냐고요. 그러자 형님이 그러더군요. 평생 안 하던 짓을 하면 아마 금방 눈치

챌 거라고요.

그 말 한 마디에 저는 그만 대화의 맥을 잃고 저만의 생각 속으로 골똘히 빠져들 수밖에 없었습니다. 어떻게 평생 남편을 유혹해 보지 않을 수가 있을까? 부끄러운 고백이지만, 사실 저는 평생 남편을 '유혹'해야 했던 사람이거든요. 왜냐하면 우리 신랑은 제가 건드리지 않으면 아무 생각이 없는 사람이기 때문입니다. 아마 1년이 가도록 손끝도 까닥 안 할 겁니다. 자상하게 챙겨주고 대화도 잘 하지만, 거기까지가 전부죠. 어디 아픈 사람도 아니고 남달리 힘든 일을 하는 사람도 아니면서 야속할 정도로 혼자 잘 참죠.

그래서 저는 신혼 때부터 늘 제 나름대로 노력을 해야 했어요. 너무 오래되기 전에 한 번씩 부부의 정을 나누기 위해서는 저의 노력이 필요했습니다. 몸매 관리와 피부 관리는 기본이고 침실 분위기, 속옷, 음악, 조명, 와인까지. 남편 컨디션을 살피고 기분을 맞춰가며 기회를 엿봐야 했습니다. 이야기할수록 저만 이상해지는데, 만약 그렇게 하지 않았으면 두 아이가 세상에 태어났을지도 의문입니다.

하여간 저는 그렇게 늘 매달리고 요구하며 살아왔고 다른 여자들도 다 저처럼 사는 줄 알았습니다. 물론 저도 그런 얘기 들어보긴 했죠. 불감증 아내가 거부해서 고민한다든지, 남편이 자꾸 덤벼서 힘들다는 얘기 등등. 하지만 그런 말이 별로 와 닿지를 않았죠. 그러다가 저와 가까운 형님의 솔직한 말을 듣고는 충격을 받았던 겁니다.

그래서 그때부터 저는 친한 친구와 친언니한테 그 부분에 관해 에둘러 물어보기 시작했습니다. 그 결과 다른 집은 우리 집과 다르다는 걸 알았죠. 아예 부부 관계 없이 산다는 커플은 있었습니다. 또는 서로 원해서 횟수도 잦고 만족도도 높은 커플도 있었어요. 하지만 일방적으로 여자가 원하고, 유혹하고, 리드하는 경우는 없더군요. 그제야 저는 깨달았습니다. 아무 문제없이 행복한 결혼생활인데도 제가 지쳐만 가던 까닭을요. 부부관계가 결혼생활의 모든 것은 아니지만, 가장 중요한 한 부분이잖아요. 부부 사이에도 권력 관계가 있다면 그건 아마 성적인 부분이 아닐까요? 그런데 근본적으로 우리 부부는 그 힘의 균형이 깨져 있었던 겁니다.

서글프고 비참했습니다. 다른 여자들이 부럽더군요. 나보다 예쁘고 잘난 여자를 보면, 저 여자는 당연히 남편 사랑을 받고 살겠지 싶고, 나보다 초라해 보이는 여자를 보면, 그래도 저 여자는 남편 손길을 뿌리쳐가며 사는지도 몰라 싶습니다. 나는 어디가 못나서 이러고 살지 싶으면 화가 났습니다.

그래서 한동안은 저도 남편을 모른 척하고 지내도 봤습니다. 그랬더니 정말로 몇 달이 아무 일 없이 그냥 흘러가 버리더군요. 남편은 아무 불만 없이 여전히 아침마다 말짱한 얼굴로 깨어나고, 밤이면 금방 코 골며 곯아떨어지고. 저만 우거지상이 되어 갔습니다. 그리고 저는 깨달았죠. 남편에게 결혼생활이란 평화로운 동거생활과 공동양육을 의미할 뿐이라는 것을요. 그리고 저는 그렇게 스킨십 없이 살 수 있는 사람이 아니라는 것도요. 그 기분을 어떻게 설명해야 '밝히는 여자'라는 소리를 면할까요? 꼭 성적인 만족 때문이 아닙니다. 사랑하는 사람과 뭔가 나누고, 접촉하는 느낌, 그리고 두 사람 사이에 어떤 미묘한 흐름 같은 게 저는 필요했습니다. 남편은 그런 게 그다지 그립지 않은 사람이고요.

지금도 생각나네요. 하루는 제 친언니 집에 갔다가 그 집 빨래를 개켜준 적이 있는데, 언니의 속옷이 모두 고무줄 늘어진 허름한 할머니 속옷들이더군요.

"언니, 이런 거 다 갖다 버리고 야한 속옷 좀 사 입어!"

"누가 본다고?"

"누구긴 누구야 형부가 보지."

"아유, 보긴 뭘 봐. 아무것도 안 보고 막무가내 덤비지."

"…."

그 말에 제가 할 말을 잃었습니다. 뭘 걸쳤든, 막무가내 덤벼주는 남편하고 살면 참 편하겠다 싶더군요. 나도 다음 생에는 다른 조건 아무것도 안 따지고, 나를 향해 막무가내 덤벼주는 남자하고 결혼해야지. 그래서 맘껏 튕기며 살아야지. 이렇게 생각하니 콧잔등이 다 시큰해지더군요.

밖에 나가서 열심히 일하고 집에 와서 애들과 다정히 대화하는 남편. 그런 남편한테 불만을 가지면 안 된다 싶으면서도 가끔 그 아무 생각 없이 편안한 얼굴에 빰이라도 찰싹 올려붙이고 싶어질 때가 있습니다. 다른 거 다 갖췄어도, 남자로서 중대한 결격사유가 있다고 생각돼요.

그 중대한 결격사유, 타고난 걸까요. 아니면 저라는 여자를 만나서 그렇게 된 걸까요. 남편도 저도, 다른 사람과 맺어졌더라면 다른 부부생활을 할 수 있었을까요?

별별다방으로 오세요!

저희 별별다방 문을 두드리기까지 님은 얼마나 많은 망설임의 시간을 흘려보내셨을까요? 그러나 님의 글을 읽은 첫 느낌은, 묵은 체증이 내려가듯 속이 시원해지는 느낌이었다는 게 솔직한 고백입니다.

사실 별별다방을 통해 아내들의 내밀한 고민을 접하다 보면, 공감을 넘어서 저도 모를 답답함까지 느낄 때가 많습니다. 사연이야 저마다 다릅니다. 침실에서의 남편의 과도한 요구가 부담스럽기만 하다는 아내도 있고, 그와 반대로 무성의하고 소극적인 남편 때문에 성적인 만족을 못 느낀다는 분들도 계십니다. 그러나 어느 경우건, 대개의 아내는 자신을 무력한 피해자로 여기고 또 그에 걸맞게 행동을 합니다. 그저 손사래 치며 남편을 밀어내기만 하는 아내, 아니면 잠든 남편의 야속한 등을 향해 눈을 흘기는 게 전부인 아내들이지요. 그러나 님은 달랐습니다. 나름의 요령과 노력으로 남편을 자극하고 침실 분위기를 리드해왔다는 여자분을 만난다는 건 저에게 여간 반가운 일이 아니었습니다. 아마도 님은 성이 가져다주는 진정한 기쁨을 알고 자신과 배우자의 몸이 만들어내는 파동에 민감한 분이신 듯합니다. 이런 말을 어떻게 받아들이실지 모르지만, 저로서는 부러움과 경탄을 담아서 드리는 말씀이에요.

그러나 그 '부러움'과 '반가움'은 곧 '의아함'으로 바뀔 수밖에 없었습니다. 그런데 대체 뭐가 문제란 말씀이실까요?

누가 유혹했든, 맘껏 즐기시면 되는 거 아닌가요? 내 아내가 저렇게 유혹해준다면 얼마나 행복할까?

저 말고 별별다방의 많은 손님도 비슷한 질문을 댓글로 남기셨더군요. 그러나 글을 거듭 읽어보고는 제가 무엇을 잘못 짚었는지 알 수 있었습니다. 단순하고 직선적인 성향의 사람들에게는 문제가 곧 고민이고, 고민거리가 곧 문젯거리죠. 하지만 님에게는 그 둘이 전혀 별개였던 겁니다. 님에게 불만을 안겨다 준 문제는 분명 남편과의 기질 차이입니다. 한 마디로 남편이죠. 하지만 님의 마음을 어지럽히고 있는 진짜 고민은 남편이 아닌 듯했습니다. 남편이 아니면 그건 누구일까요?

님의 글을 거듭해 읽을수록 점점 더 크게 울려오는 한 줄의 문장이 있었습니다.

"그 기분을 어떻게 설명해야, '밝히는 여자'라는 소리를 면할까요?"

저는 그 문장이 그냥 넘어가지지를 않습니다. 밝히는 여자로 오해받고 싶지 않고 더불어 혹시 내가 정말 밝히는 여자인 건 아닌가 불안해하는 마음이 고스란히 전해졌지요. 대체 님이 말하는 '밝히는 여자'란 어떤 여자인 걸까요?

저는 님이 마음속에 뿌리 깊이 박힌 보수적인 성 의식에 짓눌리고 있다 생각합니다. 여자라면 누구나 마찬가지겠지만, 님 역시 사랑받는 여자에 대한 환상을 오랜 시간 공들여 만들어왔습니다. 그런데 안타깝게도 그 모습이, 여느 여자들보다도 훨씬 보수적인 성의식의 지배를 받고 있다고 생각됩니다. 침실에서 실제로 일어나고 있는 일들은 그 환상과 전혀 맞지를 않는 거죠. 무덤덤한 남편을 유혹해서 리드해나가는 자신의 모습은 남자에게서 사랑받는 여자가 할 역할이 아닌 겁니다. 그건 사랑받는 여자들과는 반대 쪽 무리의 여자들, 즉 밝히는 여자들이나 할 일인 거죠.

제가 내린 결론은 이렇습니다. 이제껏 님을 억누르고 있었던 건 남달리 강한 성욕이 아니라, 오히려 지나치게 보수적인 고정관념입니다. 몸과 마음의 엇박자가 님을 갈팡질팡하게 하고 있는 겁니다.

바로 그 아이러니에 관하여, 손님 한 분은 이렇게 날카로운 지적을 남기셨습니다.

… 정말 밝히는 분이라면, 이런 고민도 안 하실 듯.

물론 고정관념이라는 것이 당장 버리자고 버려지는 게 아닙니다. 남편의 기질 또한 쉽사리 바뀌는 게 아니고요. 다만 제가 드리고 싶은 말씀은, '밝히는 여자'의 망령에서 벗어나 마음에 여유를 가지시라는 겁니다. 별별다방에 올라온 성에 대한 사연과 수많은 댓글에서 느끼셨겠지만, 침실의 고민은 실로 천차만별, 가지각색이고, 서로가 서로를 부러워하는 형국입니다. 성적인 만족도야 저마다 다르겠지만, 100%의 사랑과 쾌락을 일방적으로 받기만 하는 사람은 없습니다. 몸과 마음의 합일을 위해 남편을 길들이고 자신을 가꾸는 님은, 가장 사랑스러운 아내일 뿐입니다.

별별다방 손님들에게 님은 물음을 던졌습니다. 다른 사람과 맺어졌더라면 다른 부부생활을 할 수도 있었지 않겠느냐고요. 맞습니다. 다른 파트너라면 다른 무늬를 만들어내는 것이 바로 남녀 인연의 오묘한 이치이겠지요. 하지만 지금의 이 사람과 지금의 이 무늬를 만드는 데에 열중하는 게 바로 사랑이 아닐까요?

차라리 밖에서 해결하고 오라는 아내

부부관계의 가장 핵심적인 요소라고 할 성적인 친밀감과 소통의 문제. 그 예민한 문제를 둘러싸고 남편은 아내를 원망하고 아내는 남편을 의심합니다. 그러나 그들의 원성에 가만히 귀 기울여보면, 성적인 소통과 친밀감이 꼭 침대 위에서의 문제만은 아닌 듯합니다. 상처를 주는 것도 상처를 어루만져 주는 것도 결국은 일상적인 언어와 태도를 매개로 이루어지는 과정이니까요. 아내의 행동보다 치명적 말 한마디에 더 깊은 내상을 입으셨다는 오늘의 손님. 여러분도 공감하시나요?

40대가 거의 저물고 50대를 바라보는 아저씨입니다. 요즘 별별다방에 부부간의 내밀한 고민이 솔직하게 올라오는 것을 보고 저도 용기를 내봅니다.

얼마 전, 같이 자지 않은 남녀는 어디까지나 친구일 뿐이라고 주장한 남편이 뭇매를 맞던데, 쏟아지는 댓글들을 읽고 저는 좀 답답했습니다. 저 역시 그 양반 생각에 전적으로 동의하는 건 아닙니다. 하지만 40대 이상 남녀의 사랑에서 육체적인 부분을 빼버리면, 결국은 알맹이 없는 껍데기만 남는 거 아닌가 싶어서요.

사실 저희 부부는 그 문제로 10년 이상 갈등 중입니다. 제가 생각하는 부부와 제 아내가 생각하는 부부 사이에는 근본적인 차이가 있습니다. 아내는 '친구 같은 부부'라는 핑계로, 이제 더는 같이 자지는 않는 희한한 부부가 되기를 원하는 모양입니다. 하지만 저는 그런 이상한 관계를 '부부'라고 부르고 싶지도 않습니다.

늦둥이 둘째 태어나고 나서부터이던가, 이런저런 핑계를 대며 피하기 시작하더군요. 피곤하다고 했다가, 아프다고 했다가, 할 일이 있다고 했다가, 그러다 결국엔 본심을 털어놓더군요. 의미를 모르겠답니다. 1년에 단 한 번이라도 서로 원할 때, 제대로 분위기 잡고 평생 잊지 못할 밤을 보내고 싶지, 일상적으로 밥 먹고 용변 보고 잠자듯이 관계를 갖고 싶지는 않다네요.

그러나 부부관계라는 게 사실 그런 거 아닌가요? 성인남녀가 어쩔 수 없이 가지고 있는 성적인 욕구를 합법적으로, 품위 있고 건전하게 해소하는 것도 결혼의 의의라고 생각합니다. 배우자라면 협조할 의무도 있고요. 그 과정에서 서로 합심해서 분위기도 살리고 느낌도 찾는 것이지요. 그리고 그 과정의 노력이 바로 의미이지, 어떻게 늘 의미가 선행할 수가 있나요?

그리고 무슨 견우직녀도 아니고 매일 민낯 보며 사는 부부가 1년에 단 한 번 마음이 통한다는 게 말이 됩니까? 364일을 냉랭히 살고 나면 마지막 하룻밤도 별 볼 일 없는 거죠.

하여간 의미를 모르겠다는 그 말에 상처를 받은 뒤로 저도 이제는 매달릴 의미를 못 찾고 있었습니다. 그러나 저는 남자라서 그런지, 부부관계가 쏙 빠진 부부관계의 의미 또한 도무지 모르겠더군요. 이제 구걸하지 말자, 기대하지 말자 다짐하면서도 마음 한구석에는 언제나 제가 뭔가 매달리고 구걸하는 느낌으로 살아가는데….

급기야 이런 말까지 들었습니다.

"차라리 밖에 나가서 해결하고 오면 좋겠다."

다 좋습니다. 내키지 않으면 언제까지나 거부할 수 있습니다. 의미를 못 느껴서 이젠 아예 그만하고 싶을 수도 있습니다. 제가 아내의 몸과 마음을 열지 못하는 못난 남편이라서 그런 거겠지요. 그러나 부부간에 할 말이 있고, 못 할 말이 있습니다. 밖에서 해결하라니요. 부부관계를 하느냐 안 하느냐를 넘어서, 이건 배우자에 대한 사랑과 존경이 곤두박질치는 상황 아닙니까? 남자로서 애로사항을 느끼면서도 가정의 테두리를 벗어나는 짓은 한 번도 생각해본 적이 없는데….

아내의 모진 말 한 마디에 모든 게 물거품이 되는 느낌입니다. 밖에서 그거 하나 해결 못하고 애먼 아내를 귀찮게 하는 저는 희대의 바보인가요? 저와 같은 고민으로 한숨 쉬어 본 남자분들은 이 기분 아시겠지요?

별별다방으로 오세요!

같은 고민으로 한숨 쉬어 본 남자들을 향해 절박한 SOS 신호를 보내고 계신 님! 남자도 아니고, 또 님과 비슷한 문제로 고민해본 적도 없는 저로서는, 무슨 말씀을 어떻게 드려야 할지 모르겠습니다. 도움을 드리는 건 고사하고 알아듣는 척 고개를 끄덕이며 위로의 말씀을 드리는 것조차 민망해지네요. 그래서 언제나처럼 저 대신 별별다방 손님들이 너도나도 나서서 님에게 힘이 되고 도움이 될 말씀들을 남겨주시길 바라며 사연을 올렸더랍니다.

과연 손님들의 반응은 뜨거웠습니다. 무엇보다도 님이 겪고 계신 애로사항에 대해 격하게 공감하시며 위로와 격려의 댓글들을 남기셨지요. 그뿐만 아니라 님과 같은 처지에 있다고 고백하신 분들이 적지 않았습니다. 이러지도 저러지도 못하고 아까운 시절을 다 흘려보내셨다는 70대도 계셨고, 아직은 젊은데 벌써부터 이렇게 안 맞으니 앞길이 막막하다는 젊은 신랑도 있었습니다. 이젠 적응이 돼서 이대로도 편하다고 말하는 서글픈 50대도 계셨고요. 이렇듯 같은 문제로 고민하고 계신 분들을 만나게 된 것만으로도 작은 위안을 얻으셨길 바랍니다. 한편, 님에게 실제적인 도움이 될 만한 다양한 의견은, 님과 다른 입장에 서 계신 분들에게서 나왔습니다.

… "일상적으로 밥 먹고 용변 보고 잠자듯이"라는 글귀에서 멈추게 되는군요. 애정 표현도 서투르고 일방적이고 이기적인 섹스를 했던 남편은 아닌지. 남편에게 무엇인가 큰 변화가 필요하다고 생각됩니다.

여자들은 나이 들어가면서 생리적인 변화가 있고 그에 따라 심리적인 변화도 큽니다. 저도 같은 상황을 경험했고, 지금 극복하고 있습니다. 남편의 성의와 노력이 아내의 심리를 바꿀 수 있길 기대합니다.

개개인의 차이겠지요. 여자도 부부관계를 좋아하는 분이 있고 싫어하는 분도 있겠죠. 아니면 남편의 테크닉이 만족스럽지 않든지.

… 제가 생각하기에는 무엇보다도 부부관계는 두 분이서 툭 터놓고 대화를 하는 것이 해결 방법의 하나라 생각합니다.

허심탄회한 대화! 부부가 겪는 갈등은 대화로 풀어나가는 수밖에 없겠지요. 실제로 별별다방을 찾아와 부부문제를 묻는 분들은 대개 그와 같은 이야기를 듣게 됩니다. 그러나 솔직히 말하면 대화가 과연 도움이 될까 싶을 때도 적지 않습니다. 서로의 마음을 몰라서라기보다는 근본적인 기질의 차이나, 관념의 차이로 싸우는 경우가 많습니다. 또 상대방이 대화 자체를 거부하고 있는 경우에는 허심탄회한 대화로 해결의 물꼬를 트는 게 불가능하지요.

저는 님의 경우에 그 두 가지 모두를 보았습니다. 아내가 님을 밀어내는 데에는 여러 가지 이유가 있을 수 있겠지만, 님이 보내주신 사연을 통해서 짐작되기로는 기질적인 차이가 근본 이유인 듯합니다. 그쪽으로는 워낙 관심이 적고, 대단한 즐거움을 느끼지 못하시는 분이 아닌가 싶습니다. 사실 별별다방에는 님과 같은 고민으로 사연을 보내주시는 남자 손님들이 적지 않습니다. 또한 남편의 요구가 너무 부담스러워 결혼생활이 힘겹다는 여자 손님들의 사연도 심심찮게 접하고 있습니다.

그분들의 솔직한 고백을 통해서 들여다보는 세상 부부의 침실 풍경에는, 그러한 아내들이 드물지 않더군요. 도무지 그쪽으로는 의미도 재미도 못 느끼는 분들, 그런 재미 없이도 얼마든지 행복한 부부생활이 가능한 분들, 오히려 그것만 피할 수 있다면 결혼생활에 불만이 없다는 분들도요.

저는 전문가가 아니기에 그런 심리 바탕에 대해서는 무엇이라고 딱히 설명할 길이 없습니다. 기질이 담백할 뿐인지, 아니면 치료를 요하는 신경증에 속하는지도 알 수가 없습니다. 제가 말할 수 있는 것은 별별다방 손님들 중에도 그런 분들이 상당히 많다는 것, 질병이 아닌 성향일 가능성도 배제할 수 없다는 것입니다.

사람의 타고난 성향은 쉽게 바뀌지 않습니다. 원래의 성향은 그대로 가지고 있으면서, 노력으로 맞춰나가는 수밖에 없지요. 그러나 그러한 노력이라도 해준다면 그건 참 고맙고 대단한 일입니다. 대개의 경우 나와는 다른 느낌으로 사는 배우자가 이해가 안 되고 심지어는 한심하게도 보입니다. 거리를 좁혀나가지 못하고 오히려 점점 더 멀어져갑니다.

특히 성적인 면에서의 관념 차이는 그런 과정을 밟아가기 쉽더군요. 마음으로는 배려한다 해도 몸이 따라주지 않으면 소용이 없지요. 반대로 몸으로는 맞춰 줄 수가 있다 해도 그럴수록 마음 속의 거부감은 점점 더 커지게 마련입니다. 두 분 역시 그 과정을 밟고 계신 게 아닌가 싶어 안타깝습니다.

아직 그 문제에 대해 진지하게 대화를 하신 적이 없다면 이번 기회에 한번 시도해보시면 좋겠습니다. 서로의 생각을 뻔히 안다고만 생각 마시고, 말이나 글로 정제된 대화를 해보실 필요는 있어요.

그러나 대화로 상대방의 성향이나 성적 관념을 일시에 바꿔보려고 하시면 안 될 것 같습니다. 사람은 누구나 나를 바꾸려고 드는 사람과의 대화를 거부합니다. 거부감을 주면서 대화에 임하는 건 거부하는 아내에게 억지로 다가가는 것 이상으로 무모하고 의미 없는 행동이 되겠지요.

차라리 밖에서 해결하고 오라는 아내의 말은 누가 들어도 지나친 말이었습니다. 그러나 이렇게도 생각할 수 있습니다. 그런 말을 내뱉을 때는 아내도 몰릴 만큼 몰린 게 아닐까요? 잘못을 따지기 전에, 현재 아내가 느끼고 있는 스트레스만큼은 님 못지않은 듯합니다. 님의 눈에 아내가 매정한 사람으로 보인다면, 아내의 눈에는 님이 어떻게 보일까요? 365일 빚 독촉을 받는 기분일지도 모릅니다.

지금은 서로가 상대방을 '비정상'으로 보고 있습니다. 그리고 상대방이 내게 뭔가를 강요하거나 거부하고 있다고 느끼고 있습니다. 이런 상황에서는 상대방의 감정에 대해 공감하기가 힘듭니다. 공감이 결여된 상태에서는 어떤 잔인한 말도 할 수 있는 게 인간입니다. 왜냐하면, 상대방이 둔감하고 잔인한 사람으로 보이기 때문에 나 역시 잔인함으로 무장을 하는 거죠. 아내의 극단적인 발언도 아마 그런 심리적 배경에서 나온 것이겠지요.

이런 경우 공감을 위한 대화가 필요합니다. 부부관계의 중요성을 설파하시지 마시고, 내가 요즘 얼마나 약해져 있는지를 진솔하게 털어놓으세요. 아내의 모진 말 한마디에 얼마나 상처받았었는지를 알려주세요. 그리고 아내의 따뜻한 말 한마디에도 얼마나 힘이 나는지 알려주세요. 이제부터 '대화를 준비하는 대화'를 해보세요. 부드럽고 따뜻한 분위기부터 회복하시고, 그다음에 가벼운 스킨십을 통해 공감대를 넓혀가세요. 그리고 마침내 서로를 위해 내 몸과 마음을 양보할 준비가 되었다고 느꼈을 때, 본론을 꺼내세요. 그 시점에서 전문가의 치료도 병행해 보시면 분명 도움이 될 겁니다.

여자가 바라는 남자다운 남자는 욕망이 강한 남자가 아닙니다. 테크닉이 뛰어난 남자도 아닙니다. 여자들은 품이 넓은 남자를 바랍니다. 아내의 까칠한 반응에 너무 상처받지 마시고, 아내의 몸과 마음을 누그러뜨릴 수 있는 여유와 요령을 터득하세요. 그리고 내가 얼마나 약해져 있는지 말할 수 있는 것도 분명 품이 넓은 남자만 이 할 수 있는 일입니다. 품이 넓은 남편과 부드러운 아내가 되어 우선 대화의 물꼬를 트신다면, 침실에서의 엇박자도 조화롭게 맞춰 나가실 수 있으실 거예요.

story 2

믿음을 저버린 너, 돌아서지 못하는 나

위기의 부부

모든 동화의 결말은
행복한 결혼입니다.

마귀를 물리치고 저주를 푼 왕자는 탑에 갇힌 아름다운 공주를 아내로 맞이하지요. 그리고 그들은 이후로 오래오래 행복하게 살아갑니다.

그러나 동화 밖의 사랑 이야기는 그런 식으로 끝나지 않습니다. 행복한 결혼식 장면과 함께 동화책을 덮고, 그들은 진짜 이야기를 시작해야 합니다. 그들의 길고 긴 이야기에는 마귀나 저주는 안 나옵니다. 왕자도 공주도 없습니다. 후줄근한 직장인과 녹초가 된 주부가 주인공인 그 이야기에는 시어머니와 장모, 속 썩이는 아이들이 등장합니다. 왕자는 용맹함으로, 공주는 아름다움으로 해피엔딩을 쟁취했지만, 진짜 사랑 이야기에서는 그런 것들이 별로 소용이 없습니다. '남편'과 '아내'가 그 길고 지루한 이야기에서 헤어지지 않고 살아남으려면 무엇이 필요할까요?

그들에게 필요한 덕목은 아마도 '신뢰'와 '연민'이 아닐까 합니다. 그중에서도 신뢰는 결혼이 가져다주는 가장 큰 힘이자 결혼생활을 가능케 하는 틀이기도 하지요. 내 편이 있다는 믿음이 있기에 우리는 험난한 세상과 싸울 힘을 냅니다. 오직 내 사람이라는 믿음이 있기에 우리는 배우자에게 청춘을 바쳐 헌신할 수 있는 것일 테고요.

별별다방을 수놓았던 수백 수천의 댓글 중에서도 부부지간의 신뢰의 중요성을 느끼게 하는 글이 많았습니다. 사랑의 감정이 식어버린 뒤에도 부부는 여전히 부부이지만, 신뢰에 금이 가면 모든 것이 허물어지고 말더라는 게 별별다방 인생 선배들의 생생한 증언이었습니다.

그 말대로라면, 아마도 배우자의 배신만큼 치명적인 사건은 없을 겁니다. 믿음을 저버림으로써 부부간의 결속을 단칼에 끊어버리는 사건이니까요. 믿음이 컸었다면 그만큼 분노도 클 수밖에 없습니다. 신뢰에 금이 가는 정도가 아니라 산산조각이 나는 경험을 하게 됩니다.

그런데도 부부의 연을 끊는 것은 말처럼 쉬운 일이 아닙니다. 자녀, 세상의 시선, 혹은 경제적인 이유로 결별을 유보하는 경우가 많습니다. 배우자에 대한 어리석은 미련이나 자존심 때문에 포기를 못하는 경우도 있지요.

이유가 무엇이건 믿음을 잃은 결혼생활의 고통과 번민은 사람의 마음을 병들게 합니다. 자기 자신뿐 아니라 배우자의 마음도 같이 병들어 갑니다. 사연 속 주인공들은 부정을 저지른 배우자를 마음 깊이 원망하고 있었지만 그렇다고 복수만을 원하는 건 아니었습니다. 별별다방의 문을 두드리면서 그들이 간절히 바란 것은 '마음의 지옥'을 벗어나는 길이었지요.

사람들은 쉽게 말합니다. 결별하든지, 아니면 깨끗이 잊어버리라고요. 그것만이 마음의 지옥을 벗어나는 길이라고요. 그러나 그런 이성적인 충고는 번민만 더해줄 뿐, 어느 한쪽으로 등을 떠밀어주지는 않습니다. 또한, 내 마음이 시킨 선택이 아니라면 어느 길로 가든 번민은 계속될 것입니다. 헤어지더라도, 같이 가더라도, 용서하지 않고는 마음의 평화를 되찾기 어려울 겁니다.

용서하기 위해서는 '연민'의 눈으로 바라보라고, 별별다방 손님들은 말합니다. 신뢰가 부부를 묶는 탄탄한 밧줄이었다면 연민은 두 사람이 얽혀든 거미줄 혹은 실타래 같은 것입니다. 신뢰의 밧줄은 단칼에 잘려나가지만 연민의 실타래는 쉽게 풀리지 않지요. 거짓과 배신으로 두 사람 사이의 신뢰가 무너졌다 해도 연민의 감정이 두 사람에게 남아 있는 한, 희망은 있습니다. 비록 같은 길을 나란히 걷지는 못한다 해도 마음의 평화를 되찾고 새로운 사랑을 시작할 희망 말입니다.

부부지간 신뢰가 무너지면 끝이라는 말, 살아갈수록 절감하게 되는 말입니다. 그러나 세월을 함께 겪으며 연민의 실타래를 자아내온 부부에게는 두 번째 기회가 있습니다. 거짓말에 분개하고, 배신의 행위에 몸서리치면서도, 그 사람을 끊어내지는 못하는 마음. 어리석은 미련이라고 할 수도 있고 헛된 자존심이라고 할 수도 있습니다. 그러나 저는 이렇게 말하고 싶네요. 함께 해온 세월에 대한 믿음이라고요.

부디 여러분은 그 모든 아픔과 성숙을 경험하지 않고 일상의 평화 속에 행복하시기를 바랍니다. 대신에 여러분이 맞이하는 평범한 하루하루가 눈에 보이지 않는 실이 되어 여러분과 배우자를 단단히 얽어가고 있다는 것을 한 번씩 되새겨 보셨으면 좋겠습니다. 가장 지루한 순간에 인생의 위기를 생각하고, 절체절명의 선택을 앞두었을 때 평정한 마음을 유지할 수 있으시길….

자식들 떠난 빈 둥지,
이제야 보이는 남편의 뒷모습

부부는 어쩌면 작은 구명보트를 타고 함께 태평양을 건너는 두 명의 조난자와 같다는 생각을 합니다. 살아서 바다를 건너야 한다는 목적은 같지만, 한 구명보트 안에서 살아남기 위해 서로 경쟁하고 싸우고 의심할 수밖에 없죠. 하지만 무사히 상륙하는 순간부터 그 둘은 세상에 둘도 없는 동지가 됩니다. 그들이 망망대해에서 겪은 풍랑과 갈증을 그 누가 알아줄까요? 함께 바다를 건너온 동지만이 그때의 수고와 고생을 잊지 않고 고개를 끄덕여 줄 수 있을 겁니다. 여러분의 동지는 지금 안녕하신가요?

제 나이 어느덧 50. 부모님 밑에서 철없이 살았던 시간, 스물다섯 해에 결혼해서 억지로 철이 들어야 했던 시간이 또 그만큼…. 그 중 가장 고통스러웠던 일은 제 나이 30대 중반에 맞닥뜨린 남편의 외도였습니다. 남편 하나만 알고, 내가 세상에서 제일 복 많은 여자인 줄만 알고 살아가다 남편에게 다른 여자가 있다는 걸 알게 되었으니까요. 그 바람은 그저 지나가는 바람이 아니라, 제 가정과 영혼까지 뿌리 뽑아버릴 만큼 거센 태풍이었습니다. 세상 남자가 다 어떻다 해도, 제 곁의 이 남자만큼은 끄떡없다고 믿고 산 어리석음에 스스로가 싫어질 정도였습니다.

남편은 정리할 시간을 달라고 했습니다. 가정을 지킬 생각이고, 가정으로 돌아올 생각이니까 기회를 달라고 했습니다. 하지만 그 여자를 단칼에 끊어내지는 못하더군요. 그때 저는 이혼하고 싶은 마음뿐이었습니다. 능력도 없고 아무 준비도 안 되어 있지만, 이혼하지 않고는 숨을 쉴 수가 없을 것 같았지요. 문서상의 부부가 무슨 소용인가요. 서로 믿고 한결같은 마음으로 웃을 수 있었던 가정이 한순간에 송두리째 무너지고 말았는데 말이죠.

하지만 저는 이혼하지 못했습니다. 남편에게 기회를 주기 위해 참은 것도 아니고, 혼자되는 것이 두려워서도 아닙니다. 제일 걸렸던 것은 아이들이었지요. 한참 사춘기에 접어든 아들과 딸에게 부모의 이혼을 겪어내라고 할 수는 없었습니다. 그다음으로 제 발목을 잡은 것은 주위의 시선이었습니다. '이혼'이라는 꼬리표에 따라붙을 안 좋은 시선, 억울한 오명, 그리고 등 뒤의 비웃음을 참아낼 자신이 없었습니다. 그렇게 2, 3년의 세월이 흘렀습니다. 그 시간 동안 저는 마음속에서 남편을 몰아내고, 그 자리를 박박 지워버리는 작업을 했습니다. 취미생활에 몰두하고, 연락이 끊겼던 친구들을 찾아다녔습니다.

그리고 남편은 아마도 본인이 말했던 '정리'에 들어갔던 것 같습니다. 그 여자와의 외도에 빠져있는 동안 생기 넘치던 남편 눈은 언제부터인가, 다시 맥 빠진 멍한 눈이 되어 있더군요.

아이들도 어느 정도 눈치를 챈 듯했습니다. 엄마, 아빠의 사이가 예전처럼 좋지 못하다는 것, 그리고 그 이유가 단순히 성격 차이는 아니라는 것을 말입니다. 차마 묻지는 못하고 막연한 불안감에 싸여 있는 아이들을 보면, 차라리 속 시원히 설명을 해줄까 싶은 생각도 들었습니다. 어찌됐든 이혼만은 절대 안 할 테니 걱정하지 말라고 말해주고 싶었습니다. 그러나 저도 차마 입이 떨어지지 않더군요.

그러다 곧 아이들 입시가 닥쳐왔고, 그 뒷바라지를 하느라 저의 40대는 바쁘게 흘러갔습니다. 저는 아이들을 학교와 학원으로 실어 나르고, 입시설명회를 쫓아다니며 잡념을 몰아냈습니다. 남편은 아이들 교육비나 벌어다 주는 사람으로 취급해버렸지요. 남편은 벌서는 사람처럼 집안에서 서성거렸습니다. 지금 당신의 모습은 소중한 가족을 내팽개치고, 자기 멋대로 '욕망을 즐긴 대가'라고 외치고 싶었습니다.

그렇게 10년이 흘러버린 지금, 우리 가족의 모습이 다시 한 번 변하고 있다는 걸 느낍니다. 딸은 어엿한 아가씨로 자라 요즘 같은 청년 백수 시대에 장하게도 취직을 했습니다. 잔소리 할 일 없는 딸, 그런데 그 야무진 모습이 가끔 서운하게 느껴집니다. 딸은 엄마 편이라던데, 우리 딸은 누구 편도 되지 않고 본인 일만 알아서 잘합니다. 한마디로 '아들 같은 딸'이에요. 그리고 우리 막둥이 아들은 지금 대학교 2학년을 마치고 군 복무 중에 있습니다. 공부는 잘 못했어도, 한 번씩 엄마를 꼭 안아주던 아들인데, 점점 더 바깥 생활에 관심이 많아지더니 이제는 집을 떠나버렸습니다. 제대하고 돌아온다 해도 더 이상 제 품 안의 막둥이는 아닐 겁니다.

집이 텅 빈 것 같습니다. 이제 남은 건 저와 남편인데 서로 할 말이 별로 없습니다. 저는 애들 키우느라 속이 다 빠진 빈몸만 남았고, 남편은 늘 집안에서 어색하게 빙빙 떠돕니다. 올겨울 들어 부쩍 남편의 초라한 뒷모습이 눈에 들어옵니다. 그리고 15년 만에 처음으로 남편이 불쌍하다는 생각이 듭니다. '당신이나 나나, 애들한테

다 빼주고 텅 비었어'라고 말하고 싶습니다. 꼭 전쟁터 폐허에서 마주친 적병들 같아요. 적은 적인데, 동지 같은 느낌이 듭니다. 그러나 뭐라고 말을 건네고 싶어도 말이 안 나옵니다. 너무 오랫동안 굳어진 습관 때문인 것 같습니다. 막상 말을 걸었다가 남편이 어떻게 나올지도 두렵습니다. 그동안 저를 지탱해준 자존심마저 무너지면 어쩌나 싶은 생각도 듭니다.

내 마음속에서, 가족의 행복한 풍경 속에서 남편을 몰아내는 데 15년이나 걸렸는데, 이제 와서 다시 남편을 그 안으로 불러들인다는 게 스스로 생각해봐도 어이없는 일이지만, 그렇게 하지 않으면 남은 30년 내내 점점 더 고독할 거라는 생각이 듭니다.

남편은 지금 무슨 생각을 하고 있을까요? 어떤 식으로 다가가야 오랜 친구, 더도 덜도 말고 딱 그만큼의 평화를 회복할 수 있을까요?

별별다방으로 오세요!

국어사전에 실려 있는 몇만 개의 단어 중에 가장 크고 무겁게 느껴지는 단어를 하나 고르라면, 뭐가 떠오르시나요? 사랑일까요. 아니면 어머니, 혹은 신일까요. 저는 주저 없이 이 단어를 꼽겠습니다. '용서'라고 말이죠.

저는 그 단어 앞에서 한없이 작아지는 저 자신을 발견하곤 합니다. 부끄러운 고백입니다만 저는 아직 누군가를 완전히 용서해본 적이 없습니다. 제게 잘못한 사람을 향해 분노와 원망을 퍼붓다가 세월이 흐르면 기억이 흐려져 갈 뿐이지요. 그런 건 용서가 아니고 망각이 아닐지요. 반면 용서란 나의 결단과 선택으로 상대방에 대한 미운 마음을 일시에 깨끗이 씻어내는 게 아닐까요?

하지만 그런 용서는 감히 인간이 할 수 있는 용서가 아닙니다. 우리는 누군가를 마음대로 용서할 힘이 없습니다. 용서에 관한 한 우리가 할 수 있는 건 없습니다. 용서하고 싶다고 간절히 바라는 것 말고는요. 별별다방 커뮤니티를 통해서 만나는 손님들, 특히 타인에게서 상처받고 고통 속에 살아오신 많은 분의 이야기를 통해서 저는 매번 깨닫습니다. 우리는 모두 참된 용서를 원하고 있다는 것을 말입니다. 미워하고, 저주하면서도, 실은 용서를 원합니다. 왜냐하면, 용서만이 내게 평화와 행복을 되찾아 주리라는 것을 알기 때문이지요. 하지만 그 용서라는 게 본인의 선택과 노력만으로 이루어지는 게 아니더군요. 그토록 바라던 용서는 너무 많은 세월이 흐른 뒤에, 다른 이름으로 우리를 찾아옵니다. 그게 바로 '연민'입니다. 15년 만에 처음으로 남편의 뒷모습이 불쌍하게 느껴졌다면, 님은 이미 그분을 용서하신 겁니다. 절대로 용서하지 않을 작정이셨다 해도, '용서'가 사연 주신 님을 선택하고 찾아온 겁니다.

… 남자로서 여자 마음에 상처 주며 살지 말자, 늘 다짐하지만 살다 보면 맑은 날만 있는 것은 아니더군요. 사연을 읽어보면 남편분께서 100번 잘못했습니다. 하지만 남편분의 뒷모습이 외롭고 불쌍해 보인다면, 그리고 사건 이후 두 자녀를 위해 열심히 사셨다면 용서하심이 어떨까요? 먼 훗날 20년 뒤 두 분 다 좋은 모습으로 '그래도 행복한 동행이었어'라는 생각이 들 거예요.

별별다방에 님의 사연에 대해 위와 같은 댓글을 달아 주신 분이 계십니다. 저희 모두 이 사연을 보면서 같은 마음이지 않을까요? 저도 님께 진심으로 축하의 인사를 전해드리고 싶습니다. 남편을 깨끗이 용서했다고 단언하는 사람보다는, 남편의 뒷모습이 어느 날 불쌍하게 느껴졌다고 말하는 님이, 더욱 완전한 용서에 이르신 분입니다. 이건 아무에게나 주어지는 축복이 아니지요. 두 분은 세상에 둘도 없는 동지로 남게 되었습니다.

세상 사람 누가 바다를 함께 건너온 두 분의 이야기에 귀를 기울이겠어요? 오직 두 분뿐입니다. 잡아먹히기 전에 먼저 잡아먹으려고 했던 기억조차, 웃으며 돌아볼 수 있는 게 부부입니다.

그런 놀라운 시간을 맞기 전에 결별에 이르는 부부도 많은데, 님은 축복받으신 겁니다. 그러나 그게 공짜로 주어진 선물일까요? 저는 두 분의 마음이 어우러져 빚어낸 결실이라고 생각합니다. 남편을 사랑했던 만큼 열렬히 미워했고, 그 시간을 철저히 아파했기에 이제는 사랑과 행복을 되찾을 자격이 있으세요. 그리고 자신의 실수를 인정하고, 고통스러운 시간을 감내해온 남편 역시 스스로 복을 만들어온 거로 생각합니다. 두 분에게 주어진 기회 앞에 자존심이 웬 말인가요?

외로움 속에 지쳐가고 있을 남편에게 손을 내밀어 주세요. 우리가 발견한 이 미지의 땅에 단단한 작은 집을 지어보자고 말하세요. 첫 삽을 뜨고, 작은 벽돌을 쌓아올리는 기분으로 아침, 저녁 남편에게 말을 걸어보세요.

두 분이 짓는 그 집에 지나간 15년의 풍랑과는 다른, 새 이야기가 깃들기를 저도 함께 기도하겠습니다.

차라리 나보다 나은 여자와 바람이 났더라면

아내는 남편의 비밀스러운 시선이 어디로 향하는지 궁금해합니다. 그러면서도 남편의 이상형에 대해서 웬만큼은 알고 있다고 믿습니다. 만일 그의 마음을 빼앗아 간 어느 여인을 대면하는 일이 생긴다면, 아내는 그 '이상형'을 떠올리지 않을 수 없지요. 그렇다면 둘 중 어느 경우가 더 고통스러울까요? 남편의 이상형에게 남편을 빼앗긴 경우와 그 반대의 경우 중에 말이지요.

자존심상 혼자만 앓아오던 제 이야기를 털어놓을게요. 제 남편은 3년 동안이나 어떤 여자에게 빠져 헤어 나오지 못하고 있습니다. 제가 알게 된 것은 1년 전쯤인데, 당연히 배신감과 질투심에 휩싸였었지요. 그러나 남편이 벌이고 다닌 일들과 그 상대 여자에 대해서 알면 알수록 배신감보다는 당혹감이 커졌습니다. 내가 알던 내 남편이 맞나 싶어서 말입니다.

물론 처음에는 전혀 의심하지 않았습니다. 워낙 그쪽으로는 전력도 없고, 오히려 지나치게 경직되고 근엄한 사람이었거든요. 그런데 제가 전혀 의심을 안 하니까, 남편도 슬슬 경계가 허술해지기 시작했나 봅니다. 거짓말같이 비밀이 탄로 나더군요. 남편이 그 여자와 같이 차를 타고 가는 걸, 우연히 제 친구가 보고 장난삼아 저한테 문자를 보내줬습니다.

"지금 네 신랑, 신촌에서 연애 중? 나한테 딱 걸렸다고 전해줘."

불과 한 시간 전에, 남편의 메시지를 받은 참이었습니다. 일 때문에 오늘 많이 늦을 거라고요. 순간 모든 것이 분명해지더군요. 친구에게는 대수롭지 않은 듯 대꾸해서 무마를 했지만 그때부터 저는 의심의 화신이 되어 남편의 일거수일투족을 뒷조사하기 시작했습니다. 방심하고 있는 사람을 캐내는 것은 식은 죽 먹기더군요. 두 사람이 주고받은 카톡, 메시지, 이메일, 사진까지 다 털려 나왔습니다.

남편이 나 아닌 다른 여자와 배신의 행각을 벌이고 있다는 사실 자체만으로도 기가 막힐 노릇인데, 그 당시 저를 더 큰 충격에 빠뜨린 사실이 있습니다. 상대 여자의 수준이, 그야말로 눈뜨고 차마 볼 수 없는 지경이더군요. 적어도 제가 아는 제 남편과는 하늘과 땅 차이인 여자였습니다. 그리고 남편이 좋아하는 여성 스타일과는 극과 극이라고 할 만한 여자였지요.

우선 저는 그 여자의 외모에 놀랐습니다. 제가 막연히 상상하고 두려워해 온, 젊고 예쁜 모습이 아니었거든요. 오히려 나이는 남편보다 3살 연상, 저보다는 7살 연상이었습니다. 나이도 나이지만 외모 또한 아무리 잘 봐주려고 해도 호감이라고 말할 수 없는 드센 인상이었습니다. 무리한 성형과 진한 화장, 그리고 나이에 걸맞지 않은 노출 패션에 놀랐습니다.

남편은 평소에 성형 한국을 미친 나라로 욕하고, 저한테도 나이 들수록 화장이 자꾸 진해진다고 뭐라고 하던 사람입니다. 심지어는 텔레비전에 나오는 아이돌의 노출에도 '크는 애들이 뭘 보고 배우겠느냐'고 화를 냈습니다. 좋아하는 스타일은 언제나 조신하고, 깨끗한 이미지의 여자로 저 같은 아줌마는 감히 흉내도 못 낼 단아함을 찾았던 사람이었습니다. 그런 사람이 밖에서는 자신이 그렇게 경멸하던 스타일의 여자와 놀아나고 있었다니….

그렇다면 외모를 뛰어넘어 둘이 서로 통할 만한 무엇이 있었던 걸까요? 두 사람이 주고받은 카톡 메시지를 보면 아주 가관입니다. 초등학생보다도 못한 철자법에, 이모티콘과 유행어, 줄임말 남발, 내용 또한 스팸메일을 연상시킬 만큼 낯 뜨겁고 저속합니다.

남편은 제가 어쩌다 이모티콘을 쓰면 나잇값을 하라고 핀잔주던 사람입니다. 또 아이들한테도 늘 강조합니다. 말은 품위 있게 글은 정확히 쓰라고요. 말이 나와서 말이지만 이 남자, 가방끈 하나는 누구보다도 긴 사람입니다. 그 잘났다는 S대 나온 사람 중에서도 보수적인 편에 속하는 사람일 겁니다. 그런 사람이 어떻게 이런 여자와 말이 통할 수 있는지요. 저 보고 걸핏하면 '수준 차이' 어쩌고 하면서 상처 주던 걸 생각하면 피가 거꾸로 치솟습니다. 얼마나 수준 높은 여자를 원하나 했더니 기껏 그런 수준에 빠져서 허우적대고 있을 줄이야.

솔직히 자존심도 상했습니다. 상대 여자가 너무 잘나도 저한테는 상처겠지만 너무 실망스러운 것도 상처가 되더군요. 저 여자보다도 내가 못하다는 말인가 싶으니 기가 막혔습니다. 저런 여자를 만날 정도로 나와의 관계에서는 만족이 안 되었던가 싶더군요. 차라리 한참 어리고 근사한 여자였더라면, 이런 모멸감은 안 느꼈을 겁니다.

남편은 물론 잘못했다고 빌고, 정리하겠다고 다짐을 하더군요. 어쩌다 보니 일이 그렇게 되었고, 자기 자신도 정신을 못 차리는 사이에 여기까지 왔다고요. 그리고 자기가 그런 수준의 여자와 진정으로 통하고 가까워질 수 있겠느냐고요. 그냥 소모적인 관계였고, 별 의미도 없이 지나가는 바람으로 생각해달라고요. 남자와 여자는 다르다, 남자인 나는 오직 몸만 주고받을 수도 있는 거다. 그리고 마지막으로 이런 말까지 했습니다.

"내가 그런 여자 따위에게 눈이 돌아가게 내버려둔 당신한테도 책임이 있어."

남편의 억지 주장에 기가 막힙니다. 남자란 그렇게까지 뻔뻔하고 동물적인 존재인가요. 아니면 다른 남자는 안 그런데, 제 남편만 그렇게 이중적인 것인지요? 게다가 남편은 말만 그렇게 할 뿐, 그 여자를 그렇게 칼같이 정리하지 못하고 있습니다. 다른 일에서는 그토록 맺고 끊는 게 분명하고 이성적인 사람이 그야말로 마법에 걸린 듯이 허우적대고 있네요. 말로는 별 여자 아니다, 수준이 안 맞는다 하면서도 그 여자에게 오히려 끌려다니는 남편….

저는 앞으로 남편을 믿지 못할 것 같습니다. 그리고 존경할 수도 없습니다. 근엄한 얼굴로 어려운 책을 읽고, 자식들에게 이런저런 훈계의 말을 할 때면 저는 비웃음이 치밀어 올라옵니다. 남편의 여성관, 인생관, 그리고 무엇보다 그 위선이 너무 싫습니다. 저런 사람을 믿고 살아가 봤자 별로 인생에 남는 게 없을 것 같은데, 다른 길도 안 보여서 답답하네요.

별별다방으로 오세요!

님의 사연으로 별별다방 커뮤니티는 그야말로 뜨겁게 달아올랐습니다. 쏟아지는 댓글들 속에는 위로의 글도 많았지만, 남자의 속성에 대한 변명의 글도 무수했답니다. '남자는 다 도둑놈'이라는 말과 '남자는 다 어린애'라는 말이 경쟁이라도 붙은 듯이 빗발치더군요.

그런데 가만히 생각해보면 그 두 가지 말 모두 남자들의 편익을 옹호하는 말이 아닌가 싶습니다. 남자는 도둑이니까 믿지 말라는 뜻도 되겠지만 뒤집어보면 남자가 어떤 도둑질을 하든, 원래 다 그런 거니까 이해하라는 말도 됩니다. 남자는 어린애니까 더욱 잘 보살피고 응석을 받아주라는 말처럼요. 그런 말로 남자의 비행을 두둔하는 건, 우리 여자들에겐 억울한 노릇입니다.

그러나 인정할 건 해야겠지요. 남자의 속성을 가장 잘 표현한 말은 아무래도 그 두 단어인 것 같습니다. '도둑놈 그리고 어린애'. 남자는 남의 여자, 아내 아닌 여자에 대해 본능적인 관심과 욕망을 가지고 있습니다. 그리고 내 여자에게서만큼은 무조건적인 칭찬과 인정을 받고 싶은 어린애의 투정이 있지요. 그 두 가지 심리가 잘못 결합할 때 남자는 위험한 외도의 길로 빠져드는 것 같아요.

내 아내보다 더 멋지고 나은 여자라서가 아니라, 그저 남의 여자이고, 또 나에게 사탕과 장난감을 쥐어주는 여자이기에 불륜에 빠지는 겁니다. 그 여자와 함께하는 시간이 아내에게는 큰 상처가 된다는 의식도 없는 경우가 많아요. 이건 놀이일 뿐이고 아내와의 관계는 엄숙한 결혼생활이라고 분리해버리지요. 아마도 남편은 그런 마음으로, '수준 차이'를 뛰어넘어버리셨을 겁니다. 그러니 상대 여자와 비교해서, 자존심 상하지 않으셨으면 좋겠습니다.

문제는 남편에 대한 실망입니다. 평소에 남편을 존경했기에 실망이 더욱 크셨겠지요. 그런데 가만히 글을 읽어보면, 님이 평소에 가져온 존경심이 과연 진짜 존경이었는지 의구심이 들기도 합니다. 혹시 S대 나온 남편의 권위적인 언행 앞에서 괜히 주눅이 들어 있었던 건 아닐까요. 강요된 존경이었기에, 실망의 순간 아픔보다는 분노가 더 크게 일어난 건 아닌지 싶은데요. 댓글을 보면 두 분의 관계가 처음부터 문제가 있지 않았나 의심하는 분들이 계시더군요.

남자가 다른 여자에게 빠질 때 제일 흔한 것이 아내에게서 얻지 못했던 해방감입니다. 너무 조이면 숨이 막혀서 그보다 조금, 아주 조금 숨이 트이어도 푹 빠지지요. 아니면 아내가 지나치게 무관심해서 남편이 다른 여자에게라도 관심을 받아 자기의 존재감을 느끼고 싶었을 수도 있겠네요.

남자의 심리를 대변해서 말하고 있지만, 님으로서는 억울한 심정이 들 수 있는 댓글입니다. 내가 언제 남편 숨통을 조였나? 무관심이라니, 말도 안 된다고요. 맞습니다. 두 분의 일상을 엿보지 않고서는 함부로 추측해서도 안 되는 거겠지요. 그러나 저는 조금 다른 각도에서 의심되는 게 한 가지 있습니다. 어쩌면 두 분 관계에, 그 지나친 권위의식과 강요된 존경심 때문에 틈이 벌어져 있었던 것은 아닌가 하고요. 님이 남편 숨을 조인 게 아니라, 남편분이 권위를 유지하기 위해 지나치게 애써오는 과정에서 스스로 압박감을 느낀 게 아닐까요? 부부가 서로 존경할 수 있는 건 축복이지만, 존경심이 연출되고 강요되면 사랑이 휘발될 수밖에 없으니까요.

마지막으로 허를 찌르듯이 날카로운 통찰의 댓글이 있어서 님에게 전해드립니다. 님에게 남편이 어떤 의미였었는지, 그것부터 되돌아보는 계기가 되길 바랍니다.

… 글 쓰신 분은 이 일로 사랑한 남편을 잃은 것이 슬픈 것보다 자존심이 더 상한 것 같군요. 남편을 사랑하는 마음이 있다면 상대 여자의 모습이 어떻든지 간에 남편의 머리끄덩이라도 잡고 끝을 봤어야 합니다. 어쩌면 남편은 아내에게 사랑받지 못해 외로웠나 봅니다.

바람난 아내와 이혼하고도 장모님과 함께 살아야 했던 1년

부부의 인연이라는 게 맺기도 어렵지만 끊는 것은 더욱 힘이 들지요. 두 사람의 몸과 마음이 끊겨 나가도 남은 인연의 그물은 복잡하게 얽혀 있습니다. 부모, 자식, 그리고 삶의 터전까지 말입니다. 맺을 때 잘못 맺은 인연일수록 끊을 때라도 잘 끊어야 할 텐데, 과연 인연을 잘 끊는다는 건 어떤 결말을 말하는 걸까요?

저는 15년 전, 스물일곱 살 때 아내를 만나 결혼했습니다. 그 당시 아내 나이는 불과 스물세 살. 둘 다 결혼을 진지하게 생각하고 있지도 않은 철부지였지요. 부끄러운 이야기지만, 속도위반으로 서둘러 결혼식을 올릴 수밖에 없었습니다.

아내는 부른 배를 감추며 웨딩드레스를 입었고, 저희는 결혼 직후부터 장모님과 함께 살기 시작했습니다. 아무것도 모르는 아내가 혼자 아이를 키울 수 없을 것 같았거든요. 그나마 제가 바로 취직해서 최소한의 가장 노릇이라도 할 수 있었던 게 다행이었지요. 그래도 딸아이가 건강하게 태어났고, 장모님도 저를 믿어주시고, 그렇게 가정을 꾸려 가는가 싶었는데….

문제는 아내였습니다. 아내는 그야말로 아내로서, 엄마로서 마음의 준비가 안 되어 있는 사람이었습니다. 주부로서 해야 할 일을 모두 장모님께 밀어버리고 본인은 20대 아가씨의 생활을 이어나가려 하더군요. 친구들과 어울려 다니며 놀고, 즐기고, 배우며 세상 구경하느라 가정은 뒷전이었습니다. 저는 가장으로서 싫건 좋건 출근만은 해야 했지만 아내에게는 언제나 장모님이라는 대역이 대기하고 있었던 겁니다. 장모님이 살림하고, 애 키우고, 심지어 생활비까지 벌어 보태셨지요.

아내는 취직해서 몇 달 일하다가도 금방 그만두고, 또 무슨 자격증을 딴다며 친구들과 쏘다녔습니다. 그러느라 나날이 느는 건 주량과 씀씀이뿐이었지요. 무엇보다도 싫었던 건 상습적인 거짓말입니다. 애교 섞인 거짓말로 눈앞의 상황을 모면하는 데는 도가 텄습니다.

저도 잘한 건 없습니다만, 그렇게 10년쯤 살다보니 한계가 오더군요. 제 입에서 이혼하자는 말이 저절로 나왔습니다. 아내는 충격을 받고 잘못을 빌었죠. 지금까지 자기가 철이 너무 없었다면서, 정말 비참할 정도로 매달리더군요. 게다가 장모님까지 눈물로 애원하셔서 저희는 다시 한 번 노력을 해보기로 했습니다. 그러고는 거짓말처럼 둘째가 생겼지요. 그렇게 기다려도 안 생기던 둘째가 말입니다. 하늘의 뜻으로 여기고 저는 마음을 다잡았습니다.

아내도 노력은 했습니다. 둘째 낳고 한동안은 집에 붙어 있더군요. 술도 줄였고, 씀씀이도 많이 줄였습니다. 그러나 우리 가정이 더 행복해지지는 않았습니다. 집에 있는 아내는, 예전과 달리 신경질적이고 예민한 사람이 되어 갔습니다. 자기 하고 싶은 대로 분출을 못 하고 사니 스트레스가 쌓여서 그런 거겠지요.

그러다 작년 초에 기어이 아내는 집을 나가버리고 말았습니다. 일언반구도 없이 그냥 싸들고 나갔습니다. 처음엔 며칠 지나면 들어올 줄 알았고, 들어오면 진짜 이혼해버릴까도 했습니다. 그러나 한 달이 가도 종적을 모르니 걱정이 되었습니다. 그러다가 한참 만에 아내가 연락을 취해왔는데 다짜고짜 이혼을 요구하더군요. 남자가 있다고 당당히 말하는데, 참 기가 막혔습니다. 철모를 때 결혼해서 청춘만 낭비했고, 이제야 진짜 제대로 된 인연을 만났다네요. 그 말을 듣고 그저 멍해지는 느낌이었습니다. 해달라는 대로 해주자 싶을 뿐, 분하다는 생각조차 훨씬 나중에서야 들었습니다. 한마디로 저는 더 이상 결혼생활에 미련이 안 남은 상태였습니다. 그렇게 이혼을 결정했고 행동에 옮겼습니다.

그러나 현실은 서류 한 장으로 깨끗하게 정리되는 게 아니더군요. 이상한 얘기지만, 아내와 남남이 되고도 1년 가까이 저는 장모님과 함께 살고 있습니다. 이유는 애들 때문입니다. 애들한테는 장모님이 엄마 이상의 존재입니다. 특히 큰애는 젖먹이 때부터 장모님이 업어 키우셔서 정신적으로 애착이 강합니다. 사춘기를 맞은 딸아이가 엄마의 가출에 이어, 부모의 이혼, 그리고 외할머니와 생이별까지 겪는다면 앞으로 어떤 식으로 방황을 하게 될지 두렵습니다.

그리고 겨우 다섯 살밖에 안 된 둘째도 외할머니의 보살핌이 필요하긴 마찬가지입니다. 일에 매여 사느라 퇴근이 늦은 제가 어린 아이까지 돌볼 자신이 없습니다. 그래서 이건 아닌데, 아닌데 하면서도 장모님 도움을 받을 수밖에 없는 상황이고, 장모님 역시 우리 집을 못 떠나고 계시네요.

장모님은 집을 나간 딸을 욕하고 원망하며 하루하루를 보내고 계십니다. 결국, 이혼을 결심했다는 말을 들으시고는 "어린 자식 두고 집을 나간 여편네 두 번 생각할 것도 없다"고까지 하셨습니다. 그깟 딸 없는 셈 치면 그만이라고. 물론 속은 말이 아니실 테지만요.

하여간 저는 집을 나간 마누라와 이혼하고도 장모님과 함께 살며 '김서방'으로 불리고 있습니다. 이혼 도장 찍은 날에 현관문을 열어준 것은 장모님입니다. 누구라도 어처구니없다고 할 이야기지요. 그러나 그 어처구니없는 상황을 가능케 하는 현실의 압력이 정말 무서울 따름입니다.

그런데 며칠 전 장모님이 술 한잔 하며 얘기 좀 하자시더군요. 식탁 위에 소주잔 따라놓고 장모님한테서 들은 말이 또 한 번 저를 기막히게 했습니다. 애들 엄마가 돌아오고 싶어 한답니다. 남자가 있다느니, 그런 말은 다 헛소리고 그동안 부산 사는 친구 옷가게에서 일을 도와주며 지냈답니다. 틀어박혀 사는 게 성격에 안 맞아 너무 답답해서 우울증에 걸렸었던 거랍니다.

"개 성격 알잖는가? 심성은 착한데 내가 잘못 키워서 애가 단단하지를 못해. 날 봐서 한 번만 받아주게."

장모님의 간곡한 부탁이지만 저는 그 말을 믿지 않습니다. 어디까지가 아내의 진심이고, 어디서부터가 장모님의 바람인지는 모를 일이지요.

그런데도 제 마음이 복잡합니다. 새삼스럽게 흔들리는 건 왜일까요? 아무리 부족하고 문제 많은 엄마라도, 애들에게는 엄마가 절대적으로 필요하더라는 사실을 깨달아서일까요? 도저히 믿어지지 않는 장모님 이야기를 들으면서, 내가 이 말을 믿을 수만 있으면 얼마나 좋을까 한숨짓게 됩니다.

벌벌다방으로 오세요!

님의 마지막 말이 참으로 아프게 와 닿습니다. 도저히 믿기지 않는 변명을 들으며, 그 말을 믿지 못하는 자신이 오히려 원망스러워지는 그 기분. 한마디로 현실과 진실의 틈바구니에 님은 꼼짝없이 끼어 계시네요. 가족 모두를 둘러싸고 있는 현실을 생각하면 그까짓 진실게임에 져 주면 그만일 텐데. 사람의 마음이라는 것이 그렇게 쉽게 접었다 폈다 할 수 있는 우산 같은 것은 아니지요. 머릿속 이성의 표지판은 오른쪽 길을 가리키는데, 마음속 소용돌이치는 감정은 왼쪽으로 나를 몰고 갑니다. 내 마음도 종잡을 수가 없으면서, 상대방의 진심도 알아내야 합니다. 누구라도 님과 같은 처지에 놓인다면, 두 갈래 길을 앞에 놓고 한동안 망연자실할 수밖에 없지요.

그렇게 우두커니 서 있는 님의 안타까운 모습에, 별별다방 손님들의 마음이 움직였습니다. 셀 수 없이 많은 조언의 댓글이 쌓여가더군요. 그리고 그 댓글이 담고 있는 메시지는 뜻밖에 실제적이고 명확했습니다. '희망 없는 사람과 허송세월하지 말라'는 의견이 많았고, '자녀들을 생각해서 아내와 다시 한번 시작해보라'는 의견도 적잖이 섞여 있었습니다. 참으로 쉽지 않은 상황인데, 댓글의 어조가 직설적이어서 저는 그게 좀 놀라웠습니다. 두루뭉술한 위로의 말조차 조심스러운 지독한 상황인데 말입니다.

어쩌면 별별다방 손님들은 님에게서 자신의 모습을 본 게 아닌가 싶어요. 이러지도 저러지도 못하고 우두커니 서서 기회를 놓치는 우리네 모습 말입니다. 그래서 어느 쪽으로든 님을 한 발짝 움직이게 하고 싶은 마음에 그분들의 목소리가 다소 격앙된 듯합니다.

수백이 넘는 댓글들을 차근차근 읽다 보니, 손님들의 의견이 하나로 모이는 대목이 있었습니다. 아내와 재결합을 하든, 영영 결별하든, '장모님으로부터의 독립'이 필요하다는 의견이었습니다.

… 일단 부인을 받아들이시고, 장모님은 장모님 댁으로 보내드리길 권해드립니다.

… 깨끗이 정리하시는 게 최선이며, 물론 장모님과도 헤어지셔야 합니다. 그래야 다른 인생을 사실 수 있습니다.

… 처음 시작부터 장모님과 함께 살아서 일이 더 커진 것 같습니다. 이 공식에 장모님이 없었다면 아내가 애들을 놓고 밖으로 나돌 수도 없었겠지요.

만일 재결합을 하게 되신다면, 무엇보다도 아내의 정신적 심리적 성숙이 필요합니다. 반대로 결별을 택하게 되신다면, 님 자신이 두 자녀의 아버지로서 확실히 자리매김하셔야 하는 상황입니다. 지금까지 장모님이 베풀어주신 사랑과 헌신은 고마운 일이지만, 장모님의 존재가 두 분의 성숙과 독립을 가로막고 있다는 게 별별다방 손님들의 생각이세요. 아무리 힘들어도, 이제는 아내가 친정엄마의 도움 없이 주부 역할을 할 각오를 해야 하듯, 아무리 막막해도 님은 장모님 없이 싱글파파로 독립할 각오를 해야 한다는 거지요.

그러나 오해는 마세요. 아내와 이혼 신고를 하고도 장모님과 함께 지내온 지난 1년을 손가락질하신 분은 없었습니다. 님의 말처럼 기가 막힌 일이긴 하지만 님과 장모님이 얼마나 깊은 고민 끝에 내린 결정인지 짐작이 가기 때문입니다. 그리고 그런 선택을 한 이유는 오직 자녀들에 대한 걱정 때문이었음을 이해하기 때문이지요.

'어처구니없는 상황을 가능케 하는 현실의 압력이 무서울 따름'이라고 님은 토로하셨지요. 삶의 길이란 그 압력을 받아들이는 동시에 그 힘에 저항하는 과정인지도 모르겠습니다.

별별다방의 의견조차 하나로 모이지 않고 갈라졌습니다. 희망 없는 사람에게 희망을 걸어보는 것도, 아이들을 사랑하기에 상처를 줄 수밖에 없는 것도 결코 잘못된 길을 가는 것은 아닙니다. 그러므로 님이 어떤 결정을 하든, 타인의 시선이나 세상의 잣대에 연연하지는 마세요. 아니 그런 것들까지 모두 포함해서, 마지막 순간까지 고민한 뒤 내린 결정이라면 그 선택에 당당하시길 바랍니다.

재결합 후에도 여전히
목을 조여오는 기억, 아내의 외도

배우자의 외도라고 하면 우리는 바람난 남편과 고통 받는 아내를 떠올립니다. 그동안 비슷한 이야기를 마치 우리에게 일어난 일인 양 너무나도 많이 들어왔기 때문이지요. 그러나 그 반대의 경우는 어떤가요? 배우자의 외도로 고통 받는 남편의 목소리를 들어보셨나요?
남자이기에 자존심에 더 큰 상처를 입고, 용서와 이해가 어려워 남몰래 눈물 흘리는 남편의 이야기를 만나보시죠.

저와 아내는 결혼 15년 차, 40대 부부입니다. 그러나 15년 세월 중 2년 반 동안은, 부부가 아닌 남으로 살았습니다. 정식으로 이혼했다가 3년 전에 재결합해서 현재는 함께 살고 있습니다. 이혼의 사유는 아내의 외도 때문이었습니다.

남의 일처럼 아무렇지 않게 말을 꺼내고 보니 답답했던 속에 뻥하니 구멍이 뚫리는 것 같네요. 지금껏 그 일에 관해 입을 연 적이 없습니다. 친구들이나 제 본가 가족들조차도 저의 잘못으로 이혼까지 갔었다고 알고 있습니다.

솔직히 말해서 그때 그 사건을 제외하고는, 아내는 별 문제 없는 착실한 주부였지요. 오히려 제가 술을 좀 과하게 즐겼고, 일에 매달려 세세한 가정사에는 무관심했던 사람입니다. 애들이나 집안 살림, 그리고 내 부모와 형제에 관한 모든 것들까지도 아내에게만 맡겨놓고 저는 오로지 바깥일에만 매달려 살았습니다. 그 와중에 스트레스받는 건 다 술로 풀며 그렇게 10년을 살았습니다. 그렇게 무조건 믿기만 했던 얌전한 아내에게 내가 모르는 엄청난 비밀이 생겼고, 급기야 넘지 말아야 할 선까지 넘었다는 걸 알았을 때는, 정말 뒤통수를 해머로 맞는 느낌 그대로였습니다.

길게 간 관계는 아니고, 본인도 스스로의 행동에 후회와 반성을 하고 있다지만 아내는 끝내 용서를 구하지 않더군요. 그냥 빨리 이혼하자고만 해서 더 미칠 지경이었습니다. 솔직히 말해서 손이 발이 되도록 빌면 이혼까지는 안 하고 싶은 마음도 있었습니다. 과연 내가 이 모든 것을 덮고 살아갈 수 있을지 의문이지만, 아홉 살, 네 살 아이들을 보면 어차피 어느 쪽으로나 길이 안 보였거든요. 그리고 이제야 제가 살아온 방식에 후회가 들기도 했습니다. 그동안 우리 부부관계가 그렇게 다정다감하지 못했던 건 99% 제 쪽에 원인이 있다는 생각도 들더군요.

그러나 아내는 정해진 순서처럼 이혼을 받아들였습니다. 저 역시 끝내 분을 이기지 못하고 그야말로 아내를 빈몸으로 내쫓다시피 이혼했습니다. 그 뒤로 3년 가까이 살면서 정말 여러 가지로 후회와 반성을 많이 했습니다. 왜 진작 좀 더 잘하고 살지 못했나, 왜 행복하던 때에 행복을 더 누리지 못했나 싶더군요. 마누라와 눈 맞추고 다정하게 살았던 것도 아니면서, 혼자가 되고 보니 지금까지는 그래도 내가 혼자가 아니었었다는 사실을 절감하게 되었습니다. 무엇보다도 아이들을 바라보는 제 마음이 말이 아니었습니다. 아홉 살짜리 아이는 본능적으로 사태를 파악하고 너무 일찍 철이 들어버렸습니다. 요즘 애들은 열 살 무렵에 사춘기에 접어든다던데, 우리 큰애는 다른 아이들보다 더 어둡고 우울한 사춘기를 맞는 듯했습니다. 막둥이는 뭐 말할 것도 없었지요. 엄마 무릎 차지하고 살던 놈인데도, 희한하게 엄마를 안 찾는다 했더니, 퇴행이 와서 읽던 한글을 다시 못 읽게 되고 야뇨증도 생기고 그랬습니다.

이혼 이후 얼마간은 애들도 못 만나게 했습니다. 그러다가 언제부터인가 애들 엄마가 직접 애들한테 연락하기 시작하더군요. 모르는 척했습니다. 아내 때문이 아니라 애들이 불쌍해서 그랬습니다. 세월이 약인지, 얼굴을 안 봐서 그런지 분한 마음도 어느 정도 가라앉았고 나중에는 제가 협조해서 주말에 애들을 보내기 시작했습니다.

엄마를 다시 만나기 시작하더니 아이들이 변하기 시작했습니다. 큰애는 굳어 있던 얼굴에 표정이 생겼고, 둘째는 눈에 띄게 발달이 좋아졌지요. 엄마라는 존재가 애들한테 얼마나 중요한 건지 무섭게 느껴질 정도더군요. 그리고 아이들이 엄마를 찾기 시작했습니다. 엄마하고 같이 살면 안 되느냐, 왜 안 되느냐, 다른 애들은 다 엄마 있다고 하는데 정말 가슴이 아프면서 뭐라 할 말이 없었지요.

결국, 우리는 2년 8개월 정도의 별거 끝에 재결합을 선택했습니다. 제가 먼저 얘기를 꺼냈죠. 솔직히 아무 일 없었다는 듯 살아갈 자신은 없지만, 애들 생각해서 한 번 더 시도해보자고요. 뜻밖에 아내는 선뜻 응하더군요. 아내도 저와 같은 생각을 하는 모양입니다.

'애들을 위해서라면 한 번만 더 노력해보자.'

그 뒤로 우리 네 식구는 한 공간에서 살아가고 있습니다. 애들만 보자면, 잘한 결정이었습니다. 우리가 금실 좋은 부모 모습을 전혀 못 보여주고 있는데도 애들은 그저 엄마 아빠가 한집에 살고 있다는 사실 자체만으로도 행복한 듯합니다.

그러나 우리 부부를 보자면, 결코 잘한 선택만은 아닌 듯합니다. 얼굴 안 보고 차분히 생각할 수 있었을 때는 거의 용서했다고 생각했는데, 한이불 덮고 살아보니 그게 아니더군요. 저도 제가 이렇게 소심하고 끈덕진 놈인지 몰랐습니다. 그 일을 잊는 건, 정말 어쩌다 한순간일 뿐입니다. 웃어도 반만 웃고 잠을 자도 반만 잠드는 거죠.

아내의 얼굴이 어두우면 어두워서 꼴 보기 싫고, 밝으면 밝아서 뻔뻔해 보입니다. 설거지하고 청소기 돌리는 아내의 뒷모습을 몰래 훔쳐보며, 어금니를 깨물며 추악한 상상을 하게 되는 심정. 안 겪어본 사람은 모릅니다.

아내 역시 마찬가지겠죠. 아무 일 없었다는 듯이 당당하지 못합니다. 저한테 애써 큰 관심을 안 두려고 하고, 그냥 서로 터치 안 하고 사는 것에 만족하려는 듯이 보이죠. 아이들 곁에서, 이대로 평화를 가장할 수만 있다면 정신적인 고통은 얼마든지 참겠다는 듯, 마치 당연한 벌을 받듯이 살고 있습니다.

이렇게 남부끄러운 속사정을 늘어놓으면서까지, 지금 이 시점에서 제가 절실히 알고 싶은 건 오직 하나입니다. 세월이 흐르면 이 모든 것도 지나갈 것인가, 세월이 약이더라는 말을 믿고 살아봐도 좋은가 하는 것뿐입니다. 비슷한 경험을 하신 분들이 그렇게 말해 주신다면, 저는 용기를 내서 그 길을 가볼 수 있을 것도 같네요.

별별다방으로 오세요!

익명의 공간을 찾아 고민을 털어놓으시기까지 얼마나 많은 망설임의 순간이 있으셨을지 짐작이 됩니다. 서두에 말씀하신 대로, 처음으로 입 밖에 꺼내놓는 순간 가슴속에 구멍이 뚫리듯 시원하셨다고 하니, 일단 저희 별별다방에 잘 오셨다고 환영 인사를 드려야겠네요.

가슴 속의 큰 구멍. 저는 그 말이 그냥 지나쳐지지 않습니다. 답답한 가슴에 구멍이 뚫리고 오랜만에 빛과 바람이 들이치는 시원한 기분, 그야말로 정신적인 통풍이 님에게는 간절했던 것이겠지요. 하지만 그 구멍이 뚫린 채로 그냥 두면 언젠가는 비바람과 한기가 들이치겠지요. 님은 지금 그 퀭한 구멍에 아름다운 창을 손수 만들어 덧달아야 합니다. 감추고 있던 상처를 용기 있게 드러내셨다면 이제는 그 상처를 똑바로 들여다보고 단단한 드레싱을 새로 해야 하지 않을까요?

님의 이야기를 통해 들여다본 님의 상황은 그 누구에게라도 혹독한 시험이 될 만한 상황입니다. 배우자의 부정이 불러일으킨 분노와 배신감은 말할 것도 없고, 남자이기에 곱절로 느껴야 하는 또 다른 고통이 있겠지요. 흔히들 남자의 바람과 여자의 바람은 다르다고 합니다. 결혼생활에 만족하고 남편을 사랑하는 여자는 결코 부정을 저지르지 않는다고들 하지요. 뒤집어 말하면, 아내의 외도는 더욱 심각한 가정 파탄의 증거일 뿐 아니라, 그 책임이 남편에게도 있다는 말이 됩니다. 세상의 인식이 그러하니, 아내의 외도를 말하는 남편은 둘 중 하나의 화살은 맞게 되지요. 평소에 부족하고 못난 남편이 아니었나 하는 의심과 혹은 파탄 난 가정에 미련을 두는 우유부단함에 대한 개탄 말입니다.

실제로 님의 사연에 대한 별별다방의 댓글도 그 두 가지를 다 포함하고 있었습니다. 행복했던 그 시절에 아내의 소중함을 몰랐던 님에게 더 큰 책임이 있다는 분들과 아무리 세월이 흘러도 남자는 여자의 바람을 잊을 수 없을 거라고 단정하며 양극단에서 줄다리기하는 형국이었습니다. '용서할 게 아니라, 오히려 용서를 빌어야 한다'와 '어차피 용서는 안 되니 미련 없이 돌아서라'는 의견 말입니다.

그런데 이런 양분된 의견 말고 다른 시각으로 문제와 해결점을 바라보는 분들이 계셨습니다. 과거의 잘잘못을 따지지 말고, 미래에 대한 걱정도 접어두고 하루하루 새로운 날을 맞는다는 기분으로 살아가다 보면 세월이 훌쩍 흘러 있을 거라고요.

··· 과거는 지나갔고 현재가 미래를 만들어갑니다. 과거에 얽매여 고통 속에 살아가지 마세요. 행복과 불행은 결국 내가 만들어가는 겁니다.

저도 같은 문제로 이혼했다가, 재결합했습니다. 저는 딱 한 가지만 생각했습니다. 어제도 없고 내일도 없는 듯이, 오늘이 마지막인 듯이 살아보자. 그렇게 세월이 흘렀고, 지금은 좋은 친구로, 동반자로 사이좋게 지내고 있습니다. 제 결혼생활을 돌아볼 때, 불미스러웠던 그 시간까지 포함해서 후회는 없습니다. 힘내세요.

별별다방 손님들과 함께 저 또한 두 분에게서 희망의 빛을 봤습니다. 님은 아내의 인격과 품성에 대해 근본적으로 믿음을 갖고 계신 듯하기 때문입니다. 어머니로서, 주부로서 그리고 한 인간으로서 성실하고 믿음직한 사람으로 높게 평가하고 계십니다. 그리고 심지어 아내로서도 최소한의 믿음을 갖고 계시다고 느껴지는데, 제가 잘못 봤나요? 아내가 저지른 행동에 대해 큰 충격을 받았고, 상당 시간 배신감과 모욕감에 시달려오셨으면서도, 님은 아내를 불성실한 여자로 낙인찍지 않은 걸로 보입니다. 바로 그런 점 때문에, 별별다방 손님들이 과거를 덮고 앞날로 나아가라고 격려를 해주신 듯합니다.

부정을 저지른 사람들 대부분은 단 한 번의 실수라고 변명을 합니다. 그러나 그 말을 들은 배우자가 실수로 인정해주느냐 마느냐는, 그 변명이 얼마나 그럴듯한가에 달린 게 아닙니다. 오랜 세월 쌓인 배우자에 대한 신뢰와 평가에 바탕을 두는 것이지요. 님은 아내의 실수를 인격적인 결함에서 오는 품행의 문제로 보고 계시지는 않은 듯합니다. 그렇기에 아내에게 아이들 어머니로서의 자리와 공적인 아내의 자리를 돌려주신 겁니다. 다만 님도 사람이기에 아직 퇴색되지 않은 분노와 배신감을 일상에서 해결하지 못하고 계시네요. 당연한 일 아니겠습니까? 그 일은 님의 결혼생활에 커다란 상처를 남겼고, 어쩌면 그 상처는 아무리 오랜 시간이 지나도 깨끗이 사라지지 않을 겁니다. 통증이 가시고, 무감각한 흉터로 변하는 데만 해도 꽤 오랜 시간이 걸리는 게 당연하겠지요.

세월이 약이더라는 말을 믿어도 좋으냐고 물으셨습니다. 그 말에 별별다방의 손님들은 대부분, 그렇다고 답하셨지요. 그러나 저는 이렇게 말하고 싶습니다. 질문을 던질 때, 님이 간절히 듣고 싶은 대답은 어느 쪽인가요? NO라는 답으로 기울어지고 있는 사람에게는 YES라는 답이 아무 의미가 없습니다. 반면에, YES를 간절히 기도하는 사람에게는 단 한 번의 YES도 큰 의미가 되지요.

만일 먼 훗날, 세월이 결코 약이 되지 못하더라는 것을 깨닫게 된다면, 님은 그간의 세월을 후회하실까요? 인생의 후회는 그런 식으로 찾아오지는 않는다고 생각합니다. 어느 방향이든 최선을 다했느냐, 그렇지 못했느냐가 문제가 되겠지요.

별별다방 손님의 말처럼, '어제도 없고 내일도 없는 듯이, 오늘이 처음이자 마지막 날인 듯이' 최선을 다해보세요. 그 눈물겨운 시간 속에 참된 애정과 신뢰가 새싹을 틔울 거라 믿습니다.

아버지 암 선고에 해외여행 떠난 엄마, 병시중을 자청한 사람은?

부모님의 불화는 유년기의 자녀들에게만 그늘을 드리우는 게 아닌 듯합니다. 장성해서 가정을 꾸린 자녀들 역시 상처를 받고 우울감을 느낍니다. 게다가 어린 시절에는 몰라도 됐던 현실적인 책임까지 떠맡아야 할 때가 많지요. 젊은 시절 가정을 버리고 집을 떠났다가 늙고 병들어 돌아온 아버지. 그러나 어머니는 자신의 남편을 돌보지 않습니다. 아버지가 가장 약해져 있을 때 가장 매몰찬 방법으로 복수를 하는 어머니를 맏딸은 어떻게 이해해야 할까요? 여러분의 지혜로운 조언을 구합니다.

올해 예순일곱이신 제 친정아버지가 지금 몹시 위중하십니다. 작년 가을에 갑작스럽게 말기 암 선고를 받으셨거든요. 그 동안 몇 차례 입원과 퇴원을 반복하셨고, 요즘 또 상태가 급격히 안 좋아져서 병원에 계시지만 의료진도 더는 손을 쓸 수가 없다고 하네요. 이런 경우 다른 집 딸들은 가슴을 치며 눈물을 흘리겠지요. 하지만 저는 눈물을 흘릴 여유조차 없습니다. 아버지를 둘러싼 상황이 하도 기막혀서요.

실은 암 선고를 받기 훨씬 이전부터 저희 부모님은 사이가 좋지 못하셨습니다. 객관적으로 보자면 아버지 잘못이 컸습니다. 평생 사업하시면서 밖으로만 도시더니, 50대 초반에는 한참 어린 여자와 살림까지 차리셨지요. 간통죄가 서슬 퍼렇던 시절에 무슨 배짱으로 그러셨을까 싶지만, 그때는 여자들이 자식을 위해 절대로 이혼만은 안 하려던 시절이었습니다. 저희 어머니도 곧 시집보낼 맏딸과 명문대 들어간 아들의 장래를 생각해서라도 이를 악물고 참고 사셨던 거지요.

아버지는 불륜에 빠지셨지만, 그 와중에도 저희 생활비는 보태셨습니다. 한번은 저를 따로 찾아오셔서 꽤 큰돈이 든 통장을 건네주시기도 하셨습니다. 그때 하신 말씀이, 지금 같이 사는 그 여자가 너희 학비는 책임져 주라며 성화라더군요. 심성은 참 착한 여자라나요? 돈은 받았지만, 고양이 쥐 생각해주나 싶어서 역겨웠습니다. 앞으로 그 여자를 좋게 생각해줄 거로 기대하는 눈빛을 보자니 어린 나이에도 아버지가 참 한심하더군요.

그러나 아버지 사업이 망하면서 외도도 5년 만에 끝이 났고, 우여곡절 끝에 부모님은 다시 합치게 되셨습니다. 엄밀히 말하면 어머니가 아버지를 받아준 거죠. 경제적인 능력이 역전되어서, 어머니가 아버지를 거둬야 할 판이었거든요.

재결합하긴 했지만 두 분 사이는 냉랭하고 어색했을 겁니다. 설상가상 저는 곧 결혼해서 집을 떠났고 동생은 군대를 가야 했지요. 두 분 사이를 중재해줄 사람이 없는 겁니다. 어머니는 당신의 일에 몰두했고, 아버지와 말도 섞지 않으려고 했습니다. 서로 전혀 관심 두지 않고 각자 생활만 하는 것으로 굳어져 갔습니다.

그렇게 10년이 흐르고 아버지가 암 선고를 받은 건데, 그 즉시 어머니는 저희에게 선언하더군요. 나하고는 상관없는 일이라고요. 그러고는 며칠 안 되어서, 보란 듯이 해외여행을 떠나 버렸습니다. 돌아와서도 아버지와 함께 지내지 않고 혼자 계시는 이모 댁으로 옮겨가 버리셨어요. 이모는 저에게 엄마를 이해해야 한다고 하시더군요. 아버지가 진심 어린 사죄의 말이라도 한 적이 있었다면 네 엄마가 저렇게는 안 나온다고요. 물론 저도 여자니까 어머니의 억울한 마음이 이해가 갔습니다. 하지만 한편으로는 화도 나더군요. 어머니는 그런 식으로 분이 풀릴지 모르지만, 자식들은 어쩌란 말인지…. 저 역시 아버지 원망 많이 하고 살았지만, 그래도 자식으로서 마지막 가시는 길을 모른 척할 수는 없잖아요.

그런데 아버지한테 시간이 거의 남아 있지도 않은 이 상황에 전혀 생각지도 못한 일이 생겨서 저희 남매를 더욱 혼란스럽게 합니다. 어떻게 알았는지 예전에 아버지와 같이 살던 그 여자가 며칠 전 불쑥 찾아온 겁니다. 어머니가 아버지를 돌보지 않고 계시다는 것도 다 알고 온 눈치더군요.

처음에는 분해서 내쫓으려 했지만, 동생이 말리더군요. 병실에 어머니가 계신 것도 아닌데 아버지와 마지막 인사나 하게 하는 게 뭐가 나쁘냐고요. 그렇게 해서 병문안이 이루어졌는데, 그 뒤로 그 여자가 매일같이 아버지를 찾아옵니다. 그뿐이 아닙니다. 바쁜 젊은이들은 병원에 자주 올 거 없다며 저희를 돌려보내려고 합니다. 하도 어이가 없어서 더 이상 찾아오지 말라고 했지만, 그 여자는 오히려 저를 설득하려고 합니다. 나는 아버지한테 은혜를 입은 사람으로 온 거다. 아버지가 젊은 내 앞길 생각해서 다 주고 떠나셨던 거다. 내가 밉고 싫겠지만, 지금은 아버지한테 안정을 줄 길만 생각해야 할 때라네요.

기가 막혔습니다. 그 여자한테 남은 재산 털어주고 빈 몸으로 엄마한테 돌아와서 그 구박을 받으신 거라니. 하지만 병원비로 다 축내고 빈털터리나 다름없는 아버지를 제 발로 찾아온 걸 보면 아버지의 진짜 인연은 그 여자였나 싶기도 하네요. 심지어 그 여자는 아버지를 자기 집으로 모셔가고 싶다고까지 합니다. 사실 언제까지나 병실을 차지하고 있을 수도 없는 형편이긴 합니다.

지금 이 상황을 어떻게 받아들여야 할지 모르겠습니다. 한때 좋아했던 여인과 마지막을 함께할 수 있어서 아버지는 행운이라고만 생각하면 그만인가요? 덕분에 남동생도 저도 부담을 덜었다고요? 저는 그럴 수가 없네요. 우리 가족의 행복을 깨뜨렸던 장본인인데, 그 여자를 의지하기는 싫습니다. 남편에게는 또 뭐라고 설명을 해야 할지 난감하고요. 지금이라도 우리 엄마가 나서서 상황을 잘 정리해주길 바랄 뿐이지요.

엄마는 아직 그 여자에 대해 모릅니다. 지금 병원에서 일어나고 있는 일들을 엄마한테 알리면 엄마는 뭐라고 하실까요? 여전히 나와는 상관없는 일이니 내버려두라고 하실까요? 아니면 또 한 번 상처를 받게 되는 건 아닐까요?

현실과 도덕 그리고 감정이 미로처럼 얽힌 상황에서 길을 묻고 계시지만, 그보다 우선 님에게 필요한 건 위로의 말일 것 같습니다. 육친의 병환을 곁에서 지켜보는 괴로움에, 맘껏 눈물을 흘리지도 못할 복잡한 현실을 마주하고 계시니까요. 부모님의 마지막 길을 배웅하면서, 순수한 슬픔의 눈물에만 젖을 수 있는 것도 큰 복입니다. 대부분 사람들은 슬픔보다는 고민, 그리움보다는 다툼과 원망에 파묻히게 되지요. 진정한 슬픔과 그리움은 먼 훗날 뒤늦게 찾아오는 경우가 많습니다. 아버지를 용서하게 되었을 때, 어머니를 이해하게 되었을 때 말입니다. 그때 후회가 남지 않으려면, 님은 지금 현명한 선택을 해야 합니다. 아마도 그 점을 잘 알고 계시기에 별별다방에 도움을 청하신 거 아닐까요.

지금 님을 억누르고 있는 첫 번째 짐은 어머니에 대한 원망인 듯합니다. 아버지를 용서하기를 바라는 건 아니지만, 적어도 마지막 길을 배웅하는 시점에서는 아내로서 해야 할 역할을 해주길 바라시는 거지요. 암 선고를 듣고 곧 해외여행을 떠난 어머니는 아마도 아버지에 대한 감정적 복수심에서 그런 행동을 하셨을 테지만, 그 타격은 아들과 딸에게 더 크게 느껴질 수 있습니다. 부부간의 싸움이 원래 그렇습니다. 감정적으로 격리된 채 살아가는 두 사람은, 어떠한 매몰찬 말과 행동에도 그다지 괴로워하지 않습니다. 놀라고 다치는 건 중간에 끼인 자녀들이지요.

그러나 별별다방의 손님들은 님에게 말합니다. 어머니의 선택을 받아들이라고요. 받아들이라는 건, 공감하고 이해하라는 뜻이 아닙니다. 어머니가 잘못하고 계시다고 느낀다 해도, 어머니의 자유로운 선택권을 존중하라는 의미이지요. 남편 암 선고에 곧장 해외여행 떠난 어머니를 비난하는 댓글도 많았습니다. 그러나 그런 분들조차 어머니를 설득해 아버지 병간호를 맡게 하라고는 안 하시더군요. 어머니 아버지 두 분의 관계는 사실상 깨져버린 관계입니다. 물론 두 분의 노력으로 파편을 다시 맞추어볼 수도 있었겠지요. 그러나 님의 부모님은 그렇게 하지 않으셨어요. 그건 그렇게 하지 않기로 선택하신 겁니다.

그게 과연 현명한 선택이었는지는 알 수 없습니다. 확실한 건, 그 선택을 존중해줘야 한다는 겁니다. 님의 마음속에 여전히 남아 있는, 정상적이고 화목한 부모님의 이미지에서 벗어나세요. 두 분 중 누구의 잘못이 큰지도 따지지 마세요. 두 분 모두 피해자이고, 투병 중이라는 생각으로 현실을 받아들이세요. 물론 어렵지요. 화목한 부모님에 대한 효도는 두둑한 용돈만으로도 가능합니다. 그러나 이렇게 상처 많은 부모님에 대해서는, 첫 번째 효도가 바로 '받아들이기'입니다. 이해도 공감도 어렵다면, 그냥 있는 그대로 받아들이세요.

님에게는 득도의 경지처럼 느껴지겠지만, 부모님 입장에 계신 분들에겐 그 점이 제일 답답한 모양입니다. '왜 각자의 고통스러운 마음을 이해해주지 않나'라고 생각하시는 겁니다. 그래서 댓글 중에서도 님을 나무라는 글들이 제법 많았던 듯합니다.

… 자식들이야 엄마 한 분만 희생하면 모두가 편안하게 지낼 수 있을 거 같겠지만, 그건 정말이지 이기적인 생각입니다.

이런 반응, 님으로서는 억울하실 수도 있습니다. 그러나 이런 가정을 한 번 해보세요. 만일 별별다방에 님의 어머니가 사연을 보내주셨다면 어땠을까요? 평생 동안 나를 외롭게 했던 남편이 암 선고를 받았는데, 난 도망가고 싶다고 말한다면요. 아마도 대부분의 손님이 어머니를 비난했을 겁니다. 자식을 생각해서라도 그래서는 안 된다고요. 남편 마지막 길을 그렇게 보내면 후회할 거라고요.

그렇습니다. 정답은 없습니다. 현실을 받아들이고, 이기적인 생각을 버리라는 말만 할 수 있습니다. 우리의 삶 자체가 '받아들이기'

의 연속입니다. 상대방의 처지에서 생각해보려고 끝없이 노력해도 이해가 안 될 때, 우리는 다시 원점으로 돌아와 받아들이는 수밖에 없지요.

갑자기 나타난 아버지의 여인은, 님의 인생에서 그다지 중요한 인물이 아닙니다. 그녀 때문에 어린 시절 굴곡을 겪긴 했지만, 님은 그녀를 잘 모르고 알 필요도 없습니다. 그녀를 마음으로부터 받아들일 필요는 전혀 없어요. 문제는 그녀가 아버지에게는 중요한 사람일 수 있다는 겁니다. 아버지를 외면하는 어머니와 아버지에게 다가오는 그녀. 님은 도덕적 잣대는 내려놓고 현실적인 판단만 하세요. 어머니와 그녀 각자의 진심부터 확인하세요.

어머니도 충동적으로 해외여행을 다녀왔을 뿐, 지금은 고민이 많으실지 모르지요. 그 여자분 역시 무슨 생각으로 이런 선택을 하는 것인지 확인할 필요가 있습니다. 그리고 무엇보다도 아버지의 진심을 한 번쯤 들어볼 때가 된 것 같습니다. 비난이 아닌, 대화로 아버지의 지나간 삶과 현재의 마음을 물어보세요.

확인 결과 이미 길이 정해진 거라면 그 여자 분에게 일정 역할을 주는 것도 고려해볼 만하다고 생각합니다. 남편에게 그리고 세상 사람들에게 뭐라고 설명하느냐 하는 문제는 부수적인 문제입니다. 님이 마음으로부터 현실을 받아들이고 나면 그 부분은 한결 자연스

럽게 설명이 될 거예요. 마지막으로 제 마음에 와 닿았던 댓글 하나를 전해드립니다. 부디 님의 마음에도 작은 울림이 있길….

… 부부간의 감정은 오직 부부만 아는 것. 나 몰라라 하는 어머니의 마음도 이해는 되고, 그래도 마지막 수발을 해줄 여인이 있어 아버지의 삶도 헛되지는 않았군요. 자식들의 체면만 생각할 게 아니라 아직 아버지의 정신이 온전할 때 아버지의 정확한 의사를 여쭈어 보세요. 구박을 받으면서도 어머니의 곁을 떠나지 않을 건지 아니면 한때 사랑했던 여인에게 마지막을 의지할지. 저 역시 얼마 전 뇌출혈로 2주 동안 중환자실에 입원했었는데 누워 있어보니 아군과 적군이 확연히 구별이 되고, 참 인생 별거 아니더군요. 이제 조용히 주변 정리하고 있습니다. 얼마 남지 않은 환자분의 뜻을 따라주세요.

story 3

어느 날,
내 가족이
남처럼 느껴질 때

당신에게 가족은 어떤 의미입니까?

일본의 영화감독 기타노 다케시는 '가족'에 대해 이렇게 말했습니다.

"가족이란, 누가 보지만 않는다면 어디에 가져다 버리고 싶은 존재이다."

그의 지나치리만큼 솔직(?)한 대답은 세상 사람들에게 충격을 안겨 주었습니다. 그러나 역시 '다케시답다'는 긍정적인 반응도 적지 않았지요. 어쩌면 말하는 사람의 인격을 의심케 하는 그 극단적인 발언이 한편으로는 듣는 이에게 통렬한 쾌감을 가져다주기 때문일 겁니다.

우리는 누구나 가족을 사랑하고, 가족의 사랑 속에 살아갑니다. 적어도 그래야 한다고 배웠습니다. 비록 현실의 부모 형제는 내게 상처와 실망만을 안겨줄지라도, 그들이 가족인 이상 사랑으로 감싸 안아야 한다고요. 세상 끝까지 내 편일 사람은 가족들밖에 없다고요.

그러나 그런 말을 들으면 들을수록 도리어 마음이 무거워지는 건 왜일까요? 가족 예찬이 드높아질수록, 저는 의심의 눈으로 제 자신과 가족을 돌아보게 됩니다. 과연 '가족'이라는 이름 앞에 부끄럽지 않을 만큼, 나와 내 가족은 서로 사랑하고 있는가? 과연 그들이, 또 내가, 조건 없이 사랑을 받을 만큼 충분한 자격이 있는 사람인가? 만일 가족이라는 명분과 현실적인 계산이 충돌하는 일이 발생한다면 우리는 어떤 선택을 하게 될까?

과거에는 이런 불손한 자기 의심조차 허락되지 않았습니다. 효도와 우애라는 최고의 가치는 엄격한 위계질서에 따라 철저히 구현되었습니다. 서열의 제일 마지막 자리를 차지하고 있는 여자와 아이들은 자기 존재를 주장할 수조차 없었지요.

그러나 세상이 달라지다 못해 180도 뒤집히다시피 한 요즘입니다. 여자의 목소리가 커졌고, 아이들은 세상의 중심이 되었습니다. 자녀는 결혼과 동시에 새로운 가족을 이뤄 원가족을 떠납니다. 갖고 싶은 것, 누리고 싶은 것이 너무나 많아진 세상에, 타인을 위해 희생을 한다는 것은 점점 더 드물고 어려운 일이 되어갑니다.

부모님을 사랑하지만, 그분들을 위해 내 삶의 속도를 늦출 수 없는 것이 '요즘 젊은이들'입니다. 형제의 소중함을 알지만, 그들을 위해 내 인생의 방향을 바꾼다는 것은 생각하기조차 어려운 일이 되었지요. 그런데도 부모 형제가 나에게 희생과 양보를 강요한다면, 가족을 '굴레'로 느낄 수밖에 없다는 것이 그들의 생각입니다.

별별다방을 통해 내다본 요즘 가족의 풍경이 그러했습니다. 특히 세대 간의 갈등이 심각했지요. 5, 60대 이상의 세대는 과거의 가치를 믿고 가족의 굴레 속에 살아온 분들입니다. 그러나 그 굴레 안에서 늙고 보니, 가족이라는 이름은 더 이상 그들을 보호해주지 않지요. 당황스럽고도 억울한 일입니다.

한편 젊은이들의 호소도 만만치 않습니다. 세상은 점점 더 빠른 속도로 변해가고, 미래는 그 어떤 상상도 뛰어넘을 만큼 혹독할 거라고 말입니다. 설상가상으로 자녀 교육에 모든 것을 다 바쳐도, 훗날 아무것도 기대할 것이 없다는 것을 예견합니다. 그런 상황에 아무런 대책 없이 몸을 의탁해오는 부모님은 당나귀의 허리를 꺾는 마지막 짚단 같은 존재인지도 모르겠습니다.

별별다방 손님들은 너도나도 말합니다. 자식보다는 배우자가 그나마 낫고, 배우자보다 더 확실한 건 돈뿐이라고요. 가족 간에도 딱 버는 만큼 대접받는 세상이라고요. 그러나 그런 씁쓸한 하소연 끝에도, 별별다방 손님 중 누구도 가족의 폐기를 주장하지는 않더군요. 가족마저도 해체 위기에 놓일 정도로 삭막한 세상이기에, 마지막 보루는 역시 가족밖에 없다는 아이러니에 별별다방 손님들은 씁쓸한 위로를 주고받을 수밖에요.

맞습니다. 우리가 사는 이때는 가족의 시간이 그 어느 때보다 절실한 시대입니다. 도덕 교과서가 가르친 효도와 우애는 이제 힘을 발휘하지 못합니다. 가족의 결속을 강화하는 것은, 가족이 함께 한 시간과 공감의 기억일 것 같습니다. 각박한 현실의 높은 장벽에서 다시 한 번 가족 간의 손을 마주 잡게 하는 것은 '그들만의 이야기'일 겁니다.

없는 집 맏아들로 살아온 70평생, 은공 모르는 야속한 세상

누구나 가장 불운한 세대는 바로 나의 세대라며 억울해 합니다. 44년생 원숭이띠라고 말문을 여신 오늘의 손님 역시 녹록지 않은 삶을 살아오셨네요. 전쟁과 가난 속에서 부모, 형제를 지켜내고, 온몸으로 부딪혀 새로운 가정을 일구어낸 한 남자. 그러나 노년의 그를 기다리고 있는 건 감사와 존경이 아닌 원망과 비난이군요. 대체 누구의 잘못이고, 무엇이 문제인 걸까요?

저는 1944년생, 평범한 남자 노인입니다. 그러나 우리 나이의 남자들에게 평범하다는 말은 결코 편안하고 무난하게 살았다는 뜻이 아닙니다. 해방 즈음의 북새통에 태어나서, 소년 시절 기억은 6.25 피난길 풍경부터 시작됩니다. 배곯고 헐벗으며 청소년기를 보냈고, 일찌감치 거친 세상에 나와 모진 풍파 다 겪으며 살아온 사람들입니다. 그게 44년 원숭이띠들의 가장 평범한 삶일 겁니다.

더구나 저는 유약한 부모님 밑에 5남매 중 장남으로 태어났으니, 열 살 무렵부터 언제나 어깨 위에 무거운 짐이 얹혀진 기분으로 지금껏 살아왔지요. 얼마 전에 〈국제시장〉이라는 영화를 보고 저 역시 눈물을 흘렸습니다. 그러나 솔직히 주인공이 부러운 마음도 있었습니다. 그래도 저 사람은 어머니 아버지에게 인정받고, 아우들의 감사를 받는구나. 무엇보다 언제나 지지를 해주는 아내가 곁에 있구나.

저는 탄광 노동자였던 적도 없고, 월남전에도 안 갔습니다. 제가 한 일은 군대 제대한 스물네 살 때부터 40여 년간 옆도 돌아보지 않고 일을 했다는 것뿐입니다. 내가 하고 싶은 일, 하기 싫은 일은 생각할 겨를도 없이 그저 기회가 주어지는 대로, 닥치는 대로 일했습니다.

저를 믿고 그러시는지 아버지와 어머니는 두 손 놓고 계셨고, 남동생들 대학 공부, 여동생들 시집보내는 게 모두 제 책임인 줄만 알았습니다. 그 와중에 무슨 배짱으로 저 역시 결혼을 해서 남의 집 귀한 딸을 데려다 수십 년 고생시켰지요. 마누라가 처녀 적에 모아 놓은 돈을 빼앗아서 누이동생 시집을 보냈고, 내 새끼 분윳값도 없으면서 막냇동생 등록금을 냈습니다. 동생들 뒤치다꺼리가 끝났나 싶으니까 내 자식들이 대학이다, 결혼이다, 혼을 빼놓더군요.

그 모든 숙제를 다 마치고 70세가 된 지금, 제 인생을 돌아보면 후회가 막심합니다. 저한테 시집와서 고생만 한 아내는 병이 들어 골골합니다. 시집들 잘 가서 현재 남부러울 것 없이 사는 누이들은 큰오빠인 저에게 불만이 가득합니다. 92세, 96세 부모님을 왜 한집에서 안 모시느냐고요. 저 역시 모시고 싶긴 합니다만, 병자인 아내가 두 노인 양반 수발을 어떻게 들겠습니까. 아니할 말로 부모님보다 마누라가 먼저 저세상 갈지도 모른다는 생각마저 드는 데 말입니다. 건강한 사람이라 해도 평생 고생한 마누라에게 그 고생까지 시키고 싶지는 않았습니다.

그래서 부모님 집 가까이 이사를 했고, 거의 매일 제가 찾아뵙고 있지요. 간병인도 부르긴 하지만 저도 나이가 있다 보니 쉽지는 않네요. 그러나 그 문제로 누이동생들은 올케를 찾아와 삿대질을 퍼

붓습니다. 엄마가 치매기가 있으셔서 밤사이 무슨 짓을 할지도 모르는데, 맏며느리가 돼서 발 뻗고 잠이 오느냐고요. 제 아내는 아내대로 화를 냅니다. 누구 돈으로 공부하고 시집가서 이만큼 사는지 까맣게 잊었느냐고 따지지만, 그런 과거지사를 기억하는 사람은 없더군요. 공부 많이 해서 대학교수님인 막냇동생은 이런 구질구질한 집안싸움에 관심조차 두지 않고요.

어릴 때는 한없이 귀엽고 애처롭던 동생들입니다. 한 자라도 더 가르치고, 남부럽지 않게 해서 시집보내는 게 저 자신의 행복이었는데, 요즘 들어서는 모든 게 허무해집니다. 아내는 저더러 바보 중에 상바보라고 합니다. 살아도 헛살았다고 말입니다. 자식들 역시 제 삶을 존경의 눈으로 보지 않습니다. 아버지는 왜 원가족의 그늘을 못 벗어나느냐고 따지더군요. '원가족'이라는 어려운 말도 저는 처음 알았습니다. 가족이면 다 가족이지, 원가족은 뭐고 곁가족은 뭔지….

자식들은 저한테 말합니다. 이제라도 동생들 불러놓고 부모님에 대해 똑같이 책임을 지우라고요. 그러나 제 생각은 그렇습니다. 제가 그런 시도를 하면 집안에 싸움이 그칠 날이 없을 겁니다. 누이동생들은 큰오빠 내외가 있는데 왜 우리가 친정 일에 신경을 써야 하느냐고 억울해할 테고, 남동생들은 잘난 안사람들 눈치를 보며 묵

묵부답일 겁니다.

그냥 저 하나 고생하면 형제들이 서로 낯붉힐 일은 없겠지요. 동생들의 원망이나 지적은, 그냥 한 귀로 듣고 한 귀로 흘리며 조금만 더 버티자 싶습니다. 부모님이 사시면 얼마나 더 사시겠습니까?

문제는 제 아내와 자식들입니다. 제 희생에는 내 식구의 희생이 뒤따르더군요. 그렇다 보니 처자식이 점점 더 저를 답답해하고, 고모와 삼촌을 미워합니다. 제 막내딸은 이런 기막힌 소리까지 하더군요. 아버지는 그냥 효자로 혼자 살지 결혼은 왜 해서 엄마를 고생시키느냐고요. 그게 죽도록 고생해서 키워놓은 자식한테 들을 소리인가요?

70평생을 살아보니, 세상은 은공을 모르더군요. 그러나 저는 그렇습니다. 지금 다시 그 시절로 돌아가도 꼭 이대로의 삶을 살 수밖에 없습니다. 맏이가 돼서 나 혼자 잘 살자고 도망칠 수는 없습니다. 그게 내 운명이고, 팔자입니다. 다만 그 세월을 '장하다' 말해주고 등을 쓸어주는 한 사람이 내 곁에 없다는 게 이렇게 서러울 따름입니다.

님은 허무하고 서러운 마음에 별별다방을 찾으셨다지만, 저를 포함한 별별다방 손님들은 님을 향해 머리 숙여 절부터 하게 되네요. 님이 살아오신 70년 삶의 궤적은, 겨우 원고지 10여 장에 구겨 넣어질 수 있는 이야기가 아닐 겁니다. 책으로 써도, 영화로 만들어도 님이 맨발로 뛰어야 했던 그때 그 시절의 가시밭길을 굽이굽이 다 그려내지 못할 겁니다. 그러나 저희는 원고지 몇 장에 불과한 간단한 줄거리만 읽고도 벌써 눈물이 맺히네요. 아, 우리네 장남의 삶! 오롯이 형제 많고 가난한 집의 장남으로 살아오셨구나. 특히 44년생 손님들은 나도 원숭이띠라며 출석부에 도장을 찍듯 댓글을 남기셨고, 다양한 연령대의 장남들이 격한 공감을 표해주셨습니다. 한편 님에게서 아버지나 큰형의 모습을 떠올리며 눈물을 훔치는 젊은이들도 많더군요.

… 44년생의 숙명인지, 어찌 나와 그리 비슷한지요? 여생이나 맘 편히 삽시다.

선생님의 글을 보니 저도 모르게 눈물이 나면서 큰형님이 아주 그립고, 살아계실 때 좀 더 잘해드리지 못한 점 후회가 되네요. 지금도 뚜렷이 기억납니다. 막내인 제가 초등학교 시절, 추운 겨울날 나무를 하러 다니던 형이 단속을 피해 맨발로 개천을 건너서 뛰어왔다던 그 날이요. 그 추운 밤에.

영화 〈국제시장〉을 만들어도 1,000편은 더 만들 이야기가 우리 사이에 있겠습니다. 저도 장남이기에….

장남이든 장남이 아니든, 장남의 굴레가 어떤 것인지는 우리 모두 잘 알고 있습니다. 그러나 어려운 시절에 장남으로 태어났다고 해서 모두가 님과 같은 길을 걸은 것은 아니더군요. 댓글들을 살펴보면, 장남의 권리만 취하고 책임은 회피한 이들도 적잖은 모양입니다. 아우들의 희생 속에 혼자 학교에 다니고 출세가도를 달리는 장남, 부모의 재산을 자기 것으로 여기면서 봉양의 책임은 나 몰라라 하는 장남들에 대한 성토의 글도 많았습니다.

장남이라고 다 같은 장남이 아닌 모양입니다. 님이 부모 형제를 위해 헌신해온 것도, 44년생 장남이라는 굴레 때문만은 아닐 겁니다. 그 숙명을 받아들이고 완성해낸 것은 님의 품성이고 결단이었다고 생각해요. 지금 다시 돌아간다 해도 꼭 이대로의 삶을 살 수밖에 없다는 우직한 님의 말씀에 별별다방 손님들이 더 큰 감동을 느낀 것도 그 때문입니다. 님은 자기를 돌보지 않고 사명을 다하는 고귀한 덕성을 가지셨고 오늘의 잣대로 과거의 선택을 재단하지 않으시는 분이십니다.

다만 한 가지, 별별다방 손님들이 안타까워하신 점은 님의 헌신이 너무 일방적으로 올곧기만 했다는 점입니다. 별별다방 손님 중에 이렇게 딱 한마디 말만 남기고 가신 분이 계시더군요.

… 헌신하다가는 헌신짝 되는 게 세상 이치더군요.

아마도 맹목적으로 모든 걸 바치기만 하는 헌신은 그 끝이 아름답지 못하더라는 얘기일 겁니다. 참 씁쓸한 이야기입니다만 헌신을 할 때조차도, 상대방 생각을 읽어가며 내 마음을 조절해야 하는 모양입니다. 그렇게 하지 않으면 내 희생은 빛을 잃고, 상대방은 배은망덕의 길을 가게 되지요. 받기만 하는 사람은 주는 사람의 마음을 모릅니다. 준 적이 있어야 주는 사람의 고마움을 알지요.

그리고 님도 수십 년 헌신의 길을 같이 걸어온 동반자를 살뜰히 챙겨주지 못하신 것 같아요. 수많은 존경과 감동의 댓글들도 다음과 같은 당부의 말로 마무리가 되더군요.

··· 이제부터는 아내와 함께 여생을 즐기는 데 모든 걸 바치세요. 세월 가면 남는 건 결국 부부밖에 없습니다.

나 하나 참으면 가정이 편하다는 님의 생각. 그러나 님이 제일 먼저 생각해야 하는 가정은 바로 두 분 부부가 이루고 계신 가정입니다. 인생의 종착점이 가까운 이 시기에 두 분이 행복하지 못하다면, 효도도 우애도 의미를 잃고 말 것입니다. 이제부터라도 희생과 헌신에 균형점을 찾으셔야 할 것 같아요.

그러나 님이 걸어오신 위대한 삶의 궤적 앞에 무슨 말을 보탠다는 것은 가당치도 않은 일입니다. 님은 이미 가치 있는 삶을 완성하신 분입니다. 비록 삶의 종착지에서 님을 기다린 것이 열렬한 환호는 아니라 하더라도, 그렇다고 해서 님이 살아온 인생의 빛이 바래는 것은 아니지요. 빛나는 삶을 미련 없이 뒤로하고 이제부터는 여유롭고 즐거운 여생을 성취하시길, 그리고 두 분이 오래오래 행복하시길 바랍니다.

은퇴 후 찬밥 신세,
집에서 내 위치는?

남자는 평생 세 번 우는 거라 합니다. 태어났을 때, 부모님이 돌아가셨을 때, 그리고 나라가 망했을 때. 그러나 저는 그보다 더욱 눈물겨운 순간을 하나 추가하고자 합니다. 바로 일선에서 은퇴했을 때입니다. 남자가 가장 작아져야 하는 시간, 남자에서 노인으로, 주연에서 조연으로 거듭나야 하는 잔혹한 시간. 게다가 '가장'에서 '객식구'로의 변화까지…. 가장 작고 무력한 남자의 시간을 어떻게 극복해야 할까요?

첫 번째 사연 _저는 68세, 제 아내는 61세로 서울에 거주하는 평범한 노부부입니다. 자식들은 분가해서 잘 살고 있고, 저는 58세에 정년퇴직을 했습니다. 그러나 집에서 쉰 건 두세 달뿐, 퇴직 후 곧 지인의 소개를 받아 건물 관리소장으로 지금껏 일해오고 있습니다. 급여는 얼마 안 되지만 일을 한다는 자부심으로 근무하고 있지요. 요즘 같은 세상에 남부러울 것 없는 퇴직자인 셈인데, 문제는 아내의 태도 변화입니다.

퇴직 전까지는 30년을 한결같이 아내가 차려주는 밥상을 받아먹었습니다. 한데 정년퇴직 후 아내가 서서히 변하더군요. 평소 안 하던 잔소리가 심해졌어요. "밥상 차릴 때는 들어라", "청소기 좀 돌려라", "빨래 같이 널자" 등등 집안일을 같이 하자는 겁니다.

전에는 혼자서 김치도 잘 담그더니 요즘은 "힘 있는 남자가 배추 소금에 절여라", "무거운 건 남자가 들어야지"하면서 많은 것을 저에게 떠넘깁니다. 퇴직하고도 나름대로 계속 일을 하고 있는데 왜 갑자기 집안일을 시키느냐고 따지면 다른 집은 벌써 남자들이 거들고 있다며 더 큰소리를 칩니다.

하루는 큰맘 먹고 도와줄 생각으로 음식물쓰레기를 치우러 가는데 뒤통수에 대고 아내가 말합니다.

"음식물쓰레기 좀 치워줘!"

그 말을 듣자 갑자기 기분이 상하더군요. 속담에 '하던 일도 멍석 깔아 주면 안 한다'고 하지 않습니까? 부드럽게 부탁해도 될 일을 명령조로 나오니 나도 오기가 발동합디다. 싫다고 하면 다툼이 일어나죠. 그러면 또 아내는 애들에게 전화하고, 애들은 약속이나 한 듯이 항상 엄마 편을 들지요. 한번은 아들이 한마디 하더군요.

"아버지, 황혼 이혼 당하기 전에 엄마 잘 도와주세요."

황혼 이혼이라. 어떤 때는 차라리 이혼하고 혼자 살고 싶은 생각이 들기도 합니다. 하지만 혼자 사는 남자는 왠지 처량해 보일 것 같네요. 보기 좋게 늙어가는 노부부 모습은 저 혼자만의 꿈이었던 모양입니다.

두 번째 사연 _안녕하세요? 저를 뭐라고 소개해야 좋을지 막막하네요. 올해 61세인 남자로 아내와 두 딸과 함께 서울에 살고 있습니다. 그러나 이런 말로 무슨 설명이 될까요? '61'이라는 숫자도 남자라는 말도, 아내나 딸이라는 말도 아무 의미가 없습니다. 지금 제 느낌으로는 그저 퇴직자, 퇴물, 투명인간일 뿐입니다.

저는 5년 전에 퇴직했습니다. 일할 당시에는 일 중독이라는 소리를 들을 만큼 열심이었습니다. 원래 제 성격이 뭐든 하나밖에 모르고, 내 몸, 내 시간 아낄 줄을 모릅니다. 덕분에 나름대로 성공도 했고, 주위에서 인정도 받았습니다.

그러나 일을 놓고 집에 있게 되면서 모든 게 달라졌습니다. 집안에서 저는, 있으나 마나한 존재, 없으면 아쉬우니까 한 자리에 가만히 모셔놓으면 되는 존재입니다. 아내와 두 딸은, 같은 여자들이라 그런지 속닥속닥 서로 잘 통하는 것 같습니다. 그러나 제가 다가가면 예의 바른 얼굴로 밀어냅니다.

어릴 때는 너무나 귀여운 아이들이었고 바빠서 자주 놀아주지 못하는 게 한이었는데, 20대 후반의 딸들은 어색할 정도로 멀기만 합니다. 사내놈들 같으면 못 먹는 술이라도 같이 먹으며 말문을 트겠는데, 다 자란 딸애들에게는 대체 무슨 말로 운을 떼야 할지 이제와 새삼 아들 없는 게 아쉬워지네요.

아내 역시 서로 편하자고 각방을 쓴 지 한참이고 저를 아예 하숙생 취급합니다. 애들은 바빠서 식사도 따로따로, 출퇴근도 제각각인 상황에 아내와 서먹하니 저만 혼자 식사를 하거나 잠자리에 드는 일이 대부분이죠. 여자들끼리는 별다른 대화를 하지 않아도 평소에 서로 주고받은 게 많아서인지 전혀 어색하지가 않은가 봅니다. 답답한 마음에 외출해서 친구라도 만나면 좀 풀리는가 싶지만, 집에 돌아오면 다시 원점입니다. 제가 원래 놀 줄을 모르는 사람이지만, 가족이 이 모양인데 취미며 사교가 무슨 의미인가요.

우리 집 여자들이 내게 바라는 건 뭘까요? 내가 이대로 아무 사고 안 치고 조용히 늙어주기만을 바라는 모양입니다. 나 없이도 잘만 돌아가는 집, 나만 소리 없이 사라져주면 더 바랄 게 없어 보입니다.

별별다방으로 오세요!

두 분의 사연을 별별다방에 올릴 때까지만 해도, 이렇게 많은 분이 같은 이유로 남몰래 가슴앓이하고 계신 줄 몰랐습니다. 은퇴한 남편, 돌아온 아버지의 서글픈 사연에, '바로 내 이야기'라며 침묵을 깨고 나오신 6, 70대 손님들의 아우성에 한동안 커뮤니티가 뜨거웠습니다.

… 어찌 그리 내 입장하고 똑같노? 어떻게든 돈주머니는 잘 챙겨야 합니다. 돈 떨어지니 꽝입디다.

… 요즘 들어 집사람의 잔소리가 부쩍 늘었고, 툭하면 목소리가 커집니다. 이웃이 부부싸움 하는 줄 알까 봐 토닥여서 목소리를 낮추도록 하고 있는데, 이게 대체 무슨 일인지 모르겠습니다.

한편 두 분의 사연이 내 이야기가 될까 봐 두렵다는 젊은 가장, 황혼 이혼이라는 말까지 나오는 상황이 안타깝기만 하다는 자녀 입장의 글도 섞여 있더군요. 맞는 말입니다. 평생 가족을 위해 일해 온 아버지들에게 마음 편한 마지막 휴식이 허락되지 않는다는 건 뭔가 잘못되어가고 있는 세상인 거지요. 그분들의 이야기가 곧 나의 이야기가 될 거라는 두려움도 당연하고요. 그러나 별별다방의 손님들은 말씀하십니다. 아내 탓, 자식 탓만 하지 말고 지나온 세월과 달라진 세상을 한번 돌아보시라고요. 그리고 무엇보다 아내와 입장 바꿔놓고 생각해보시라고 말입니다.

… 남자도 젊어서부터 가사노동에 참여하고, 자녀양육에도 적극적으로 도와야 합니다. 애들 키우는 재미, 사랑하는 재미를 나눠야 합니다. 생각해보세요. 애들 다 크자 옆집 아저씨 같은 분이 갑자기 나타나서 잔소리한다면, 아내도 애들도 공감이 안 되는 겁니다.

… 남편이 은퇴할 나이면 아내도 은퇴를 꿈꿉니다. 전업주부를 놀고먹는 사람으로 착각해온 게 문제의 본질. 이제는 아내도 가사에서 은퇴한 걸로 인정하고, 그동안 소홀했던 집안일을 배워서 나눠 해야 공평하다고 생각되네요.

두 분에게는 매정하게 들리는 소리일지 모르겠지만, 남편과 아내의 입장을 저울에 올려놓고 '공평'하게 무게를 단다면, 위의 댓글들이 아주 틀린 말을 하는 건 아닌 것 같아요. 퇴직하는 남편이 그 어느 때보다 무력하고, 위축된 게 사실이지만 아내 역시 전에 없이 힘든 시간을 맞고 있답니다. 목소리가 커져서 더욱 드세게 보이지만, 사실은 남편보다 더 빠른 속도로 그리고 더 처참히 무너져가고 있지요. 가사노동에도 은퇴라는 게 있다면 지금이 아마 아내의 은퇴 시점일 겁니다.

게다가 지금까지 밖에서 활동하던 사람이 갑자기 집안에 앉아 있는 상황이 부인에게는 부담스러운 변화입니다. 자신보다 가족들을 챙기고, 가족들에게 맞추며 사는 게 주부의 생활입니다. 그나마 다들 밖으로 내보내고 혼자 남는 시간에 한숨 돌릴 수 있었는데, 갑자기 그런 휴식을 빼앗겨 아내에게도 재적응의 시간이 필요할 겁니다. 같이 있는 시간을 힘들어하는 아내를 보고 '내가 그렇게 꼴 보기 싫은가?'라고만 생각하지 마시고, '이 사람도 하루 몇 시간은 활개를 펴고 쉬어야지'라고 이해해주세요.

참 어려운 주문입니다만, 입장을 바꿔서 넓은 아량으로 기다려주시는 것만이 두 분 사이에 평화를 되찾는 길일 겁니다. '내가 돈을 못 버니까 대접이 달라지는구나! 이건 배신이다!' 라는 생각은 전혀 도움이 안 됩니다. 퇴직 후 맞는 가족 간의 변화는 사랑과 의리의 문제가 아닙니다. 그것은 변화하는 현실에 대한 적응의 문제이지요. 그러니까 행복한 동거를 위해서는 양측이 다 노력해야 합니다.

많은 분이 실제적인 요령도 알려주셨어요. 집안에서 뱅뱅 맴돌다 보면 스트레스가 쌓이고, 마찰이 생기는 법이니 무조건 밖으로 나가서 소일거리를 만들어 보라는 분. 집안일은 도저히 못하겠거든 다른 면에서라도 부인의 기분을 풀어주라는 분….

내가 뭘 잘못했다고 아내 비위를 맞춰야 하나 싶으시겠지만, 남편이 변하면 곧 아내도 변합니다. 변하려는 노력만 보여도 아내들은 기꺼이 변할 겁니다. 비굴하다 생각 마시고 행복한 여생을 위한 노력으로 생각해주실 수는 없을까요?

아내들은 말합니다. 남편을 생각하면 크게 감사할 일이 한둘이 아닌데, 서운하고 이해 안 되는 일은 수백 가지라고요. 남편들 역시 마찬가지겠지요. 아내를 생각하면 뼈에 사무치게 미안하고 고마운 마음이지만, 가슴에 생채기로 남은 서운한 기억도 수백 가지가 넘지요.

사랑하면서도 이해가 안 가고, 고마운 만큼 원망스러운 배우자. 이렇게 롤러코스터를 타는 부부의 속마음은 나이에 상관없이 마찬가지인 듯합니다.

그러나 그런 마음을 순간 눈 녹듯 녹게 하는 재주는 돈도 아니고 거창한 직함도 아닙니다. 그것은 내 마음을 알아주는 말 한마디, 말없이 내미는 커피 한 잔, 문득 다가와 내 손을 감싸는 따뜻한 손입니다. 그런 작은 몸짓과 더불어 노년의 부부에게 꼭 필요한 것 한 가지가 있다면 그건 바로 '연민'이 아닐까요? 그토록 많은 우여곡절을 함께 겪은 동반자로서 서로를 짠하게 바라봐주는 마음 말입니다. 아내는 돌아온 남편을 짠한 마음으로 받아주고, 남편은 지친 아내를 위해 작은 노력을 기울인다면 노년은 인생의 황금기, 제2의 허니문이 될 수 있을 것 같습니다. 노년보다 더 호젓하고 여유로운 밀월의 시간이 어디 있을까요?

… 가족 간의 관계는 결국 '사랑'입니다. 이분들의 사연도 사랑의 기초 위에 있습니다. 사랑은 서로가 주고받는 것이니, 어느 한쪽만의 문제라고 생각지 않습니다. 단편적인 일 하나하나에 마음 상하지 마시고 다시 한번 가족 간의 사랑의 온도를 짚어보세요. 사랑은 희생입니다. 가족의 일을 도와주는 희생쯤이야 얼마나 즐거운 희생입니까? 내가 가정의 소금이 되면, 가족들에게 맛있는 간이 뱁니다. 내가 바뀌니 그들이 바뀝니다. 우리 모두 불평일랑 말고 계속 사랑하고 희생하십시다.

내 인생 처음 맞는 행복, 그마저 내놓아야 부모인지

부모 역할의 끝은 어디까지일까요? 학교 졸업시키고, 결혼을 시켜도 남은 숙제가 아직 있는 모양입니다. 돈 벌러 나가겠다는 자식들 대신 꼬물꼬물한 손자 손녀를 업어 키우는 일! 노년의 육아가 선택이 아닌 필수가 된 세상에, 내 인생 처음이자 마지막 행복은 어떻게 되는 건가요? 내 행복을 말하면 자식이 등을 돌리는 세상이 참으로 서럽더라는 오늘의 손님이십니다.

저는 올해 예순셋, 평범한 노인입니다. 아들만 둘을 두었는데, 장남은 재작년에 혼인했고, 작은 애는 아직 미혼입니다.

큰애가 식 올릴 때 서른여섯이었으니, 꽤 늦어졌던 셈이지요. 인물도 학벌도 그만하면 안 빠지고, 직업도 확실한 녀석이 무슨 이유로 장가를 못 드는 것인지, 제가 속을 많이 끓였습니다. 요즘 아가씨들은 무엇보다도 부모 재력이 든든한 상대를 찾는다던데, 우리 애는 그런 부모가 없어서 일이 성사되지를 않는가도 싶어 죄스럽기도 했습니다. 도와주기는커녕 자식에게 매달 생활비 보조를 받지 않으면 안 되는 형편이니 말입니다.

그런 생각으로 제 속이 바짝바짝 타들어 갈 때, 마침 우리 며느리와 인연이 닿았던 겁니다. 형편을 다 알고도 좋다고 하니 얼마나 반갑고 고맙던지요. 게다가 맞벌이까지 하겠다고 하니, 제 마음이 더없이 가벼웠습니다. 친정이 넉넉한 듯해서 그것도 고마웠습니다. 이제껏 못난 부모 때문에 고생해온 아들인데 처가까지 짐을 얹어주지는 않을 것 같아서 다행스러웠습니다.

경사가 겹치느라, 식 올리고 얼마 안 돼 아기 소식이 들려왔습니다. 달 채워 예쁜 공주까지 순산해주니 내 일생에 이렇게 매사가 바라는 대로 술술 풀리는 때가 있었던가 싶었습니다. 그렇게 무탈하게 100일을 치르고 어느 날, 아들 내외가 찾아와 우리 앞에 앉더니 조심스럽게 말을 꺼내더군요. 며느리가 복직하게 되었으니 애기를 맡아 키워주셨으면 좋겠다고요. 아침에 데려다 놓고 저녁엔 먼저 퇴근하는 사람이 데려가겠답니다.

그 말을 듣고 저는 뭐라고 답을 해야 할지 몰라 멍해져 버렸습니다. 솔직히 아기는 사부인이 키워주실 걸로 생각하고 있었거든요. 사부인은 저보다 다섯 살이나 젊으시고 건강하신 편이라고 들었으니까요. 또 어느 집이나 시어머니보다는 친정엄마가 돕는 것이 며느리 입장에서도 마음이 편하고 손발이 잘 맞지 않나요? 그러나 제 속을 다 들여다본 듯이 며느리가 그러더군요.

"저희 엄마는 지금 오빠 아기를 보고 있어서요."

그저 눈앞이 캄캄하기만 한데 남편의 반응이 한술 더 뜹니다.

"그래라, 그래. 팍팍한 세상에 늙은 부모가 해 줄 게 그거밖에 더 있냐. 나도 있고 하니, 걱정 말고."

남편 말에 기가 막혀서, 제가 그만 할 말을 해버리고 말았습니다. 건강에 자신이 없어서 나는 도저히 못 하겠으니, 다른 방법을 찾아보라고요.

남편과 아들은 입맛만 쩝쩝 다시고, 며느리는 뒷통수에 찬바람이 쌩쌩 불었습니다. 물론 저도 압니다. 요즘은 할머니가 아기를 키우는 집이 많다는 것을요. 그러나 저는 정말 자신이 없습니다. 갑상선암으로 수술도 받았고, 지금 먹고 있는 약이 아침, 저녁으로 한 숟갈씩입니다. 무릎도 안 좋아서, 자리에 앉고 서는 것도 내 맘 같지 않은데 어떻게 애를 업나요.

남편이 돕는다지만, 그 말을 믿으면 내가 바보지요. 워낙에 술 좋아하고, 나다니기 좋아하는 사람, 평소 자기 먹은 물잔 하나도 치우지 않는 사람입니다. 거기다가 억울하다는 생각도 들었습니다. 남편은 평생을 밖으로 돌며 제 속을 썩였습니다. 남들 하는 사내 짓은 다 했고, 돈 사고도 많았습니다. 속 안 끓이고 살게 된 지 불과 3, 4년입니다. 제 나이 환갑 넘고서야, 마음 편히 친구 모임도 즐기게 됐고, 여행도 가게 됐습니다. 일생 처음이자 마지막으로 사는 것 같이 살고 있는데 저한테서 그 한 가지 복마저 빼앗아 가야 하는 건지요. 내가 어떻게 살아왔는지 제일 잘 아는 아들놈이 어쩌면 이럴 수가 있나.

그러나 거절을 해놓고도 제 마음은 바늘방석이었습니다. 그러다 며칠 만에 아들이 전화를 걸어왔습니다. 결국, 장모가 보기로 했다고요. 그 말을 듣는데, 오히려 마음에 돌덩이가 내려앉는 듯 더 답답해지는 건 또 뭔지….

그 뒤로 애들은 처가집에서 가까운 곳으로 이사를 했습니다. 가

뜩이나 보기 어렵던 아들네가 이젠 더 멀어졌습니다. 하지만 어쩌겠어요. 새끼를 거기에 뒀으니, 마음도 거기로만 치닫는 게 당연하지요.

그렇게 두어 달쯤 지났을 때, 오랜만에 아들 내외가 우리 부부를 찾아 왔더군요. 아기를 보니, 이 생각 저 생각이 말끔히 씻기고 그렇게 좋을 수가 없었습니다. 그런데 아들 내외가 나란히 앉아 한다는 말이, 생활비를 양쪽으로 드리기 너무 힘들어서 당분간 못 드리니 이해해달랍니다. 매달 50만 원씩 내놓던 걸 끊겠다는 말이었습니다. 아기를 봐주시는 장모님께 매달 100만 원씩 드려야 해서 도저히 여유가 없답니다. 거기다 며느리가 또박또박 덧붙입니다.

"엄마는 절대 안 받는다고 하시는데, 저희가 우겼어요. 나중에라도 올케언니가 뭐라고 하겠어요? 외손녀 받으려고 키우던 친손자 내보냈다고 두고두고 서운해 하면 어떡해요?"

그러니까 딸한테 돈이라도 받아야 며느리한테 당당할 테니 엄마 낯을 세우기 위해서라도 100만 원씩 꼬박꼬박 드려야겠다는 얘기였습니다. 말문이 막혀버린 저 대신에 남편이 대답했습니다. 알아들었으니, 그리하라고요. 그러나 애들 보내놓고는 남편도 한숨을 내쉬더군요. 제가 너무 이기적인 건지 모르겠지만, 솔직히 너무 서운합니다.

우리 부부는 아들한테 도움을 못 받으면 생활을 못하는 사람들이고, 사돈은 연금에다가 서울 시내 아파트에서 들어오는 월세만 해도 걱정이 없다고 그렇게나 자랑을 하던 사람들입니다. 며느리한테 당당하려고 딸한테 100만 원씩 꼬박꼬박 받고, 그 바람에 사돈은 먹고 살길이 막막해진다는 게 말이 되나요? 우리 형편에 50만 원이면, 먹는 걸 줄이든지, 약을 끊든지 해야 합니다. 그런 사정 뻔히 알면서 자식들이 어쩌면 이럴 수가 있는지요?

생활비는 그 길로 끊겼고, 저희 부부는 윗돌 빼서 아랫돌 괴는 식으로 하루하루 살아가고 있습니다. 남부끄러워 주위의 누구한테도 이런 말은 못했습니다. 사돈이 애 봐주니 너는 얼마나 좋으냐는 친구들 말에 그저 웃기만 합니다.

웃는 게 웃는 게 아닌 제 속마음을 누가 알아줄까요?

별별다방으로 오세요!

'별별다방 홍여사'라는 이름이 한 번씩 부끄럽게 느껴질 때가 있습니다. 이렇게 저보다 연배도 높으신 어르신이, 지극히 현실적인 문제로 고민에 빠져계실 때 제가 무슨 말을 드려야 할지 몰라 무력감에 빠지기도 하지요. 님의 마음과 상황을 충분히 이해하면서 동시에 아들 며느리의 입장도 이해가 안 가는 건 아니기에, 더욱 할 말이 없어지네요. 그러나 별별다방의 손님들은 할 말이 많으신 듯합니다. 수백 개의 댓글로 별별다방 커뮤니티가 달아올랐습니다.

그래도 부모님 봉양은 해야지. 키워주고 교육해주셨는데 손자 안 봐주면 인연이 끝나나? 부모를 평가해서 점수대로 부양하는 세상인가?

… 자식은 부모가 키우는 겁니다. 맞벌이 그만두고서라도 저희끼리 책임질 생각을 해야지, 당연한 듯 애를 맡길 궁리들을 하다니.

… 몸이 안 좋으시다니 안타깝습니다만 정말 이기적이시네요. 내 인생은 즐기고 싶고, 손주 재롱도 보고 싶고, 생활비도 받고 싶고.

… 자식 탓하기 전에 경제적으로 자립하려고 노력하세요. 이젠 누구도 가족에게 의지할 수가 없는 세상입니다. 젊은 애들도 요즘 너무 힘들어요.

한 가지 뜻밖이었던 점은, 댓글 상의 의견대립이 세대 간의 전쟁

양상으로 치닫지는 않더라는 점입니다. 오히려 부모 세대가 젊은이들의 고충을 대변해주기도 했고, 자식 입장에서 아들 며느리의 매정함을 비난하기도 하더군요.

별별다방에서 저는 또 깨달았습니다. 요즘 세상은 이렇더라 저렇더라 무시무시한 풍문이 들려오지만, 그래도 부모는 자식을 감싸안으려고 애쓰고 계시고, 자식은 부모 세대를 이해하려고 애쓴다는 사실. 바로 그게 사람 사는 세상의 기본 틀인 것만은 변하지 않았더군요.

부모 세대와 자식 세대. 따지고 보니 저는 님의 세대와 며느님 세대의 가운데쯤에 끼인 세대라고 할 수 있습니다. 위를 보면 제 미래의 모습인 님이 계시고, 아래를 보면 과거의 이제 막 엄마가 된 제 모습이 보입니다. 양쪽이 다 이해가 되고, 또 이해하고 싶은 제 마음 느껴지시나요?

제가 짐작하는 님의 마음은, 오랜 세월 억눌려 온 행복에 대한 갈망입니다. 남편 때문에, 돈 때문에, 자식 때문에 고통 받을 때 님은 어떤 마음으로 견뎌오셨을까요? 어떤 고통이든, 자포자기하지 않고 견뎌내기 위해서는, 미래에 대한 달콤한 약속과 꿈이 있어야 했겠지요. 아마도 님은 행복을 뒤로 미루며, 미루며 견뎌 오신 거 같아요. 언젠가는 나에게도 자유롭고 넉넉한 행복의 시간이 오겠지. 지금 이 시절만 견뎌내면 좋은 날들이 펼쳐질 거야. 아들만 잘 키워내면 걱정 없을 거야.

그렇게 눌러온 마음이 이제는 너무 커져서 폭발 직전이신지도 모르겠습니다. 나는 행복해야 해. 나는 그럴 자격이 있어. 내가 어떻게 살아왔는지 알잖아. 이제부터는 누리면서 살 거야. 남은 시간은 얼마 안 돼.

저는 그 슬픈 조바심을 충분히 이해합니다. 님이 제 어머니라면, 저는 그 마음을 지켜드리기 위해 최선을 다할 겁니다. 하지만 그 조바심이 오히려 님을 옥죄고 있는 건 아닐까요? 조바심은 스트레스입니다. 자연스러운 삶을 방해하는 마음이지요. 대단히 외람된 말씀이지만, 님의 글을 읽으면서 저는 그걸 느꼈어요. 아이를 봐 달라고 말하는 아들 며느리, 그걸 긍정적으로 받아들이는 남편에 대해 님은 지나치게 과민하셨고, 또 화를 내고 계시는 듯해요. 거절을 하실 때도 조금은 더 완곡할 수 있었을 텐데, 한마디로 말문을 막아버리신 것은 아닌지….

그러나 그 모든 것들에 대한 아쉬움보다 더 큰 아쉬움은 아드님과 며느님의 짧은 소견에 대해서입니다. 어떤 이유에서건 부모님의 생활비를 끊는다는 것은 지나쳤어요. 저는 며느리 역시 감정적으로 행동한 게 아닌가 싶습니다. 저도 한때 그랬지만, 요즘 며느리들에게는 큰 문제점이 있습니다. 결혼 전부터 주위에서 보고 들은 나쁜 얘기가 너무 많아요. 시부모는 결국 남이다, 아예 처음부터 잘하지를 마라, 어떤 상황에서도 양가에 똑같이 배분해라, 가만히 있으면 가마니로 알고 밟는다. 이혼 불사하고 내 입장을 지켜라.

저도 한때는 그런 말을 대단히 유익한 조언으로 알고 새겨듣곤 했지요. 그러나 살아보니 그들 말대로만 해서 되는 것도 아니었습니다. 현실에 맞춰서, 상대방의 성격과 사정에 맞춰서 그때그때 필요한 지혜를 낼 줄 모르는 사람은 절대로 행복에 이를 수 없습니다. 우리에게 필요한 건 매정한 작심이 아니라 유연한 작전인데, 아직 미숙한 젊은이들은 그걸 모르지요.

그래요. 님의 아들 며느리는 아직 미숙합니다. 부모님이 느끼실 당황스러움과 서운함을 아마 10분의 1도 모를 겁니다. 그저 본인들 앞에 떨어진 숙제만 커다랗게 느껴지고, 도움을 거절한 어머니가 도저히 이해가 안 될 뿐이지요. 서운한 마음에 지금 무리수를 두고 있는 게 아닌가 싶어요.

별별다방이 님에게 아무런 도움은 못 되면서 이런 말 저런 말 속만 시끄럽게 해드렸을지도 모르겠습니다. 하지만 세상의 생각은 결코 어느 한쪽의 완승을 선언해주지 않더라는 사실 하나만으로도, 자식들에 대한 원망을 덜 수 있지 않을까요?

힘든 세월 버텨 오신 분에게 또 한 번 마음을 다잡으라고 말씀드리기가 죄송합니다만 지금 님에게는 그게 필요한 거 같습니다. 행복을 지키려는 조바심을 풀어내시고, 자연스럽게 행복을 느끼시려는 마음을 가지시길 별별다방도 기원하겠습니다.

굶어가며 모은 돈,
아들에게 몽땅 털어주는 친정엄마

어머니의 사랑은 조건 없이 무한하다고 하지요. 하지만 늘 어머니의 사랑이 공평무사한 것 같지는 않습니다. 이 아들에게는 기울어지고, 저 딸에게는 약해지는 어머니의 마음이 때로는 다른 자식들에게 상처가 되기도 하지요. 더구나 어머니의 편애가 한 자식을 향한 맹목적인 고행으로 이어진다면, 그 모습을 평생토록 지켜보는 다른 자식의 마음은 서서히 병이 듭니다. 이제는 50대, 본인도 자식을 둔 어머니가 되고서도 여전히 어린 시절 상처에 아파하고 있다는 손님. 그 상처를 어떻게 보듬어야 할까요?

제 친정어머니는 현재 70대 후반이시고, 저희 남매와 같은 지역에서 혼자 살고 계십니다. 제가 초등학교 5학년 때 아버지가 돌아가셨으니 엄마가 혼자 살아온 세월이 장장 41년입니다. 엄마도 저도 쉽지 않은 인생길을 살아왔지만, 남동생을 생각하면 더 가슴이 에입니다. 그 아이는 태어나서 첫 돌도 되기 전에 아버지를 잃었거든요.

저를 낳고 좀처럼 아이가 생기지 않아 애를 태우시다가, 10년 만에 둘째를 보았고, 그것도 바라던 사내아이를 낳아 부모님의 기쁨은 말할 수 없이 컸었다고 합니다. 하지만 그 행복한 시간은 1년도 채 못 되어 풍비박산이 나고 말았네요.

저희 아버지는 공무 수행 중에 순직하셨고, 다행히 어머니는 유족 연금을 타실 수가 있었습니다. 어머니가 장사도 하시고 일도 다니시며 벌기도 많이 버셨지만, 그 연금이 없었다면 아마도 버텨내기 어려운 세월이었을 겁니다. 그렇게 우리 남매는 어머니 밑에서 장성하여 가정을 꾸렸고 평범한 중년으로 살아가고 있습니다. 이제 우리 어머니는 지난 세월의 그 모든 풍상을 다 잊고 말년을 아름답게 마무리하시기만 하면 되는데, 여전히 비참하고 궁핍한 생활을 못 벗어나고 계시니 정말 답답합니다.

어머니는 여전히 연금을 받고 계시고, 그 외에도 수입이 조금 더 있으십니다. 저에게는 자세한 액수조차 알려주지 않으시지만, 어림잡아 150만 원 이상은 되십니다. 누추하나마 집 한 칸은 소유하고 계시니, 그 정도면 어머니 혼자 일상생활을 하시는 데 무리가 없을 액수라고 저는 생각합니다.

그런데 어머니는 그 돈의 대부분을 아들에게 자동이체하시고 본인은 3, 40만 원의 돈으로 겨우 연명만 하고 계시네요. 웬만해서는 전깃불도 안 켜시고, 겨울에도 써늘한 냉방에서 주무십니다. 혼자 드시는 밥상은 초라하기가 말할 수가 없고요. 그래서 제가 수차례 어머니에게 화를 내며 잔소리를 했습니다. 그 돈 다 어쩌고 이러고 사느냐고 따지기도 했죠. 그러면 어머니는 어머니대로 답답해하며 저를 나무라십니다.

"네 동생이 지금 제 자식 먹이고 가르치느라 등골이 빠진다. 늙은 내가 좋은 옷 입고 맛난 거 먹어봐야 무슨 소용이냐. 내 손자가 책이라도 한 권 사보고 보약이라도 한 첩 먹어야지. 난 이대로가 좋다."

우리 어머니는 평생을 오직 아들만 생각하며 살아오신 양반입니다. 늦둥이로 낳은 외아들, 그것도 아버지 한 번 불러보지 못하고 불쌍하게 자란 아들이 어머니 가슴에 한으로 맺혀 있는 건 당연하겠지요.

하지만 저도 아버지를 잃고 불쌍하게 자란 딸입니다. 아버지 앞으로 나오는 연금도, 굳이 따지자면 저와 남동생에게 똑같은 권리가 있는 것인데, 어머니는 그 돈을 남동생의 미래를 위해 차곡차곡 모아두어야 하는 돈으로 여기셨습니다.

저는 당신하고 똑같이 고생하고 희생하라고 요구하셨지요. 오직 아들만 위하는 어머니 때문에 어릴 때는 상처도 많이 받았습니다. 하지만 이제 저도 부모의 마음을 조금은 이해합니다. 어쩐지 더 가련하고 불쌍한 손가락이 있는 법이지요. 우리 엄마는 막둥이 아들이 바로 그 아픈 손가락이었나 보다 생각합니다. 그러나 40년이 지난 지금까지도 어머니가 배곯아가면서 마흔 넘은 아들을 도우려고 하시는 건 도저히 더 못 보겠네요.

저도 늘 동생 잘 되기를 바라는 사람이지만, 멀쩡한 직장에 다니면서, 그것도 맞벌이까지 하면서 아들 하나 키우고 있는 동생이 과연 팔순 노모의 도움이 필요할 만큼 절박한 상황일까요?

어머니가 어떻게 생활하고 있는지 뻔히 알면서 자동이체로 100만 원 넘는 돈을 꼬박꼬박 받아 챙기는 동생도 솔직히 이해가 안 갑니다. 100원 생기면 90원은 아들에게 보내버리는 어머니의 성격을 알 텐데, 그 돈을 받고도 어머니에게 쓰는 돈은 없습니다. 평생을 받기만 해서 이젠 무감각해진 걸까요? 한술 더 떠서 올케는 수시로 어머니에게 전화를 걸어 경제적으로 쪼들린다는 엄살을 떠는 모양입니다. 그러나 제가 나서서 한마디라도 했다가는 형제 간에 우애가 상할 것 같아 두렵습니다.

제가 어떻게 하는 것이 마지막 효도인지 모르겠습니다. 어머니 마음 편하시도록 모르는 척할까요? 아니면 동생에게 듣기 싫은 소리라도 해서 상황을 개선해봐야 할까요?

별별다방으로 오세요!

길을 묻는 손님을 향한 별별다방의 대답은 양쪽으로 나뉘어 팽팽히 맞설 때가 많습니다. 곧장 오른쪽 길로 가라! 아니다, 왼쪽 길이 맞다! 길은 결국 손님의 마음속에 있고, 종착점은 손님이 길 위에서 몸으로 만들어가는 것이지요.

그러나 님의 사연은 달랐습니다. 별별다방의 손님들은 약속이나 한 듯이 똑같은 대답을 하고 계시네요.

… 어머니가 바뀔 가능성은 없고, 아들이 바뀔 가능성도 없지요. 그럼 본인이 바뀌는 수밖에요. 그냥 두세요. 그렇게 사시다가 돌아가셔야 마음 편하시다면 그렇게 해야죠.

우리 옛 여인들에게 딸은 나의 못난 분신이요, 아들은 남몰래 사귀는 애인이라고 들었습니다. 아들에게 돈 갖다 바치고 딸에게 돈 내놓으라 닦달하는 어머니도 많아요. 혼자 끙끙 앓으며 아들 사랑하시는 건 말리지도 못합니다.

부모 사랑도 1/n이 아니고 자식의 효도도 1/n이 아니더군요. 각자 자기 할 도리만 하면 됩니다. 내가 100을 한다고 형제에게 100을 요구하면 분란이 생기고 자기 마음만 상합니다. 어머니는 못 바꿉니다. 그냥 이해하세요. 이해가 안 되면 암기라도 하세요. 어쩌면 우리 모두 어머님이 사시는 그 길로 가고 있는지도 모릅니다.

댓글 중 '어머니를 이해하라, 이해가 안 되면 암기하라!'라는 말이 저는 유독 마음에 남더군요. 도저히 이해가 안 되는 대상이라면 있는 그대로 받아들이고 존중하는 사랑! 참으로 위대한 경지에 이른 사랑이 아닐까요? 지레 겁먹고 포기할 필요는 없습니다. 우리 같은 보통 사람이 위대한 사람이 될 수는 없어도, 위대한 사랑을 할 능력은 충분히 있지요. 하지만 님이 어머니를 무조건 이해해드리기 위해서는 먼저 해결되어야 할 문제가 있습니다. 바로 님의 마음속에 숨겨져 있는 상처를 먼저 치료해야 할 것 같아요.

어두운 냉방에서 웅크리고 계신 어머니를 보는 순간, 님의 마음은 단순한 안쓰러움을 넘어 분노로 치닫고 계실 겁니다. 어머니를 이런 상황으로 몰아넣은 것이 바로 동생이라는 생각, 그리고 어린 시절부터 아들만 바라보며 살아온 어머니가 여전히 아들에게 이토록 맹목적으로 헌신하고 계시다는 데에서 느끼는 소외감과 질투가 분명 있으실 겁니다. 님의 마음속 열두 살 아이가 울부짖고 있는데, 내 할 도리만 하면 된다는 어른스러운 결심을 하기는 어려우실 것 같습니다. 마음속 어린아이를 먼저 달래고 그 아이의 이해를 구하는 게 먼저가 아닐까요?

왜 딸은 밀쳐두고 아들만 보듬으셨을까? 50대가 된 님은 여전히 그 대답을 원하고 있는 것 같아요. 그리고 그건 부끄러운 일이 아닙니다. 고난의 세월 속에서 어머니의 모성이 왜곡돼 갔듯이, 님의 마음속 일부는 성장을 멈춘 겁니다. 남동생의 이기적인 행동 역시 본인만의 잘못은 아니겠지요. 40년의 고통스러운 세월이 가져온 한 가족의 일그러진 모습일 겁니다.

제 나름의 짐작으로는, 어머님께는 지난 40년간 두 가지가 필요했던 것 같아요. 내 삶의 목적이 되는 존재, 그리고 그 험난한 길을 같이 갈 동반자. 전자는 아들이었고, 후자는 바로 따님이 아니었을까요?

생각해보면 배우자라는 존재가 바로 그 두 가지의 혼합입니다.

내 모든 걸 바쳐야 할 사랑의 대상이면서 동시에 가시밭길을 같이 걸어야 하는 동지. 남편을 잃은 어머니는 그 두 가지 역할을 두 자녀에게 배분하셨던 것인지도 모릅니다. '딸보다 아들을 더 사랑했기에, 아들한테만 모든 걸 바쳤다'라고만 생각하지 마시고 어머니의 고된 삶에, 유일한 동지가 바로 나였다고 생각해보시면 어떨까요?

그렇다면 남동생의 이기심은 어디서 온 걸까요? 어머니의 사랑을 독차지한 동생이 어쩌면 홀대받은(?) 누나보다도 더 어머니에게 무관심할 수가 있을까? 아마 그 점이 제일 화가 나실 겁니다. 그러나 대개 그렇더군요. 숭배의 대상으로 살아온 사람들은 감정적으로 많은 걸 공유하지 못하더군요. 흔히 하는 말로 받기만 해서 베풀 줄은 모른다고 하지요.

어머니의 숭배만 받고 자란 자식은 그 어머니를 잘 모릅니다. 어머니의 삶을 속속들이 모르는 상태에서는, 어머니에게 진심으로 감사하기도 불가능하죠. 어머니와의 관계가 그런 식으로 굳어져 버린 탓이 크지 않을까, 조심스럽게 추측해봅니다.

얼마 남지 않은 어머니의 여생, 좀 더 따뜻하게 지내시고, 좋은 음식을 드시게 할 방법이 무엇인지는 세상 누구보다 따님이 잘 아실 것 같아요. 답답하고 억울해도 그 일만은 소홀히 하지 마시길 바랍니다. 받을 때보다 줄 때 행복하다는 어머니의 답답한 말을 님은 아름답게 실천하시면 좋겠어요.

결혼하지 않고, 나 홀로 살며 효도하겠다는 노총각 아들

경제적인 이유로 결혼을 포기했다는 젊은이들이 많다고 합니다. 안정된 직장에 든든한 부모가 배경이 되어주지 않는 결혼은 자신 없다는 요즘 아가씨들, 그리고 그들 앞에서 패기를 잃고 고개를 숙이는 청년들 탓만 할 수 없는 세상이지요.
사는 게 힘들어서 연애, 결혼, 출산을 포기하는 '3포 세대'를 낭만과 열정을 잃어버린 세대라고 합니다. 그래도 언제나 부모 세대보다는 뜨겁고 용감한 게 젊음의 진짜 얼굴이 아닐지. 또 마땅히 그래야 하는 게 아닌지 여러분께 묻고 싶어지네요.

저는 딸만 둘을 낳아 둘 다 시집을 보냈고 제 언니에게는 금쪽같은 아들이 하나 있지요. 저보다 늦게 시집간 언니가 어렵게 낳은 외아들이기에, 온 집안이 옥동자로 생각해온 아이입니다. 사실 그 조카가 어린 시절부터 남다른 데가 있기도 했습니다. 사내아이같지 않게 말썽 한번 안 피웠고 어려서부터 책을 좋아했습니다. 그렇다 보니 자연히 공부를 잘했고, 별다른 사교육을 받지 않고도 명문대를 알아서 들어가더군요. 인물도 훤하고 누가 봐도 바른 생활 청년이던 그 아이를 이모, 숙모 할 것 없이 다들 대견해 했지요. 30대 중반인 지금은 대기업에 다니며 성실히 생활하고 있고요. 그런데 그렇게 출중하고 나무랄 데 없는 조카 때문에 요즘 제 언니가 속이 말이 아니랍니다.

대견한 아들과 자상한 남편을 가진 언니이지만 유독 재물복은 따라주지 않았습니다. 결혼하고 20년 동안 월급쟁이 남편에게 쥐꼬리만 한 생활비를 받아서 생활했었지요. 그러다 이제 좀 살 만해지려나 싶으니까, 형부가 사표를 쓰고 잘 알지도 못하는 사업을 벌이더니 지인에게 사기를 당해서 재산을 거의 다 날렸습니다.

그때가 마침 조카 대학 입학 무렵이었습니다. 캠퍼스 생활의 꿈을 펼쳐보기도 전에 현실적인 고민을 떠안게 됐지요. 조카는 아르바이트와 장학금으로 어렵게 학업을 이어가야 했습니다. 그래도 부모 원망 안 하고 공부 열심히 해서 취직까지 하기에 이제는 언니 부부의 고생도 끝나나 보다 했지요. 언니 역시 그렇게 믿고 희망을 놓지 않았습니다.

그런데 며칠 전 언니가 가방 하나만 챙겨 들고 우리 집으로 왔네요. 형부가 너무 미워서 한집에 못 있겠답니다. 새삼스레 왜 그러냐고 물었더니, 언니가 통곡합니다.

아들이 사귀는 사람도 없고, 결혼에 대한 생각도 없어 보여서 언니가 아들을 작심하고 불러 앉혔답니다. 결혼에 대한 네 솔직한 생각을 좀 들어보자고요. 혹시 사귀는 사람이 있는데 감추는 거냐, 아니면 아예 결혼이 싫은 거냐.

매번 물을 때마다 꿀 먹은 벙어리 시늉만 하던 조카가 이번엔 입을 열더라네요. 결혼은 그냥 안 하기로 마음먹었다고요. 우리 집 형편에 남의 집 귀한 딸 데려오는 건 좀 아닌 것 같다고 하더랍니다. 그 한마디가 무슨 뜻인지 알기에 언니가 마음이 너무 아팠다네요. 아들이 집안의 유일한 수입원이고, 부모님에게는 빚밖에 없는 형편, 한마디로 부모님의 노후를 책임져야 하는 상황이 결혼에 큰 걸림돌이 되는 거지요.

그래서 언니가 그랬답니다. 네가 결혼해서 이 집에 살고 우리 부부는 시골로 내려가겠다고요. 그렇게 하면 생활비도 절반으로 줄이고 아들의 부담을 덜어줄 수 있지 않을까 생각한 건데, 조카는 싫다고 한답니다.

“아는 사람 하나 없는 시골 구석에 가면 엄마 우울증 걸립니다. 그리고 그렇게까지 여자가 필요하지도 않아요. 그냥 지금 이대로도 나쁘지 않아요.”

여자 필요 없다는 아들…. 그러고 보니 언니에게는 떠오르는 기억이 있답니다. 대학 다닐 때 아들이 몇 년이나 사귀던 여자친구가 있었습니다. 명문 여대 다니던 참한 여학생이었는데, 취직하면 결혼까지 하려나 했지만, 오히려 취직과 동시에 헤어져 버리고 말았지요. 잘은 몰라도 언니네 집안 형편이 문제가 되어서 일이 틀어지고 만 걸로, 언니는 짐작하고 있었거든요. 그때 받은 상처가 아직 아물지 않은 것인지.

언니 마음에는 아들이 차라리 부모를 나 몰라라 하고 제 갈 길로 가버렸으면 좋겠다네요. 그런데 이 녀석은 부모에게 소홀해지는 것도 싫고, 남의 집 딸을 사탕발림으로 데려와 고생시키는 것도 양심상 절대로 용납을 못 한답니다.

아들의 솔직한 생각을 듣고 나니 언니는 형부가 꼴도 보기 싫게 미워진답니다. 마누라와 아들은 써보지도 못한 돈을 사기당해서 다 날리고, 앞날이 창창한 아들에게 멍에를 씌운 장본인인 거 같아서요. 우울증 올 거 같다며 하소연하는 언니를 보며, 저는 한편 이해가 되면서도 다른 한편으로는 고개를 갸우뚱하게 됩니다.

정말 대한민국 아가씨들은 다 똑같은가요? 사람이 아무리 반듯하고 똑똑해도 부모가 능력이 없으면 신랑감으로 고려조차 안 하나요? 솔직히 저는 안 그랬거든요. 제 큰딸은 사람 하나만 보고 어려운 집에 덜컥 시집가서 홀시아버지를 10년째 모시고 살고 있지만, 저는 그 아이가 시집 잘못 갔다고는 생각 안 합니다. 인물 좋고 서글서글한 우리 사위가 딸한테 잘해주는 거 보면 아주 좋거든요.

속이 알찬 사람과 맺어져서 피땀 어린 노력으로 가정을 꾸리려는 마음이 없다면, 요즘 젊은이들 헛똑똑이들 아닌가 싶은데 언니에게 이런 말은 아무런 위안이 안 되네요. 오히려 "너 같은 사람이 세상에는 잘 없더라"고 합니다. 그래서 별별다방 여러분들에게 한번 물어보고 싶어졌습니다.

"여러분, 딸이 있다면 어떻게 하시겠어요?"

별별다방으로 오세요!

… 요즘 같은 세상에 그런 어려운 형편의 집안으로 딸을 보내고 싶지는 않다!

… 대부분 딸을 둔 한국인들, 특히 어머니들은 저런 집안에 시집 안 보냅니다. 여성 본인들도 안 가려고 하고요. 조카분의 결혼은 어렵습니다. 그게 한국의 실정입니다.

언니와 조카분을 걱정하며 님이 던진 그 질문에 별별다방 손님들의 대답은 대부분 위와 같았습니다. 매몰차게 들리실 겁니다. 따지고 보면 님의 언니네보다 훨씬 심각한 형편의 집안도 많지요. 그런 집 아들들은 어떻게 장가를 가라는 것인지, 있는 집 딸도 없는 집 딸도 무조건 유복한 집 며느리가 될 생각만 한다는 말인지, 게다가 조카 본인이 갖출 것 다 갖춘 신랑감인데, 그런 점은 조금도 참작해주지 않는걸 보면 '황금만능주의'라는 말이 괜히 나온 것은 아니구나 싶으실 거예요.

하지만 별별다방 손님들의 대답은 단순히 '찬성 또는 반대'로 끝나지 않았습니다. '부모의 반대에도 불구하고, 만일 내 딸이 그 총각한테 반해서 굳이 그 집안으로 가겠다고 한다면?'이라는 가정이 뒤따르더군요. 그런 경우에는 무조건 말릴 수만도 없다는 게, 딸을 둔 별별다방 손님들의 대체적인 의견이었습니다.

… 둘이 서로 좋아 굳이 결혼한다면, 말리면서도 간을 보겠습니다. 둘의 사랑이 진하다면 극복 가능한 환경이니까요.

… 이런 경우, 아들에게 푹 빠져서 조건이고 뭐고 필요 없다는 아가씨가 와야 할 텐데, 아직 못 만난 모양입니다. 지금부터라도 아가씨를 찾아 연애해야지요.

그러니까 인생의 열쇠는 결국 '인연'이라는 게 별별다방 손님들의 생각이셨습니다. 살아가면서 환경과 조건의 벽이 얼마나 높은지 깨닫게 되는 만큼, 인연의 신비로운 힘이 얼마나 무서운지도 우리는 절감하게 되지요. 진짜 인연을 만나면 우선 조카의 마음이 열립니다. 그리고 상대 아가씨의 마음도 열립니다. 마음이 열린 상태에서 따져본 조건은 중매쟁이들이 따지는 계산기 위의 조건과는 다른 답을 내놓지요. 댓글 중 어떤 분 말씀처럼, 부모를 봉양해야 하는 부담도, 육아에 도움을 받는 유리한 조건으로 생각될 수가 있습니다.

그러나 거꾸로 이야기하면, 인연의 도움을 받지 않은 결혼은 하기 어려운 조건이라는 얘기가 되겠습니다. 세상에는 조건과 배경의 힘으로 쉽게 인연을 맺는 사람들도 많습니다. 중매시장에서 인기를 누리며 상대를 골라잡는 처녀, 총각도 있겠지요. 그러나 그런 결혼이 꼭 행복하던가요? 다 갖춘 것 같은 결혼도 살아보면 가시밭길입니다. 내 맘 같지 않은 상황을 이겨내는 힘은 재력이나 학벌이 아닙니다. 마음의 힘이지요. 그리고 그 힘이 바로 인연에서 나오는 겁니다.

아들을 안타까워하고 세상을 원망하며 통곡하는 언니를 보면 님도 너무나 가슴이 아프시겠지요. 그러나 아무리 생각해도 통곡을 할 일은 아니라고 별별다방 손님들의 위로를 전해주세요. 손님들 중 어느 분은 "조카분은 정말 보기 드문 청년이네요. 우리집 아들과 너무 비교될 정도로"라는 부러움 섞인 말을 남기셨습니다.

제가 봐도 그렇습니다. 님의 말대로라면 누구나 쉽게 반하고, 후한 점수를 줄 만한 청년이지요. 우리 주위를 돌아보면, 사람 하나만 마음에 들어도 당장 시집가겠다는 올드미스가 얼마나 많은가요? 별별다방 손님 중에는 이런 지적을 하시는 분도 계셨습니다.

> … 따지고 보면 그 조카가 눈이 높아서 못 가는 겁니다. 본인처럼 명문대 나오고, 직장 단단하고, 인물 좋고, 교양 있는 아가씨에 눈이 맞춰져 있을 테니까요. 눈을 한두 단계만 낮추면 시집오겠다는 아가씨가 줄을 섭니다. 결국, 결혼시장도 조건과 매력이라는 보이지 않는 손에 지배되지요. 본인이 그 손에 지배당하는 한, 남 탓 할 것 없지요.

어쨌거나 반듯하고 유능한 청년인데, 장가를 영영 못 갈 거라고 생각하기보다는, 아직 못 간 것뿐이라고 생각하는 편이 맞지 않을까요? 현실적인 부담감 때문에 결혼을 포기하려다는 말 속에는 어쩌면 이런 전제가 깔렸을 겁니다. 현실에 맞춰서 굳이 눈을 낮추고 싶은 마음은 없다!

조건도 조건이지만, 아직은 급한 마음이 없는 겁니다. 나이가 찼어도, 부모가 아무리 채근을 해도, 본인 마음속에 일종의 갈급함이 느껴지지 않으면 소귀에 경 읽기입니다. 그런 아들을 오직 결혼시키겠다는 목적으로 중매시장에 내놓으려면, 무엇보다도 배경과 조건이 좋아야겠지요. 실제로 능력 있는 부모가 팔을 걷어붙이고 나서서 자식의 짝을 고르는 경우도 있습니다. 그러나 그런 결혼이 행복한 결실을 보리란 보장은 없지요. 사연 속의 어머니는, 아들을 빨리 결혼시켜야 한다는 압박감을 벗어나셨으면 좋겠습니다. 부모가 못나서 멀쩡한 아들이 혼자 늙어간다는 죄책감도 느끼지 마세요. 결혼은 본인이 하는 것이고, 그 어떤 조건보다도 강력한 힘을 발휘하는 건 사람 사이의 인연입니다. 아직 인연이 닿지 않았기에 아들은 결혼이라는 과제 앞에 자존심을 세우고 있는 것입니다. 모범생들이 흔히 저지르는 시행착오이기도 하지요.

마지막으로 댓글을 하나 소개해드릴게요. 압박감과 죄책감보다는 부모로서 아들을 응원해주시고, 훌륭한 아들에 대한 진정한 자부심을 잃지 마시길 빕니다.

… 딸 가진 부모 입장에서, 시부모를 경제적으로 부양해야 하는 아들과 결혼하라고는 권하지 못합니다. 그러나 본인이 눈에 콩깍지가 씌어 무조건 살고 싶다고 한다면 어쩔 수 없겠지요. 진심으로 아들의 행복한 결혼을 보고 싶으시다면, 정말로 귀촌을 하시든지 가벼운 일거리를 찾아보든지 해서 아들의 어깨를 가볍게 해주는 것이 훨씬 더 도움이 될 듯합니다. 그래도 다행인 것은 아들이 반듯하고 훌륭한 청년인 듯 보이네요. 부디 좋은 짝 만나서 행복한 가정도 꾸리고 아빠 되는 기쁨과 즐거움도 느끼길 바랄게요.

story 4

달라진 세상의 新트렌드

시월드와 백년손님

별별다방의 서랍장을 들여다보면,

달라진 세상이 한눈에 보입니다.

별별다방이 문을 연 첫 날의 제 마음속에는, 일종의 서랍장 같은 것이 미리 마련되어 있었습니다. 쏟아져 들어오는 손님들의 사연을 분류하고 간직하기 위해서였지요.

저는 그중에서도 가장 넓고 큰 서랍을 '고부 갈등'에 할애했습니다. 고부 갈등이야말로 한민족의 역사만큼이나 오래된 갈등이고 대표적인 가족 내 갈등이라 일컬어질 만하니까요. 텔레비전 예능 토크 프로그램을 굳이 챙겨보지 않아도, 주위에 서로를 불편해하는 시어머니와 며느리가 많습니다.

아니나 다를까. 며느리, 시어머니, 그리고 남편 혹은 아들의 사연이 속속 도착하더군요. 식구끼리의 힘 겨루기, 그것도 여자들끼리의 집안싸움이 별것 아닐 것 같지만, 사연 속에 그려진 장면 장면들은 읽는 사람의 가슴까지 짓누르기에 충분했습니다. 좁은 공간에서 아침저녁으로 부딪히는 식구가 서로 상처를 주기 시작하면 사는 게 바로 지옥이더군요. 평화로워야 할 저녁 식탁에 가해자와 피해자가 생겨나고, 목격자와 증인이 생겨나는 웃지 못할 상황. 30년의 세월을 사이에 둔 며느리와 시어머니가 서로 자기 세대의 정서와 논리만을 강요하며, 상대방을 몹쓸 사람으로 몰아가고 있는 현실. 그들의 가슴 속에 맺힌 이야기를 누군가는 들어주어야 한다는 이유만으로도, 별별다방의 맡은 바 임무가 크다고 느꼈습니다.

그런데 고부 갈등의 사연 더미 위로 한 번씩 같은 듯 다른 사연이 날아 들어왔습니다. 바로 장서 갈등의 사연이었지요. 여자가 남자 못지않게 배우고, 일하고, 벌고, 쓰는 세상이다 보니, 여자의 목소리가 남자의 목소리보다 더 또렷이 잘 들리게 된 것도 당연하겠지요. 젊은 여자들이 자신의 경력관리와 자아실현에 집중하게 되니, 엄마의 숙명이던 '육아'는 누군가 다른 사람의 몫으로 넘겨지게 됩니다. 자의 반 타의 반, 친정엄마가 아기를 맡게 되면서, 장서 갈등의 씨앗은 움이 틉니다. 고부 간이든, 장서 간이든, 자주 만나고 부대낄수록 마찰이 커질 수밖에 없으니까요. 사위는 백년손님이라는 말은 옛말이 되고, 차라리 식객에 가까운 푸대접도 왕왕 발생하지요.

벙어리 3년, 귀머거리 3년을 세뇌받던 며느리들과 다를 게 없습니다. 게다가 남자는 여자와 달라, 부당한 대우, 구조적인 모순을 참기 어려워합니다. 처가살이에 말라 들어가던 사위는, 가장의 권위 회복을 주장하며 분가를 요구합니다. 한편 장모는 그런 사위를 당혹스러워하며, 이런 게 사위 스트레스로구나 한탄하지요.

과연 21세기 가족 갈등의 신트렌드는 장서 갈등인 듯합니다. 수효로만 따지면 고부 갈등을 앞서지는 않습니다. 그러나 고부 갈등은 점차 완화되어가는 추세이고, 장서 갈등은 폭발적으로 늘어나는 추세입니다. 요즘 젊은 시어머니들은 오히려 며느리살이를 두려워하며 자식과 거리를 두려고 합니다. 하지만 예비 장모님들은 다르지요. 워낙 딸과의 결속이 강하고, 본인이 당해온 불합리한 시집살이로부터 딸을 보호하기 위해서 스스로 방패막이가 되어주려고 합니다. 새로운 풍조의 영향을 받은 탓인지 극성 장모님에 관한 사연에 별별다방 손님들의 반응도 확실히 다릅니다. 우선 고부 갈등의 사연보다는 장서 갈등의 사연에 훨씬 더 뜨거운 반응을 보입니다. 몹쓸 시어머니나 며느리로 인해 고통받는 손님에게는 격려와 공감의 글을 보내지만, 사위나 장모의 사연에 대해서는 더욱 예민하고 편향된 반응을 보이십니다. 세상의 풍조를 개탄하거나, 현실을 직시하라는 쓴소리를 남기시지요.

딸 가진 어머니들은 '시어머니'라면 진저리를 칩니다. 아들 가진 어머니는 '장모'라는 이름 앞에 두려움을 느낍니다. 별별다방의 이름 없는 현자분들은 말씀하십니다. 장모는 그 옛날 내 시어머니의 일그러진 거울이 되지 않도록 노력하고, 시어머니들은 그 옛날 내 친정엄마의 거울이 되려고 애쓰라고요. 그게 바로 자식을 나눠 가진 소중한 인연을 아름답게 가꿔가는 길일 것입니다.

딱 한 달만 처가를 멀리해보자고 애원하는 남편

아들 가진 부모는 자식 얼굴 보기가 어렵고, 딸 가진 부모는 딸네 뒤치다꺼리하다 병난다는 요즘입니다. 시댁으로부터 독립해 우리끼리의 가정을 일구어나가자는 젊은 며느리들의 전투적인 선언과 친정엄마의 전적인 도움이 없이는 직장생활을 해나갈 수가 없다는 딸들의 무력한 호소가 빚어내는 오늘의 현실이지요. 그녀들이 끌고 가는 새로운 세상을 허겁지겁 뒤쫓아가야 하는 젊은 남편들. 여러분의 생각은 어떠하신지요?

제 아내는 선도 안 보고 데려간다는 딸 부잣집 셋째 딸입니다. 딸 부잣집에, 그것도 셋째 사위가 되는 것은 행운이지 않을까 기대하며 인사를 드렸는데, 과연 처가의 첫인상은 너무나도 화목하고 밝은 분위기였습니다. 서로 똑 닮은 자매 셋과 장모님이 빚어내는 화기애애함으로 가득했지요. 사내애 같은 여동생과 서로 데면데면하게만 지내오던 저는 그런 떠들썩한 분위기가 싫지 않았습니다. 사근사근하고 센스 만점인 처형들에게서 환대를 받고 보니 저한테서도 전에 없던 애교와 유머가 절로 나오더군요. 그러던 제가 결혼 5년 만에 아내에게 이런 말을 하고 말았습니다.

"딱 한 달만 우리 처가 출입을 자제해보자."

어쩌다 그런 몹쓸 소리까지 나오게 되었는지, 스스로 생각해도 참 기막힌 일이네요. 결혼 이후 저희는 처가 바로 옆 아파트에 전세를 얻어 살림을 차렸습니다. 어차피 곧 아이가 태어날 테고, 그러면 장모님 도움이 필요하니 그렇게 해야 한다더군요. 그 말에 저는 고개를 끄덕이며 아내에게 전권을 맡겼습니다. 그리고 이후로 5년 동안, 저희 부부는 처가살이와 별 차이가 없는 생활을 하고 있습니다. 아내는 일주일에 4일만 출근하는 회사에 다니고 있는데, 임신하기 전부터도 이미 장모님에게 전적으로 의존하더군요. 일주일에 두세 번씩 처가로 퇴근을 해서 저를 그리로 부르기 시작했습니다.

음식은 모두 장모님한테서 받아오는 게 당연하고, 택배도 처가로 부릅니다. 거기 가 보면 아내뿐만 아니라 처형들에 조카까지, 와글와글할 때가 많습니다. 당연히 형님들도 그리로 호출당해 오지요. 나중에 보니 처형들도 다 그 근처의 아파트에 살고 있습니다. 제가 예비 사위 신분으로 처가를 방문할 때마다 처형들과 조카들이 모여 있었던 것이 어째서 이상하게 여겨지지 않았었는지….

아내가 임신했을 때는 거의 매일 처가에서 저녁 먹고 텔레비전 보다가 집에는 잠만 자러 돌아왔습니다. 그 뒤 아내는 석 달간 산후조리를 마친 뒤에도 6개월쯤 처가에서 살았습니다. 아이를 혼자서 감당할 자신이 없다고 하더군요. 그리고 추운 겨울밤에 애 데리고 움직이기도 싫고요. 아내가 숙면을 취할 수 있도록 장모님이 아기를 데리고 주무시는 수고까지 하신다니, 저는 뭐 할 말이 없었습니다. 혼자 집에 돌아와 처량하게 잠을 청하곤 했죠.

현재 27개월된 딸은 어린이집에 다니고 아내는 회사로 출근하고 있습니다. 장인어른이 어린이집에서 아이를 찾아서 처가에 데려다 놓으시면 우리 부부는 그리로 퇴근해서 집에는 잠만 자러 돌아옵니다. 초등학교 다니는 조카도 거기에 와서 숙제하고 있고 처형 부부도 매일 처가로 퇴근합니다. 장모님이 요리를 하시고 아내와 처형이 재잘재잘 수다를 떨며 상을 차리는데, 구수한 찌개 냄새 속의 그 아름다운 풍경이 언제부터인가 갑갑하게 느껴집니다. 아이 찾아다 놓고 식사 준비하시느라 수고가 많으신 장모님한테는 참 죄송한 말씀이지만, 저도 이제 제 생활을 찾고 싶습니다. 적어도 아내가 출근을 안 하는 날만큼은 우리끼리 밥 차려 먹고 내 집에서 맘 편히 있다가 잠들고 싶은 게 죄스럽지만 솔직한 제 마음이네요.

요리라곤 아무것도 할 줄 모른다는 아내지만, 라면이라도 우리끼리 끓여 먹으면 되는 거 아닌가요? 지금부터라도 노력해야 언젠가는 독립해서 우리끼리의 가정생활이 가능하지 않겠어요? 장모님도 언제까지나 이런 고된 생활을 하실 수는 없으실 테고요. 그러나 저의 그런 불만을 아내는 전혀 이해를 못 합니다. 며느리도 아니고 사위인데 뭐가 불편하냐고 하네요.

"그냥 소파에 앉아 텔레비전이나 보다가 피곤하면 들어가서 한숨 자고 나오면 되잖아. 지금껏 우리 엄마 아빠가 당신한테 스트레스 준 적 있어?"

말이 나온 김에 솔직하게 대답했습니다. 장모님이 나를 대하는 태도가 예전과는 달라진 걸 피부로 느낀다고요. 처음 얼마간은 백년손님 대접을 받았지요. 그러나 거의 매일 만나다 보니, 이제는 마치 시어머니가 며느리 대하는 듯, 그 이상으로 만만하게 대하십니다. 악의는 없으시지만, 잔소리도 하시고, 당신 딸에게 좀 더 잘하라고 은근히 핀잔도 주시네요. 그러나 아내는 제 말을 한마디로 일축합니다.

"그게 지금까지 정성스레 밥상 차려준 사람한테 할 소리야? 형부는 어떻게 9년을 한결같이 웃는 얼굴로 다니겠어?"

저도 궁금합니다. 형님은 어떻게 그러실 수가 있는지. 늘 허허 웃으시는 그 둥그런 얼굴이 눈앞에 선하네요. 그러나 저도 처가에 가서는 늘 그렇게 웃기만 하거든요. 제가 그릇이 작고 속이 좁은 게 문제인 걸까요? 그러나 여자분들의 비난을 받을 각오를 하고 한마디만 더 하자면, 남자는 제 울타리 안의 가정이라는 걸 갖고 싶어 합니다. 오막살이라 해도 내가 집주인이 되고 싶고, 명실상부한 가장이 되고 싶습니다. 우리 세 식구 오붓하게 김치찌개라도 끓여 먹고 다리 쭉 뻗고 잠들고 싶은 저의 꿈이 그렇게 시대착오적인 걸까요?

별별다방으로 오세요!

저희 별별다방은 고민의 무게로 손님을 차별하지 않는다는 원칙을 갖고 있습니다. 하지만 별별다방의 사연과 댓글들에서 우리는 얼마나 많은 비교급을 보게 되는지요. 님의 사연에 달린 댓글 중에도 이런 말이 있더군요.

> … 장인 장모와 친부모 못지않게 잘 지내는 사위들, 님과 같은 스트레스를 받겠죠. 하지만 그게 육아 스트레스만 할까요?

그 글을 읽고 저는 별별다방을 수놓았던 다른 비교급 문장들을 떠올리지 않을 수 없었습니다. "육아 스트레스가 시어머니 시집살이만 할까요?", "고부 갈등이 아무리 심하다 해도 남편이 속 썩이는 것만 할까요?", "남편하고의 문제는, 자식 때문에 피눈물 흘려보니 아무것도 아니더군요.", "자식이 잘되든 못되든, 늙어서 혼자 아파보면 건강이 최고."

다 맞는 말입니다. 그리고 모두 틀린 말이기도 합니다. 살면서 어떤 고민이 제일 힘들었는지는 사람마다 다른 법입니다. 그리고 우리는 언제나 오늘의 고민, 내 앞의 고민을 고민하는 법입니다. 육아 스트레스를 덜었으니 호강에 겨운 고민은 그만하라는 댓글, 여자들 대부분이 시집 때문에 님보다 더한 고통을 겪고 있으니 그 정도 애로사항은 잠자코 받아들이라는 말, 저는 동의하기 힘드네요. 아내와 아이와 장인 장모님이 모두 만족하는 상황이라 해도 님 자신은 불편함과 불만이 커지고 있다면 분명 변화가 필요합니다. 변화를 위한 가족 간의 대화와 반성이 시급합니다.

그러나 아내는 도대체 뭐가 불만인지 모르겠다고 말하고 있다고 하셨습니다. 저는 그 말 한마디에서 님이 느끼는 갑갑함의 이유를 알 것 같습니다. 배우자가 불편함을 호소하면, 일단은 상대방의 입장에 서서 상황을 새로운 눈으로 바라보려고 노력해야 합니다. 그러나 님의 아내는 그런 노력을 강하게 거부하고 계신 것 같아요. 그런 거부감의 밑바닥에는 어쩌면, 두려움이 감춰져 있는 건 아닐까요. 남편의 불만이 도저히 이해가 안 되기 때문이 아니라, 언젠가는 그런 불만이 나올까 봐 내심 불안했었던 것은 아닐까요?

겉으로는 인정하지 않지만, 아내는 본인에게 만족스러운 지금의 생활이 남편에게는 부담될 수 있다는 사실을 무의식중에 느끼고 계셨던 것 같습니다. 아마 님을 서운하게 만드는 건 아내의 태도일 겁니다. 불가피한 이유로 처가살이할 수는 있지만, 아내가 그 상황을 당연하게 생각하고, 무기한 연장하려는 태도를 보인다면 남편은 가장의 자리에서 소외될 수밖에 없습니다.

그러나, 저는 님의 아내가 순전히 내 몸 하나 편하자고 그런 생활을 고집한다고는 생각하지 않습니다. 아마도 아내는 부모님으로부터 독립하는 게 두려운 것 같습니다. 그리고 그건 어쩌면 당연한 일입니다. 누구에게라도 독립은 커다란 도전이자 시련입니다. 하물며 그토록 화기애애하고 헌신적인 부모님을 떠나는 일이라면 되도록 그 시기를 늦추고 싶은 게 인간의 본능입니다. 차려주는 밥 먹고 싶은 나태한 마음보다는, 혼자서 고민하고 결정하고 책임져야 한다는 두려움이 컸을 겁니다. 댓글들 중에도 님과 아내의 그런 심리를 아프게 꼬집어주신 분이 계셨어요.

> … 결국 태도의 문제겠지요. 출근 안 하는 날만이라도 자기 살림을 하려는 노력을 보였으면 이 젊은 남편도 감사했겠지요. 그런데 이야기를 들어보니, 부모님으로부터 독립을 못 하는 미성숙한 부분이 아내에게 있네요.

미성숙이라는 말, 어쩌면 두 분에게는 받아들이기 힘든 표현일 수도 있습니다. 하지만 생각을 달리해 보세요. 두 분은 아직 신혼부부이십니다. 남편으로서, 아내로서 미숙한 분들이세요. 결혼식과 동시에 저절로 남편과 아내로 거듭나는 사람은 드뭅니다. 한 쌍의 부부로 맺어지기 위해서는 반드시 그들만의 사건과 갈등의 시간이 필요해요. 그 힘든 시기를 지혜롭게 잘 타고 넘는 분들만이 결혼의 행복을 누릴 수 있다고들 하지 않습니까?

언젠가는 부모님으로부터 독립해 어머니 아버지로 살아가실 두 분을 위해 마지막으로 댓글을 전해드릴게요. 별별다방 인생 선배의 당부입니다.

… 님의 마음 이해합니다. 하지만 독립에는 책임이 따른다는 것 아시죠? 독립 후에는 모든 일을 아내와 분담하셔야 합니다. 남자로서의 편안함만 추구하시려고 하면 아내분과 끝없는 갈등이 이어질 거예요. 잘 생각해보시고, 아내분과 상의한 뒤에 두 분이 마음의 준비가 되면 독립하세요. 몸은 힘들어도 마음은 꿀맛일 겁니다. 화이팅!

처가살이 3년, 잃어버린 가장의 자리

다시 태어나도 지금의 남편 혹은 아내와 결혼할 것인가? 그 예민한 물음에 어떤 이는 펄쩍 뛰며 손사래를 치고, 또 어떤 이는 말없이 고개를 끄덕이지요. 저는 그 질문에 이런 농담으로 답할 때가 많습니다. 남편에게 잘 맞는 여자가 어떤 여자인지 알았으니, 내가 그런 여자를 찾아 소개해주고 싶다고요.
아마도 결혼의 아이러니가 그런 거 아닐까요. 결혼생활에 대해 아무것도 모르면서, 결혼생활을 헤쳐나갈 동지를 골라야 한다는 것. 결혼에 대해, 배우자에 대해 우리는 언제나 너무 늦게 뭔가를 알게 됩니다.
그러나 그 치명적 시차를 극복하고, 화합을 향해 나란히 힘겨운 발걸음을 뗄 때, 두 사람은 진정한 부부로 거듭나는 거 아닐까요?

저는 결혼 5년 차의 30대 남자입니다. 신혼 초 2, 3년은 아내와 둘이서 여느 신혼부부처럼 소꿉장난하듯이 살았지요. 각자 너무 바쁜 맞벌이 부부라 얼굴 볼 시간도 많지 않은 것이 안타까울 뿐이었습니다.

그러다 아내가 임신했지요. 물론 반가웠지만 체력도 약한 아내가 회사일과 육아를 어떻게 병행할지가 걱정이었습니다. 그러나 그건 저 혼자만의 고민이었던 모양입니다. 임신 5개월쯤 되자 아내는 당연한 듯이 장인 장모님과의 합가를 추진하더군요. 물론 막연히 각오는 하고 있었습니다. 제 어머니도 아이를 봐주실 의향은 있으셨지만, 아내가 썩 달가워하지 않을 줄 알았지요. 저도 좀 겁은 났습니다. 말로만 듣던 고부 갈등이 우리 집 얘기가 되는 건 아닌가. 그보다는 차라리 내가 장인 장모님한테 맞춰가며 사는 편이 안전해 보였습니다. 그래도 처가와 합가까지 하는 건 좀 부담스러웠습니다. 그런 저에게 오히려 아내가 눈을 동그랗게 뜨고 묻더군요.

"그럼 어떻게 할 줄 알았어? 갓난애를 당장 누가 볼 거야?"

제가 세상 물정을 모르는 건가요? 아기는 당연히 부모가 키우는 줄 알았습니다. 장모님이나 도우미의 도움을 받더라도, 근본적으로 양육의 당사자는 애 엄마인 줄 알았지요. 저도 최선을 다해 도울 생각이었고요. 그러나 아내는 엄두조차 안 내더군요. 돕겠다는 말 자체가 틀려먹었답니다. 육아는 부부 공동 책임인 만큼 제가 육아의 절반을 담당해야 하는데, 그렇게 해 줄 수 없다면, 장모님과 합가할 수밖에 없다네요. 병원에서 일해 집에 못 들어오는 날이 허다한 저로서는 아무런 반박을 할 수가 없었습니다. 그래서 우리는 합가를 위해 평수를 넓혀 이사했습니다.

그렇게 시작된 처가살이 3년 만에 저는 많은 것을 깨달았습니다. 첫째, 아내의 이미지에 속아서 결혼했다는 걸 알았습니다. 제 아내는 누가 봐도 얌전한 외모에 조신한 스타일입니다. 그러나 같이 살아보니 어머니, 아내로서 자질은 '꽝'인 사람이었습니다. 오랜 시간 보람 없이 공들이는 일은 사절이고 무엇보다 자기 몸이 힘든 것은 못 참습니다. 반대로 공부나 일은 잘하죠. 바로 아웃풋이 나오니까요. 결혼해서 저와 둘이 지내던 시절을 돌이켜보면 아내 역할을 한 게 아니라 애인 역할을 했을 뿐입니다. 지금 제 아내는 힘든 일은 모두 장모님한테 맡기고 있습니다. 저는 장모님께 밥을 얻어먹고, 장모님 품에 안긴 아이를 쳐다보고, 장모님한테 잔소리를 듣습니다.

한편 장모님은 전형적인 헬리콥터 맘이시죠. '딸이 임신하면 바로 합가한다. 그다음부터 궂은일은 모두 내가 다 해준다!'고, 결혼시킬 때부터 계획이 그랬던 겁니다. 그러다 보니 집안의 가장은 제가 아닌 장모님이지요. 아이 이름, 돌잔치 일정, 주말의 계획까지 장모님이 아내와 상의해서 정해놓으십니다. 저는 그저 결과를 통보받고 저희 어머님에게 전달하는 역할 뿐이지요.

둘째, 처가살이는 곧 친가 부모님께 불효더군요. 저희 어머니는 손자 얼굴을 거의 보지 못하고 계십니다. 그리고 호칭부터가 잘못됐습니다. 원래는 '할머니'와 '외할머니'가 맞는 거 아닙니까? 지금 우리 아들은 '우리 할머니'와 '친할머니'로 배우고 있습니다. 장인, 장모님이 2박 3일 여행가신 틈을 타서 겨우 아들 집에 놀러 오신 어머니. 언제 또 올 수 있을지 더 보고 가려고 주위를 두리번거리는 제 어머니를 볼 때 뼛속까지 마음이 시렸습니다.

셋째, 결혼했으면 죽이 되든 밥이 되든 둘이 알아서 살아야 한다는 걸 깨달았습니다. 자기 부모님한테는 야단을 맞든 매를 맞든 마음에 안 남지요. 하지만 장모님의 말 한마디는 그대로 앙금이 됩니다. 저도 그렇게 속 좁거나 반항적인 사람은 아닌데, 장모님 말씀은 제 부모님이나 상사의 말과 느낌이 다르더군요. 저 잘되라고 야단치시는 게 아니라 당신 딸한테 더 잘하고, 처가에 더 잘하라 채근하는 것밖에 안 된다는 생각이 듭니다. 아마 며느리에 대한 시어머니의 간섭도 마찬가지일 겁니다.

그러나 현실적으로 장모님의 도움 없이 살아가려면 아내가 일을 줄이고 당분간 육아를 담당하는 수밖에 없겠지요. 경제적인 타격이 있어도 저는 그쪽을 원합니다. 그러나 그런 제안은 제 아내에게 씨도 안 먹히네요. 자청해서 도와주겠다는 '울 엄마'가 있는데 목숨 같은 경력에 흠집이 갈 선택을 할 리가 없지요.

넷째, 남자는 여자와 다르다는 걸 알았습니다. 지난 시간 그 고된 시집살이를 묵묵히 견뎌온 우리네 여인들이 그야말로 우러러보게 될 정도로 존경스럽습니다. 제 자신을 보니, 남자들은 그런 생활을 석 달도 못 견디는 이기적인 존재들이더군요. 내 가정의 주인 자리를 빼앗겼다는 생각, 내 부모만 안 됐다는 생각, 내가 돈 벌어주는 기계인가 싶은 억울한 심정. 그리고 그들끼리 하하 호호 웃거나 속닥댈 때 물에 기름 돌 듯 겉도는 기분이 듭니다.

참다못해 제가 아내에게 요구했습니다. 남자는 여자와 다르다. 이런 식의 생활 더 못 견디겠다. 분가하여 근처에 살면서 도움을 받자고요. 그러자 아내가 말합니다. 여자들은 다 견디는 걸 남자라고 왜 못 견디느냐고요. 당신은 잠자코 대접만 받는 생활인데, 자식을 위해 그 정도도 못 참느냐고요. 그러나 저는 대접을 바라는 게 아닙니다. 정상적인 한 가정의 가장으로 서고 싶을 뿐입니다. 별별다방 여러분, 제가 아직 철이 없나요? 처가 덕을 톡톡히 보면서 배은망덕한 소리만 늘어놓고 있습니까? 답답합니다.

… 글 쓰신 분은 양손에 떡을 쥐고 어느 것을 먹을까 괴로워하시는 것 같습니다.

별별다방 손님 한 분은 위와 같은 비유로 님의 상황을 꼬집었습니다. 님의 사연을 소개할 때까지만 해도, 많은 젊은 사위들의 격한 공감을 불러일으키리라 예상했습니다. 그러나 뜻밖에도 사위들은 침묵하고, 딸들이 들고일어났습니다. 양손의 떡이라는 표현에서 보듯이, 님의 호소에서 아내들은 자신들이 생활하면서 느꼈던 '이중적인 남편들'의 모습을 느낀 듯합니다.

… 분가를 했을 때, 육아와 가사의 반은 부담하실 수 있나요? 부인 도와주는 거 아닙니다. 본인이 할 일입니다.

세상에 공짜는 없다는 자세로 임하시길….

… 독한 마음으로 가치관부터 확립하십시오. 행복한 가정을 원하는가? 아니면 현실적인 문제의 해결을 원하는가?

결혼할 때는 예쁘고 공부 잘한 부잣집 아가씨 골라놓고, 내 아내가 되면 갑자기 조신하고 헌신적이기를 바라시다니요.

… 가사노동에 직장생활까지 하면서 말도 안 되는 시어른들까지 모시고 사는 며느리가 님과 같은 사위의 10배는 될 겁니다.

억울하게 뭇매를 맞는 기분이실 겁니다. 사실 님이 쓴 글만 놓고 보면, 이런 의심이나 지적을 당할 만한 근거는 찾기 어렵습니다. 아내가 휴직으로 인한 경제적인 손실을 감수할 각오도 되어 있으신 듯하고, 분가할 경우 책임감을 느끼고 가사와 육아에 참여할 뜻도 보이고 계세요.

그런데도 별별다방 손님들은 '이중 잣대' 혹은 '양손의 떡'을 경계하셨습니다. 아마도, 님을 통해서 '이기적인 요즘 남자'의 일면을 보신 건 아닌가 싶습니다. 여자에게 경제적인 역할분담을 기대하면서 육아를 도울 생각은 없고, 본인은 '마마보이'나 다름없으면서 배우자의 부모는 잠시도 참아내지 못하는 이기심 말입니다.

억울하실 겁니다. 처가에 발을 끊자는 것도 아니고, 아내에게 모든 부담을 떠밀려는 것도 아닌데, 어째서 이중적이라는 비난을 받아야 하나, 답답하실 겁니다. 그러나 그 억울한 오명을 떨치는 방법은 간단합니다. 님은 그런 남편, 그런 사위가 아니라는 것을 실천으로 보여주세요. 숙고 끝에 길을 정하셨다면, 그 길에 따르는 위험과 손실, 그리고 수고를 기꺼이 받아들이세요.

아닌 게 아니라, 별별다방의 손님 중에는 즉각적인 분가를 권하시는 분들도 꽤 많았답니다. 처부모든 시부모든, 결혼한 자녀들은 부모의 품을 벗어나 독립을 하는 것이 건전하고 안전한 일이라고 말입니다. 육아의 부담, 경제적인 실익을 생각해서 어느 한쪽 부모 곁에 머무는 것보다는, '죽이 되든, 밥이 되든' 둘이서 헤쳐나가는 게 젊은이답다고 말입니다. 물론 그 길은 남편과 아내에게 정확히 1/2씩의 땀과 눈물이 필요한 길이라는 점을 마음속 깊이 인식하고 출발하셔야 결과가 좋겠지요.

그리고 님이 원하는 건 평범한 가장의 자리라고 하셨습니다. 손님들 중에는 그러한 님에게 새로운 시각으로 아래와 같은 질문을 던진 분이 계십니다.

… 요즘 시대에 평범한 가장이란 어떤 가장인가요?

시대가 변함에 따라, '평범한 가장'의 역할과 지위도 많이 바뀌었습니다. 혼자 집안의 경제를 책임지고, 가족의 운명을 결정하는 가장의 모습은 지금 시대에 평범하지 않습니다. 아내가 결혼과 일의 틈바구니에 끼어서 날아오는 '콩주머니'에 비명을 지르듯, 남편도 양가에서 날아오는 '콩주머니'를 피해 휙휙 몸을 날려야 하는 세상입니다.

장모님의 한마디가 가슴에 꽂혀 들어 올 때, 뜨는 밥술이 입으로 들어가는지 코로 들어가는지 모르겠다 싶을 때, 가장의 권위를 그리워 마시고 이것이 바로 가장의 노고로구나 생각해보실 수도 있지 않을까요. 그게 요즘 시대의 '평범한 가장'의 모습이지 않을까요? 그럴 때 아내의 존중과 자식들의 존경이 뒤따라오지 않을까 싶습니다. 그런 생각의 전환이 어려우시다면, 분가를 적극 권해드립니다. 함께 살기보다 가까이에서 정을 나누며 어울려 사는 편이 서로를 지켜주는 길이라는 게 별별다방의 오랜 지혜니까요.

장모는 사위 좀 나무라면 안 되나?

'신모계사회'라는 말이 심심찮게 들립니다. 여자도 남자 못지않게 배우고 일할 기회가 동등하게 주어지면서 여성의 목소리도 커지고 있습니다. 그중에서도 요즘 들어 가장 극적인 변화가 바로 결혼 후 아내를 도와 육아를 담당하는 장모님의 목소리가 커진 점인 듯합니다. 별별다방에 도착하는 사연에서도, '장모님 스트레스'가 '시어머니 스트레스'를 빠른 속도로 따라잡고 있습니다. 이제 사위도 "귀머거리, 벙어리, 장님 3년"이라는 말에서 벗어날 수 없는 세상입니다. 그동안 억압받고 살아온 친정어머니들이, 딸들에게는 조금 다른 세상을 만들어 주고 싶은 마음 이해는 갑니다. 그러나 혹시라도 자신들이 그토록 힘겨워하던 그 옛날 시어머니의 일그러진 거울이 돼가고 있는 것은 아닌지 되돌아봅니다.

저는 딸만 둘을 키운, 환갑인 '엄마'

입니다. 우리 젊을 때 표현으로는 아들을 못 낳은 '죄인'이지요. 당연히 고된 시집살이 속에 살았고, 남편은 지금까지도 아들 없는 것을 아쉬워하는 눈치입니다. 하지만 저는 현재 충분히 만족하고 있습니다. 열 아들 부럽지 않은 딸을 둘이나 가졌으니까요. 지금껏 부모 속 한 번 썩인 적 없고, 공부면 공부, 일이면 일, 모든 면에서 인정받는 대견한 딸들입니다.

그중 맏딸이 결혼을 했습니다. 저는 '친정엄마'라는 새 이름을 얻었고, 작년에는 눈에 넣어도 안 아플 외손자까지 얻었습니다. 사부인이 아이를 키워주시겠다고 하셨지만, 제가 강력히 자청하여 아이를 맡았습니다. 아무래도 딸에게는 친정이 편할 테고, 혹시라도 시어머니한테 아이를 맡겼다가 딸이 시집 스트레스를 받게 될까 봐요.

현재 딸 내외는 제가 사는 아파트 옆 동에 살고 있습니다. 딸과 사위는 매일 우리 집으로 퇴근하여 저녁을 먹고 갑니다. 아이는 제가 데리고 자고요. 주말에는 종일 우리 집에서 지내다가 잠까지 자고 가지요.

물론 녹초가 되도록 힘든 생활입니다. 아이 키우는 것보다 사위 대접이 더 버겁다는 생각도 듭니다. 사위는 백년손님이라더니 상차림부터 신경이 바짝 쓰이더군요. 그러나 그런 건 또 시간이 갈수록 나아졌습니다. 자꾸 부딪히다 보니 서로 만만해지더군요. 문제는 갈수록 사위의 단점이 눈에 들어오기 시작한다는 겁니다.

우리 사위는 한마디로 곰 같은 타입입니다. 아들 없는 집에 사위로 들어왔으면, 아들 비슷하게 애교도 부리고 곰살맞게 구는 척이라도 해야 할 텐데, 거의 입을 떼는 일이 없습니다. 말만 없는 게 아니라 행동도 거의 없습니다. 굼뜨고 느리고, 게으릅니다. 딸이 만삭일 때도 "커피 타 달라", "양말 찾아 달라" 등 온갖 심부름을 다 시키더군요.

예정일이 가까워지는데도 술을 먹고 들어오더니, 출산일에도 아무런 이벤트가 없더군요. 내 친구 누구는 어버이날, 사위가 장문의 감사 편지를 써서 육아 스트레스를 날려 주더라는데 우리 사위는 그런 맛이라고는 없지요. 늘 현금이 든 봉투가 전부입니다.

나한테는 아무렇게나 해도 좋으니 딸한테는 자상한 남편이 되어줬으면 좋겠는데, 과연 그럴까 싶습니다. 사부인이 너무 귀하게 키우셔서 그런 것인지 남존여비 사상 같은 것이 몸에 배어 있습니다. 그 사고방식을 뜯어고치지 않고서는 부부가 화합하기 힘들 게 뻔했지요.

지난 4월, 딸의 결혼기념일이 있었습니다. 설마 했는데, 결국 사위가 결혼기념일을 그냥 지나치더군요. 그 일로 둘이서 옥신각신해서 알았습니다. 처음엔 미안하다고 하더니 나중엔 더는 잔소리 듣기 싫다는 눈치였습니다. 장인, 장모 결혼기념일, 처제 생일도 아무 성의 표시 없이 케이크로 때우더니 본인 결혼기념일은 아예 기억도 못 한 겁니다. 가족을 아끼고 관계를 소중히 생각하는 마음이 부족한 거지요.

그래서 제가 작심하고 좀 나무랐습니다. 딸이 없을 때, 이야기 좀 하자고 불러 앉혔지요. 지금껏 내 눈에 걸린 것들을 다 들추자면 한도 끝도 없겠지만, 저는 딱 한 가지 이야기만 했습니다.

"아내가 엄마처럼 왕자 대접해줄 것으로 기대하지 말게나. 세상이 달라졌고, 여자도 남자 못잖게 배우고, 일하고, 버는 세상인데. 아내로서 대접과 사랑을 받지 못한다면 굳이 결혼에 얽매여 있을 여자는 없네. 나 역시도 딸이 그렇게 살기를 바라지 않네."

그런데 그 며칠 뒤에 일이 터졌습니다. 딸이 아이를 시집에 맡기겠다는군요. 집도 시집 근처로 옮기겠답니다. 이게 무슨 날벼락 같은 소리냐고 물었더니, 사위가 강력히 요구해서 어쩔 도리가 없답니다. 장모님이 이혼을 종용했고, 이대로 가다가는 100% 우리는 이혼하게 될 것 같다고 했다는군요.

기가 막혀 말이 안 나왔습니다. 내가 언제 이혼을 종용했나요. 장모는 사위를 좀 나무라면 안 되나요? 만일 시어머니가 며느리를 그 정도 야단쳤다면 얘깃거리도 안 되겠지요.

거짓말로 모녀 사이를 이간질까지 하며 본가로 돌아가려는 사위를 도저히 용서할 수가 없을 것 같습니다. 처가를 얼마나 우습게 보고, 여자를 얼마나 하찮게 본 것인지.

지금까지의 내 노고는 온데간데없고 오히려 이혼을 운운하니, 억울한 노릇입니다. 요즘 장서 갈등이 만만치 않다더니, 그게 우리 집 일이 될 줄은 미처 몰랐습니다.

별별다방으로 오세요!

고부 갈등보다 더한 장서 갈등. 요즘 어디서나 자주 들리는 말이더니, 정말 우리 모두에게 남의 이야기일 수 없는 문제인 모양입니다. 님의 사연에 쏟아진 댓글들의 수만 봐도 그렇네요. 손님들의 다소 격앙된 어조에 놀라고 불쾌하셨을 수도 있겠습니다. 그러나 이런 경우 얼굴도 모르는 님에게 진심으로 화를 내고 있기보다는 님의 사연 속에서 저마다 자신의 이야기를 읽어내고 있기 때문이라고 보시면 됩니다. 한마디로, 님의 이야기는 우리 모두의 이야기이고, 요즘 세상의 이야기라는 거지요.

딸 둘 곱게 키워 드디어 첫 사위 보시고 내 맘 같지 않은 사위와의 관계 때문에 힘들어하는 님에게, 별별다방 손님들은 아래와 같은 말을 남겨 주셨습니다.

… 아들을 안 키워보셔서 그래요. 아들은 사춘기 때부터 딸이랑 달라요. 훨씬 힘들어요. 말 안 하는 아들이 부지기수! 내 아들도 마음대로 안 되는데 사위를 어쩌시려고요?

… 엄마와 딸은 눈치로 상대방 마음을 알아채지만, 아들은요, 남자는 생각하는 것 자체가 여자와 달라요. 자동차로 치면 시동만 걸면 알아서 가는 '오토 자동차'가 여자라면, 수시로 기어를 넣어줘야 말을 듣는 '수동 자동차'가 남자입니다. 그때그때 말을 해줘야 합니다.

아들과 딸의 다른 점을 환갑의 연배에 모르실 리 없으실 겁니다. 하지만 몸소 아들을 키우며 실망해볼 기회가 없으셨기에, 사위에 대한 환상이 크셨던 게 아닌가 합니다. 사위가 들어옴으로써 집안 분위기가 더욱 화기애애해질 거라고 기대하셨다면, 그 기대 수준을 좀 낮추실 필요가 있을 것 같네요. 그런 기대는 여자인 며느리에게도 부담스러운 기대입니다. 그 대신 사위가 가진 전형적인 남자의 장점에 주목해주세요. 작은 일로 맘 상하지 않고, 타인에게 심리적으로 많은 걸 기대하지 않잖아요. 며느리보다는 훨씬 쿨할 겁니다.

또 한 가지, 님이 깨지 못하는 환상이 더 있다면, 그건 바로 자식에 대한 자부심인 듯합니다. 너무 훌륭한 자녀분을 두셔서 아직 자식에 대해 뼈저리게 아파해본 경험이 없으신 듯해요. 딸이라도 말썽 피고, 고집 세고, 무뚝뚝한 딸이었다면 님의 생각이나 기대도 많이 깨어졌겠지요. 자식을 키우면서 비로소 세상에 대한 겸손함을 얻었다는 분들이 정말 많습니다. 님은 공부도 일도 똑 부러지고, 부모님의 기분을 잘 맞춰드리는 딸들과 살아오셨으니, 외람된 말씀이지만은 아직 겸손함을 배울 기회가 없으셨던 행복한 분이시죠.

그래서 님 마음속에는 아직도 내 자식이 세상의 주인공이고 우리 가정이 세상의 완벽한 중심일 수가 있습니다. 딸을 시집보낸다는 생각이 아니라, 누군가 내 딸을 위해 우리 집으로 들어온다는 기분으로 사위를 맞지는 않으셨는지 다시 한 번 돌아봐 주세요.

마지막으로 님의 질문에 대답을 드리겠습니다. 사위는 나무라면 안 되느냐고요? 별별다방 손님들 대답은 이렇습니다.

… 되건 안 되건, 나무라지 마십시오. 내 자식이 아닙니다. 어린 애도 아니고요. 나도 사위와 며느리를 봤지만, 그대나 나나, 우리 나무라지 맙시다.

… 장모가 사위를 나무라면 안 됩니다. 그리고 시어머니도 며느리를 나무라면 안 됩니다. 다 마음에 남습니다.

예전 젊은이들은 그렇지 않았던 것 같은데, 저를 포함한 요즘 젊은이들은 자기 부모한테 야단맞는 것 이외에, 그 어떤 나무람도 견뎌내지 못합니다. 내 어머니가 야단을 치시면 그 말씀이 아무리 억지스러워도 일단은 받아들이게 됩니다. 이유는 간단합니다. 그분이 나를 위해 평생을 수고해 오신 내 어머니이기 때문이지요. 근본적으로는 나를 위하는 마음에서 하시는 말씀인 줄을 그 어떤 불효자도 알고 있지요. 그러나 시모나 장모는 그렇지 않습니다. 최근에 좋은 인연으로 만나 앞으로 서로 잘해나가야 할 관계이지, 끈끈한 핏줄로 연결된 관계는 아닙니다. 게다가 나 잘되라고 야단치시기보다는 당신 자식을 위해 더 노력하라고 야단치시는 경우가 대부분입니다. 그래서 며느리나 사위의 마음에 반발심이 들고, 세월이 지나도 그 기억이 얼룩처럼 남아있는 겁니다.

따님이 시집 스트레스를 받을까 봐 미리부터 걱정이셨다고 하셨지요? 남자도 똑같습니다. 생긴 건 크고 거칠어도, 상처받고 스트레스받는 건 남자도 여자와 다름없어요. 어쩌면 여자보다 더 못 견뎌하고 열 받아 합니다. 시모한테 야단맞고 눈물 쏟는 며느리처럼 사위도 장모님께 야단맞으면 가슴이 두근거리고 잠이 안 온다더군요.

환갑을 맞으셨다는 님, 이제는 두 번째 인생을 시작하셔도 좋으실 것 같아요. '엄마'라는 이름으로 30년 동안 노심초사하셨습니다. 이제는 그 영광스러운 이름을 트로피처럼 장식장에 넣어두시고 앞으로는 아내로서, 할머니로서, 한 여자로서 남편과 함께 여생을 즐기셨으면 좋겠어요. 노부부의 아름다운 황혼을 몸소 보여주는 것이 딸과 사위에게 더 참된 교육이 되지 않을까요?

자식 집에만 오면 모든 병이 낫는 시어머니

젊은 엄마들은 입을 모아 말합니다. 늙어서 자식한테 기댈 생각은 추호도 없다고요. 그러나 우리의 판단력과 자존심보다 훨씬 빠른 속도로 우리의 몸은 쇠약해집니다. 안 아픈 데 없는 몸에 켜켜이 쌓여가는 고독을 앓고 계시면서도 끝내 자식 신세는 안 지시려는 시어머니, 그리고 그런 시어머니를 선뜻 모셔올 용기는 없는 며느리. 이분들에게 여러분의 따뜻한 조언이 필요합니다.

저는 결혼 15년 차로 남매를 키우고 있는 주부입니다. 친구 같은 딸아이와 바라만 봐도 든든한 아들. 물질적으로, 육체적으로 힘겨움을 느낄 때도 저희 부부는 세상 부러울 것 없다고 생각하며 살아왔습니다. 아이들에게 딱히 물려줄 것은 없지만, 열심히 벌어서 나중에 자식들에게 부담은 주지 말자고 다짐하곤 하지요. 그러나 요즘 우리 집안 사정을 돌아보면 삶이라는 게 그렇게 마음먹은 대로 되는 게 아닌 것 같아 씁쓸하네요.

올해 일흔아홉 되시는 저희 시어머님이 요즘 많이 편찮으십니다. 지난해 여름부터 병환이 시작되었는데, 처음에는 불면증 비슷했습니다. 도무지 밤에 잠을 못 주무시겠다고 하시더군요. 누우면 말똥말똥해지시고, 이 생각 저 생각으로 밤을 꼬박 새우신다고요. 그러다 보니 자연스럽게 식욕이 없으시고, 두통도 있으시죠. 기운이 없어 끼니도 잘 못 챙겨 드시니, 점점 더 기운이 없으시고 이렇게 악순환이 계속되었습니다.

병원 모시고 가서 주무실 수 있도록 약도 처방받아보았지만, 불면증은 계속됐습니다. 혹시나 싶어 MRI 검사까지 받아 봤지만 별 이상이 없다고 하고요. 그렇게 병명을 못 찾은 채로 어머님은 여러 가지 복합적인 증세에 시달리셨고 체중마저 줄기 시작하셨어요. 그제야 아뿔싸 싶어 일단 우리 집으로 모셔왔지요.

다행스럽게도 어머님의 증세는 우리 집에 오시고 바로 다음 날부터 호전되었습니다. 제가 딱히 잘 차려 대접할 새도 없이 첫날부터 웬만큼 잡수시더군요. 그리고 무엇보다 잠을 정상적으로 주무셨습니다. 우리 딸아이와 한이불 덮고 자는데, 어머님 말씀이, 옆에 손녀가 있으니까 잠이 절로 쏟아지신답니다.

그렇게 일주일을 계시니까 거짓말처럼 어머님 병환이 다 나으신 듯했습니다. 어머님은 어느새 가방을 꾸리시더군요. 사흘만 더 계시라고 해도 어림없으셨습니다. 원래 저희 어머님이 입버릇처럼 하시는 말씀이 있으세요.

"자식 신세 질 생각 추호도 없다!"

그런데 문제는, 어머님이 그렇게 호전되어 돌아가신 뒤 다시 병세가 악화됐다는 겁니다. 증세는 똑같았습니다. 불면증에 두통, 식욕부진, 소화불량, 전신 근육통…. 결국, 일주일도 못 돼서 다시 우리 집으로 모실 수밖에 없었습니다. 어머님은 몇 번이나 호전되어서 집으로 돌아가셨다가 다시 나빠져서 우리 집으로 오셨습니다. 우리 집에만 오시면 잘 잡숫고, 주무시는데, 혼자 계시면 다시 병이 나십니다. 그런데도 굳이 집에 가셔야 한다며, 일주일을 절대 안 넘기시고 자리에서 일어서시곤 하셨죠. 내가 꼭 꾀병하는 어린애 같다며 민망해하시면서요.

아무리 봐도 이건 몸의 병이 아니라 마음의 병이신 듯합니다. 혼자 지내시는 외로움이 병이 되셨나 봐요. 머리로는 자식 신세 안 진다고 결심하고 계시지만 몸은 다른 말을 하는 거죠. 이젠 어머님 혼자 사시는 것에도 한계가 온 걸까요? 철없을 때는 몰랐지만, 저도 이제 마흔이 넘고 보니, 노인 양반이 혼자 지내신다는 게 얼마나 외롭고 힘겨운 일인지 짐작이 됩니다. 언젠가는 어머님도 자식한테 의탁하시리라 생각해왔고, 그 자식이 형님이 아닌 제가 되리라는 것도 반쯤은 각오를 하고 있었습니다.

사실 저는 둘째 며느리입니다. 위로 형님 내외분이 계십니다. 그런데 형님과 어머님은 사이가 원만치 못하세요. 예전에 합가해서 몇 년 같이 지내셨는데, 그 당시 어머님이 정말 호된 시집살이를 시키셨거든요. 원래 성격이 깐깐하시고 내 맘에 안 드는 건 그냥 넘기지를 못하시는 분이십니다. 저같이 둔하고 털털한 사람도 어머님 앞에서는 긴장되는데 형님은 더구나 성격이 예민하고 소심했습니다. 우울증 때문에 병원도 다니고, 이혼 얘기까지 나오더니 결국 분가를 했지요. 몇 년 동안을 효자 노릇만 하던 아주버님이 막판에는 아내 편에 선 겁니다.

안 좋게 분가를 한 뒤로 어머님은 더더욱 결심을 굳히신 듯해요. 자식하고 다시는 같이 안 살겠다고요. 보수적인 분이시라 맏며느리도 아닌 둘째 며느리 봉양을 받는 일은 하늘이 두 쪽 나도 없을 것처럼 늘 말씀하셨죠. 그러나 지금 상황이 첫째든 둘째든 누군가는 돌봐드려야 할 판입니다.

그런데 제 마음이 갈피가 안 잡힙니다. 제가 결심을 해야 하는 일이긴 한데, 자신이 없네요. 일주일에 사흘은 일하러 다니는 상황이고 애들은 이제 수험생의 길에 접어드는데, 까다로우신 어머님 비위를 제대로 맞춰드릴 수 있을까? 그렇게 솜씨 좋고 야무진 형님도 나가떨어졌는데, 저 같은 덜렁이가….

신랑은, 아직은 안 된다고 합니다. 일주일씩 계시는 동안에도 기운만 차리시면 곧 잔소리를 시작하시는 걸 봤거든요. 자칫하면 당신도 형수처럼 병 얻는다고 하네요. 그리고 어머님 당신도 펄쩍 뛰며 싫다고 하십니다. 그러나 싫다는 그 말씀이 진심이실까요? 우리 집에 오셔서 애들만 바라보셔도 웃음이 도시는 걸요.

그러나 싫다는 어머님을 억지로 모시고 올 만큼 제가 확실한 마음의 준비가 되어 있는지 모르겠습니다. 못 이기는 척하고 편한 길을 가고 싶어지는 게 사실이네요. 한편 우리 애들을 보면서 요즘 자꾸 씁쓸한 생각을 하게 됩니다. 내가 여든 살 나이에 혼자 아플 때도 저 아이들은 나를 부담스러워하겠지 싶어서요.

이러지도 저러지도 못하는 저한테 여러분이 무모한 용기를 주시든 아니면 약은 꾀라도 주셨으면 좋겠습니다.

별별다방으로 오세요!

… 같이 살지 마세요. 지금처럼만 하시길.

… 아직은 아닌 듯합니다. 애들이나 큰 다음에…. 마음 편히 가지세요.

님의 고민에 대한 별별다방 손님들의 대답은 이처럼 한결같았습니다. 아직은 때가 아니며, 지금처럼만 해도 며느리로서 할 일은 다 한 셈이라며 다독여주셨지요. 사실 저희 별별다방에서는 보기 힘든 풍경이기도 했습니다. 시집 스트레스를 하소연하는 며느리, 배은망덕한 자식들 때문에 사는 게 허무하다는 노부모들이 언제나 사연의 중심이었고, 별별다방 손님들은 대개 자식을 나무라거나 부모를 답답해하는 양쪽 의견으로 나뉘어 맞서기 쉬웠거든요. 시어머니 당신이 마다하는데, 또한 남편이 극구 말리는데도 외로움과 병환으로 고통 받는 노모를 그냥 두고 볼 수는 없다는 님의 착한 고민이 별별다방 손님들의 마음에도 훈훈한 기운을 불어넣은 것 같습니다.

사실 손님들이 합가를 말리는 이유는 몇 가지로 나뉘었습니다. 인생 100세 시대에 아직은 남은 날이 너무 많으니 때가 이르다는 분, 덜컥 시작했다가 도중에 못 하겠다는 소리하면 차라리 안 하느니만 못한 결과가 된다는 분, 차라리 전문적인 병원을 찾아 노인 우울증을 치료해보라는 분, 다시는 자식한테 부담되지 않겠다는 당신의 뜻도 존중해주라는 분.

그러나 제각각 다른 방향을 가리키고 있는 그 이유도 따지고 보면 모두 같은 생각을 밑바탕으로 하고 있습니다. 아무리 좋은 뜻으로 시작한다 해도, 시부모든 친정부모든, 노인을 모신다는 것은 참으로 쉽지 않은 일이더라는 것이지요. 더구나 님의 어머님은 큰며느리와 심각한 불화를 겪은 분이십니다. 아무리 외로움에 지쳐 기운이 빠지셨어도 당신의 기본 성품이 달라졌을 리 없다는 것이, 별별다방 어르신들의 솔직한 생각이셨습니다. 어머님은 몸이 편찮으실 뿐, 생각과 판단력은 아직 쇠하지 않으신 분인 듯합니다. 자식 신세 지지 않는다며 누가 뭐래도 가방을 챙겨 들고 일어서시는 분이라면, 아직 자기 생각이 뚜렷하시고 고부간에도 주도적인 역할을 하실 분이라고 생각됩니다. 실제로 조금만 병세가 호전되어도 잔소리를 시작하신다는 분에게 예전과 다른 화합을 기대하기 힘들다는 거지요. 한 손님의 실제 경험담을 들어볼까요?

제 친정엄마도 그러셨어요. 자식들 집에만 가면 밥도 더 맛있고 잠도 더 잘 온다고요. 사실 혼자 사시는 노인들 누구나 그러실 거예요. 다만 자식들 부담 주지 않으려고 애써 감추고 계신 것뿐이죠. 우리 엄마는 결국 며느리와 합치셨는데…. 착한 며느리와 사시게 됐으면 이제 시어머니도 마음을 좀 바꾸시면 얼마나 좋을까요? 젊은 며느리가 자기 스타일대로 살림하게 내버려두고, 따뜻한 밥상 받아 손자들과 마주앉을 수 있는 데에 감사하시는 인자한 노인이 되시면 서로 좋을 텐데. 그러나 사람 성품이라는 게 그렇게 마음먹은 대로 바뀌지 않더군요. 울 엄마 때문에 고생하는 올케 보면서 저는 뼈저리게 느꼈습니다.

사람 성격은 변하지 않는다는 것. 더구나 노인은 자신의 단점을 고치는 게 더욱 어렵다는 것. 어쩌면 그 부분은 님의 어머님이 이미 알고 계시고, 충분히 고민해 오신 부분인지도 모릅니다. 큰 며느리와의 불화로 고통받으시면서, 그 근본적인 이유에 대해 어찌 생각 안 해보셨겠어요. 며느리에 대한 불만도 있으시겠지만, 당신의 편편하지 못한 성격에 대한 자각도 있으실 겁니다.

둘째 며느리하고 살면 재미나게 화합할 수 있을 거로 생각하지 않으시고, 앞으로는 어느 며느리와도 함께 살지 않겠다고 선언한 것만 보아도, 어머님의 속뜻을 짐작할 수 있지 않나요? 자식을 편하게 해주기 위해 당신의 성격을 구부리고 휘기가 쉽지 않다는 것, 그보다는 차라리 외로운 내 길을 혼자 가겠다는 판단도 거기에 들어 있습니다.

어머님의 뜻도 존중해주라는 의견은 바로 그런 점을 지적하고 있는 걸 겁니다. 속마음은 자식과 합치고 싶지만, 체면상 말을 못하고 계신다면, 어쨌거나 자식이 먼저 손을 내밀어 드려야 합니다. 하지만 어쩌면 어머니가 바라는 선은 거기까지가 아닐 수도 있다는 생각이 드네요. 가까운 데로 모셔서 지금보다 자주 찾아뵙고, 자주 모셔오는 것. 시어머니와 며느리가 서로의 생활영역은 존중하면서, 정을 나누고 사는 것이 어머님이 기대하는 적정선 아닐까요?

사실, 부모님 세대의 손님들은, 본인들의 속마음이 바로 그렇다고 고백하셨습니다. 아무리 늙고 힘들어도 자식 근처에 살면서 최소한의 정만 나누고 싶지, 자식들 집으로 들어가서 힘들게 할 생각은 추호도 없다고요. 자식이 그 정도만 해줘도 고맙고 대견한 일이라고요.

그러나 결론이 어느 쪽으로 나든, 친정엄마도 아닌, 시어머니를 위해 진심으로 고민하는 님의 마음에 별별다방 손님들은 박수를 보내셨습니다. 시어머니만 생각하지 말고, 본인을 먼저 생각하라는 말까지 나올 만큼요. 그분들의 훈훈한 목소리를 대변하는 댓글 하나 전해드릴게요. 부디 지혜로운 결론에 이르시길.

… 정답은 없네요. 무엇보다 본인 마음이 가는 대로 하시는 게 좋을 것 같아요. 무슨 일이건 억지로 하는 건 아니라고 봅니다. 그리고 어쨌거나 당신은 참 착한 며느리입니다.

내 아내의 비밀수첩, 가해자는 잊어도 피해자는 못 잊어

누구나 조금씩은 자신을 '피해자'라고 생각하며 살아갑니다. 그러나 그중에는 실제로 오랜 세월 일방적인 폭력에 노출되어 살아온 이도 있을 겁니다. 그런 경우 '폭력'에 대처하는 방식은 저마다 다릅니다. 오늘 사연 속의 아내 역시 자기만의 방식으로 자아를 보호하며 살아오신 것 같습니다. 이제 와서 그 방식의 옳고 그름에 관하여 따지는 것은 이중의 폭력일 뿐이라는 아내. 한편 과거에 붙들려 마음이 뒤틀린 아내를 그냥 두고 볼 수는 없다는 남편. 과거의 상처를 두고 마주 선 부부에게 여러분의 생각을 더해주세요.

올해로 50대에 첫발을 들여놓은 중년 남자입니다. 저희는 두 살 차이 부부로 두 아이를 키우며 20년을 평범하게 살아온 사람들입니다. 그러나 여기서부터 의견 차이가 생기네요. 저는 평범하다고 생각한 결혼생활이지만, 아내는 한시도 마음 편할 날이 없었던 고생길이었다고 합니다. 제 생각에는 남들만큼 먹고사는 데 지장이 없었고, 아이들이 건강하게 잘 자랐으니 그만하면 성공적인 결혼이라는 것이지요. 그러나 아내는, 시어머니의 간섭과 노여움, 그리고 터무니없는 기대와 요구 때문에 한순간도 활개를 펴고 행복한 적이 없었답니다.

저도 인정합니다. 저희 어머님, 보통 까다롭고 괄괄하신 게 아닙니다. 자기중심적이시다, 배려가 없으시다는 불평도 다 인정합니다. 제 누나조차도 어머님과의 관계를 힘들어하니까요. 그런 분의 며느리로 사는 게 쉽지는 않았겠지요. 하지만 제가 이해 못 하는 부분은 아내의 기막힌 '이중성'입니다.

남들은 고부간의 전쟁에 새우 등 터지게 생겼다고 하는데, 저는 아내에게서 그런 심각한 불평을 들은 적이 별로 없었습니다. 자주 두통을 호소하고, 점점 말수나 웃음이 줄기는 해도 다 나이 때문인 줄 알았습니다. 다른 여자들은 시집을 피한다는데, 제 아내는 할 도리를 자청해서 다 해왔습니다. 외며느리라 누구한테 떠넘기고 미룰

데도 없었습니다. 매주 어머님을 우리 집으로 모시거나, 시댁을 방문했고, 명절이나 생신 때, 제사 때에 혼자 일하면서도 군말이 없었습니다. 어머님이야 원래 성격이 그러시니, 이것저것 잔소리도 하시고 듣고 있기 민망하게 야단도 치셨지만, 아내는 언제나 말없이 잘 넘어가더군요. 아내가 워낙 무던하고 또 어머니와 특별히 궁합이 맞아서 그럭저럭 잘 지내는 줄 알았습니다. 어쩌면 그렇게 믿고 싶었던 것인지도 모르겠지만요.

그러다 얼마 전에 제가 충격적인 사실을 알게 되었습니다. 아내가 그간 어머님과의 사이에 있었던 일들을 상세히 기록해두고 있는 것을 발견한 것이지요. 그 기록 속의 어머니는 말 그대로 나쁜 시어머니입니다. 그리고 저는 무책임한 방관자에 불과하고요. 저는 전혀 몰랐던 일들이 그동안 정말 많았더군요. 제 짐작을 뛰어넘는 내용도 충격이었지만 이런 걸 기록하고 있었다는 자체가 더 충격이었습니다.

이게 뭐냐고 했더니, 처음엔 당황하던 아내가 곧 당당하게 밝히더군요. 비밀수첩이랍니다. 그 세월을 참고 견디자면 그거라도 해야 했답니다. 나는 당신이 고부갈등으로 이렇게까지 고통스러워하는 줄은 몰랐었다, 왜 진작 얘기 안 했느냐고 했더니, 바로 그 점이 원망스럽답니다. 사람이 말라 들어가는데 어떻게 모르는 척하고 있느냐고요.

모든 게 내 불찰이라고 치고, 그래도 우리가 화합해서 살아가려면 나쁜 기억은 잊어야 하니, 이런 건 이제 더 갖고 있지 말라고 했습니다. 그러나 아내는 거부하더군요. 자기한테는 보물 1호 같은 거랍니다. 그런 걸 들여다보고 있으면 기분이 좋아지겠느냐고 화를 냈더니, 자기는 속이 다 시원하답니다. 어머님한테도 한번 보여드리고 싶을 지경이랍니다.

그때부터 아내의 입에서 쏟아져 나온 온갖 얘기들…. 아내의 입을 통해 듣는 어머니의 모습은 아들인 제가 들어도 할 말 없을 지경입니다. 그러나 아들이 되어서 듣고만 있을 수는 없지 않습니까? 어머니 입장에서 이해를 해보자고 얘기를 시작하면, 아내는 더욱 화를 냅니다. 모든 게 어머님 탓이라고 답을 정해 놓고 무슨 대화를 더 하자는 것인지.

어머님이 이제 사시면 얼마나 사시겠습니까? 예전보다 기운이 많이 빠지셨습니다. 아내가 분을 못 삭이며 얘기하는 사건들도 다 몇 년 전 사건들입니다. 요즘엔 아들 며느리 눈치도 보시고 이제는 배려 비슷한 것도 하십니다. 늙어서 힘 빠지는 노모가 저한테는 가슴 아프게 다가오는데, 아내는 그런 동정심이 전혀 안 생기는 모양입니다. 호랑이 같으시던 시절에도 웃으며 견뎌와 놓고 이제 와서 진저리를 칩니다. 기억력도 어찌나 좋은지 10년 전 주고받은 대화도 토씨 하나 잊지 않고 있습니다.

어찌 됐든 과거의 일은 잊고 행복한 앞날로 나가자고 하니 아내는 제게 '이중의 폭력'이라고 맞섭니다. 가해자는 잊어도 피해자는 못 잊는답니다. 그리고 누구도 나한테 정식으로 사죄한 적이 없답니다. 그러나 어느 누가 부모한테 사죄를 받나요. 못난 부모, 틀린 부모도 부모인 것을요. 그러나 아내는 말합니다. 나는 그분의 친딸이 아니기에 그런 마음으로 넘어가 지지가 않는다고요. 다들 잊고 웃을 때도 자기는 다 기억하고 있겠답니다.

아내를 이해하면서도 한편으로 무섭습니다. 저렇게까지 용서를 못 하면 진작 이혼을 요구하든지, 시집과 연을 끊었어야 하지 않나요? 다 견뎌내면서 속으로는 하나도 삭히지 못하고 있는 아내. 마음이 저 지경이면 몸에 병이 들 것 같습니다. 속도 모르고 점점 더 약해져서 며느리에게 슬며시 기대오는 제 어머니는 또 어떻게 봅니까. 어머니와 아내, 저 자신을 위해 제가 무엇을 할 수 있을까요. 다시 또 모르는 척 넘어가면 되는 건가요?

... 시어머니가 부인을 진정 자식으로 대했다면 그런 수첩은 존재하지도 않았을 겁니다. 그런 수첩이 있는 것 자체를 부인에게 미안해야 하는 거 아닌가요? 그럼 그 마음고생을 어디 가서 털어놓나요? 남편 분 참 이기적입니다.

... 이건 단순히 가정 '불화'가 아니라 '폭력'입니다. 일방적으로 아내가 당해온 세월을 단순히 불화라고 치부하시는 남편에게 아내는 말도 못하고 오랜 세월 비밀수첩에 의지하며 살아온 거죠.

부인께서 생각이 깊으시고, 냉정하신 분이시네요. 내 아내는 시댁과 관련된 얘기라면 일단 눈에 쌍심지를 켜고 얘기합니다. 저에게 얼마나 소리를 지르고 윽박지르던지, 제가 항상 눈치 보며 삽니다. 세상을 냉정하게 바라볼 필요가 있어요.

답답한 마음에 사연을 보내주셨을 텐데, 일방적으로 님을 탓하는 글들로 가득한 별별다방 손님들의 반응에 적잖이 당황하셨으리라 생각합니다. 잘 알지도 못하는 이들이 이렇게 격분하며 비난할 수가 있나 싶으시겠지요.

우선 마음을 가라앉히세요. 지나온 20년 동안 님이 무슨 악행을 저질렀다거나, 의도적으로 부인을 괴롭혔다고 하는 분은 없었습니다. 다만 님의 사연 속에서 고부 갈등 문제에서 방관자로 일관했던 모습이 비겁한 변명이라고 생각하신 듯합니다. 그래서 고부 갈등 문제로 오랜 시간 크고 작은 고통을 받아보신 분들이 저마다 한 마디씩 보태신 것 같아요. 정리하자면 님을 향한 화살이라기보다는 자신과 그리고 자기 주위의 우유부단한 남자를 향한 화살이라면 이해가 될까요? 별별다방 손님 한 분은 자신을 꼬집어 이런 날카로운 댓글을 남기기도 하셨습니다.

… 글 쓰신 분께 뭐라고 하는 분들! 혹시 나도 모르는 사이에 아내나 어머님께 이런 행동 하지 않았는지 돌아보셔야 할 것 같습니다.

별별다방은 시끌벅적했지만, 실제로 님과 같은 경험을 하게 되면, 님과 비슷한 당혹감을 느끼게 될 남자분들이 적지 않을 겁니다. 요약하면 이런 생각이겠지요.

'우리 결혼생활은 대체로 만족스러웠다. 가족 구성원 가운데 적지 않은 불화가 있었지만, 아내의 인내로 잘 극복해왔다. 나는 정말 그런 줄만 알았는데, 이제 보니 아내는 딴마음을 먹고, 분노와 복수의 칼을 갈고 있었다니. 왜 가족이 서로를 용서하고 이해하지 못하고 과거의 일로 고통을 받아야 하나?'

그러나 별별다방 손님들은 이구동성으로 말씀하십니다. 님은 지금 완전히 자기만의 시각에 갇혀 계시다고요. 우선 님의 아내가 겪어온 고통은 가족 구성원 간의 불화가 아니라 명백한 '폭력'입니다. 불화란 상처를 주고받는 대등한 관계이지요. 뜻을 맞추지 못해 서로 힘들어하는 관계입니다. 그러나 폭력이란 힘의 불균형을 바탕으로 한쪽이 다른 한쪽에게 일방적으로 상처를 주고 자기의 뜻을 강요하는 관계입니다. 님의 아내와 어머님은 어떤 관계였다고 보시나요? 대등한 관계였나요? 아내가 상처받은 만큼, 어머님도 상처받는 관계였는지 되돌아 생각해 봐야 할 것 같습니다.

어머님이 세월에 따라 많이 약해지셨다고 하셨지요? 배려도 하신다고 하셨죠? 그렇다면 이제는 한 번쯤 지나온 세월에 며느리의 고통이 어떠했을지 진지하게 돌아보시고, 반성하실 부분은 반성하시고, 미안하다는 뜻을 전하실 필요가 있다고 봅니다. 그것은 어머니의 굴욕도 아니고 자식의 불효도 아닙니다. 어머님 자신을 위해서도 필요한 과정일 수 있습니다.

아내는 님을 방관자로 본다고 하셨죠? 폭력이 가져오는 가장 큰

부작용이 뭔지 아시나요? 피해자를 철저히 고립시킨다는 겁니다. 맞은 부분이 아픈 건 당연하죠. 때린 사람이 밉고 싫은 것도 당연합니다. 그런데 세상에서 유일하게 믿고 의지해야 할 사람이 그걸 막아주지 못하고 내 아픔을 공감해주지 않는다면 특히 더 서운하겠죠. 내 아픔에 둔감하고 심지어 모르는 척하는 남편을 향해 미움이 쌓이지 않을 수 없습니다. 단순한 방관자가 아니라 어쩌면 '폭력의 조력자'로 느낄 수도 있습니다. 어머님 성격을 아신다면 아내에게서 어떤 불평불만이 나오기 전부터 님은 아내를 보호하기 위해 나름의 노력을 해왔어야 하지 않을까요? '말대꾸가 없는 것을 보니 괜찮은 모양이구나'라는 생각부터 어긋난 셈입니다.

… 그 비밀수첩이야말로 아내분의 숨통이었다고 생각해보십시오. 님이 보기엔 시어머니의 비리를 기록한 괘씸한 소행으로 보일지 모르지만, 아내에게 그 피눈물 나는 기록은 가정을 지키기 위한 몸부림이었을 겁니다. 복수의 도구로 활용할 생각은 아닐 것입니다.

… 비밀수첩을 봤거든, 보고도 못 본 체하시든지, 이해하려고 노력하셔야지요. 이중적이라고 비난을 하시다니 아직 멀었다는 생각이 듭니다. 화합해서 살아야 하니 이제 이런 것 갖

다버리자. 그 말 속에, 같이 늙어가는 동반자로서의 공감이 어디 느껴집니까?

아무도 모르는 비밀 일기를 쓴 아내의 심정에 대해 생각해 보셨나요? 현장에서 반발하거나 항의하지 못하고 오히려 자기의 의무를 성실히 이행하고, 불평불만도 하지 못했을 겁니다. 그러나 사람은 어딘가 한 군데 풀어놓을 곳은 있어야 하는 모양입니다. 아마도 아내분께 비밀수첩은 복수의 칼날이 아니라 자기를 달래고 치유하는 방편이라고 생각할 수 있지 않을까요? 아내는 비밀 일기장을 통해 자신을 달래고 가정을 지켜왔을 것입니다.

비밀수첩에 의지해서 20년을 넘게 모진 세월을 견뎌온 아내에게 갑자기 이 모든 것을 부정하고, 내다 버리라고 말하는 것은 어쩌면 '이중의 폭력'으로 느껴질 수 있습니다. 진정 화합하고 싶으시다면 님은 일단 아내의 정신적 회복부터 도우시는 건 어떨까요? 같이 할 수 있는 취미 생활이나 활동, 혹은 아내만의 자유로운 영역을 설정해주시고 아내의 상태가 많이 좋아진 다음에 그런 제안을 할 수는 있겠지요. 지나간 일은 잊고 앞으로 나아가자고요.

지나간 세월 동안 아내의 인내로 님은 편한 길을 걸어오셨는지도 모릅니다. 그러나 이제는 님이 아내를 위해 살아가야 할 때입니다. 비밀수첩의 존재가 지나간 불화의 증거로 남느냐 다가올 화합의 씨앗이 되느냐는 님의 선택에 달려 있습니다.

story 5

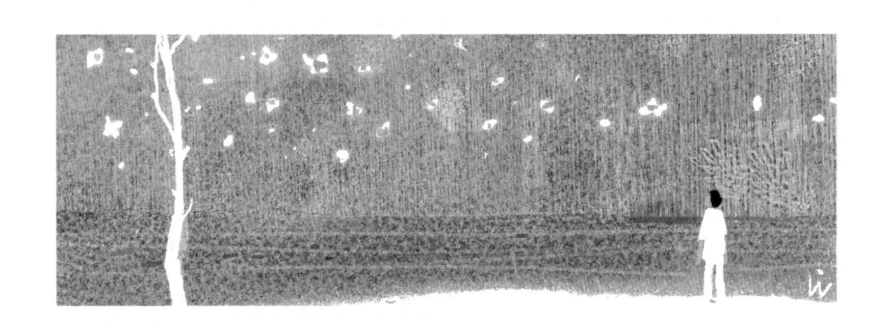

나는 아직도
누군가를
사랑하고 싶다

지는 해를 바라보며 노을에 물드는 황혼녘.
우리는 돌아갈 곳을 생각하고
누군가의 체온을 그리워하게 됩니다.

정신없이 돌아가는 하루의 일과 중에, 잠시나마 우리를 멈춰 서게 하는 한때가 있다면 그건 아마 황혼녘일 겁니다. 낮과 밤이 바뀌고 낮의 열기가 가라앉고 밤의 따뜻함이 스며드는 시간. 완전히 어두워지기 전 남은 빛과 열이 한데 모여 소용돌이치는 황혼은 저에게 까닭 모를 안타까움과 그리움을 느끼게 합니다.

인생의 노년기를 우리는 흔히 '황혼'에 비유하곤 합니다. 예전에는 그 상투적 비유를 그저 무심히 들어넘겼었습니다. 그러나 별별다방을 통해 노년층의 진솔한 사연들을 접하면서, 저는 한 가지 새로운 의문을 느꼈고, 그 답까지도 얻었습니다.

노년기를 왜 꼭 황혼에 비유할까요? 인생의 마지막 단계라면 깊고 어두운 밤에 빗대야 할 텐데, 왜 '암야'나 '야음'이라는 말 대신 황혼이라고 부를까요? 길고도 지루한 노년에 비하면 황혼은 너무 짧고, 붉고, 강렬하지 않은가요?

그러나 그것은 노년을 겪어보지 않은 젊은이의 짧은 소견일 뿐이었습니다. 노년기는 인생의 그 어느 시기보다도 감정적이고, 불안하고, 시간이 놀랄 만큼 빠르게 흐르는 때라는 걸 지금은 압니다. 노년은 어둡고 고요한 밤이 결코 아닙니다. 밤이 오기 전에 남은 빛과 열을 모아 소진하는 안타까운 시간이지요. 황혼을 바라볼 때, 혼자인 것보다는 누군가와 어깨를 나란히 하고 싶어지는 것처럼, 길고 긴 밤이 오기 전에 곁에 선 사람의 손을 잡고 체온을 나누고 싶어지는 그리운 시간입니다. 그런데 만일 내 손을 잡아줄 짝이 없다면 어떻게 해야 할까요. 지는 해를 혼자서 바라보며 우두커니 어둠을 맞아야 하나요?

유행가 가사는 노년을 이렇게 예찬하더군요. '사랑하기 딱 좋은 때'라고 말입니다. 흥겨운 가락에 어깨가 절로 들썩이지만, 어떤 의미에서는 의미심장하게 느껴지는 말이기도 합니다. 노년기란 누군가와 함께하지 않고는 견디기 어려운 시간입니다. 마주 보고 웃으며 온기를 나눌 수 있다면 그 밖의 것은 중요하지 않을 수도 있는 나이입니다. 그 어느 때보다도 곁의 사람이 소중하니 사랑하기에 더없이 좋은 때이지요.

그러나 별별다방의 우편함을 통해 들여다본 노년의 풍경은 흥겨운 노랫말과는 딴판이었습니다. 사랑하기 딱 좋은 나이임에도 불구하고 수많은 노인이 외로움 속에 방치되어 있거나, 곱지 않은 시선 속에 만남을 주저하고 있었습니다. 사랑하기엔 좋은 나이이지만, 그 사랑을 현실 속의 동반자 관계로 구체화하기에는 장애물이 너무 많더군요. 누구도 피해갈 수 없는 노쇠와 질병 때문에 누군가의 배우자가 되기에는 큰 용기가 필요합니다. 게다가 경제적인 궁핍이 발목을 잡기도 하지요.

건강하고 부유한 노인이라 해도 마찬가지입니다. 질병과 빈곤보다 더한 자식들의 간섭에서 벗어날 수가 없으니까요. 아직은 사랑하고 싶고, 누군가와 함께하고 싶은 그들의 지극히 인간적인 욕망을 자식들은 곱지 않은 눈으로 바라볼 때가 많습니다. 아버지 혹은 어머니의 새로운 짝이 원가족의 틀을 깨지는 않을까, 이기적인 목적으로 가족 간에 불화를 일으키지는 않을까 전전긍긍합니다. 실제로 황혼 재혼은 그 이름만큼 아름다운 결말을 맞지는 못하는 경우가 많습니다. 부모와 의붓자식 간의 갈등, 의붓형제끼리의 충돌, 그리고 상속을 둘러싼 법적 다툼 등, 불미스러운 결말을 초래할 만한 요인이 한둘이 아니지요.

그 모든 씁쓸한 황혼 재혼 스토리를 익히 들어 알고 있는 별별다방의 노년층은 스스로를 경계하는 목소리를 내기도 했습니다. 인생의 마지막 페이지를 치욕과 후회로 채우고 싶지 않으면 차라리 외로움과 벗을 하며 혼자만의 길을 가야한다고 말이지요. 그러나 인생의 마지막 페이지가 서글픈 혼잣말로 채워지는 건 괜찮은 일일까요?

별별다방 손님들의 다양한 황혼 재혼 스토리를 듣고 제가 얻은 깨달음은 이런 것입니다. 노년에 대한 우리 모두의 편견을 먼저 버려야 할 것 같습니다. 노인은 당연히 혼자이고, 외롭고, 아프다는 생각, 그래도 된다는 생각을 버려야 합니다. 편견과 무관심 속에 노인의 고독이 비뚤어질 때, 그들의 분별력도 허물어지는 거 아닐까요. 내 재산도 내 인생도 내 것이니 내 맘대로 하겠다는 아버지의 독단적인 선언은 긴 외로움과 상처에서 비롯된 것임을 아는 것. 거기서부터 근사하고 아름다운 황혼의 이야기는 시작될 수 있지 않을까요?

혼자된 아들에게 홀아버지가 하고 싶은 말, 인생은 한 번뿐

돌아보면 그 누구보다 외롭고 험난했던 나의 인생길. 다시 가라면 못 갈 그 길이 사랑하는 나의 자식의 눈앞에 똑같이 펼쳐지게 된다면? 내가 먼저 걸어온 평생의 길에서 느낀 뼈아픈 깨달음으로 인생의 길잡이가 돼주고 싶지만 자식은 딱 그 나이만큼의 고민에 빠져서 귀를 기울이지 않는군요. 비슷한 길을 걸어오신 여러분들의 생생한 경험이 담긴 소중한 의견이 필요합니다.

10년 가까이 혼자서 생활하고 있는 일흔 살 남성입니다. 흔히 말하는 '독거노인'이지요. 내 집에서, 나 혼자 맘 편하게 살 정도의 경제적, 신체적인 능력은 된다고 자부하지만, 혼자 사는 남자 노인의 생활이라는 게 남들 눈에는 궁상스럽겠지요.

저는 지금으로부터 33년 전에 아내와 사별했습니다. 제 나이 서른일곱 살 때이지요. 2남 1녀의 자식들이 열 살, 아홉 살, 일곱 살이었으니, 아내를 잃은 슬픔보다는 당장 이 애들을 어떻게 기를 것인지가 막막했던 기억이 납니다.

그 당시에 제가 하던 사업이 번창하고 있었기에 사는 형편은 남들보다 좀 나았는지 모르지만, 아이들 양육에 관해 저는 아는 게 하나도 없는 아버지였습니다. 아이들과 부대끼며, 돈만으로는 해결이 안 되는 여러 문제를 극복해가면서, 어머니의 자리, 아내의 빈자리를 절실히 깨달았지요. 그러나 그 과정에서 아이들과는 그 어느 때보다 강한 애착이 생겨나더군요. 홀아비로 사는 생활도 차차 적응돼갔고요.

그런데 사람의 마음이라는 것이 참 이상하지요. 위기를 지나 한숨 돌리고 나니 오히려 때늦은 외로움이 밀려오더군요. 사별하고 5년쯤 지났을 때, 저는 새사람과의 새 출발을 생각하고 있었습니다. 그쪽은 초혼에 실패하고 혼자된 사람이었는데, 자녀는 없는 사람이었습니다. 지금은 기억도 가물가물하지만, 참 얌전하고 살뜰하던 사람이었습니다. 실은 상처한 직후부터도 주위에서 부지런히 재혼자리를 물어다 날랐었지만, 귀담아들을 마음도 안 나던 저였습니다. 그런데 사람 인연이 그러했던지, 그 사람은 첫눈에도 달라 보였습니다. 철모를 때 어른들 소개로 결혼했었던 아내에게서는 사실상 느껴보지 못했던 욕심이 생기더군요. 둘이 뜻이 통하고, 장래를 약속하기까지는 무엇 하나 걸릴 게 없었는데, 문제는 그다음부터였지요.

제 아이들의 반대가 심했습니다. 머리가 굵어진 큰아이는 입을 다물고 아예 모르는 척이고, 둘째 놈은 학교에서 사고를 치기 시작하더군요. 눈에 넣어도 안 아프게 키우던 막내딸은 제 가슴을 마구 때리며 울었습니다. 그 아줌마도 싫고, 다른 여자 아무도 우리 집에 못 들어오게 하라고요. 아이들을 불러 모아 물어보니, 세 녀석이 한결같았습니다. 그 아줌마 다녀간 뒤로 마음이 안 잡힌답니다. 새어머니 들어오면 저희는 어떻게 되느냐고 웁니다. 그동안 한마디 말이 없던 큰아이가 대표로 그러더군요.

"아버지, 저희 대학가고 결혼하시면 안 돼요?"

저는 어떻게든 중간에서 잘 설득을 해볼 요량이었습니다. 하지만 여자 쪽이 포기하더군요. 새어머니의 존재가 아이들에게 그렇게까지 상처가 되는 건 줄은 몰랐다며, 아이들 생각해서 마음을 접자고요. 나보다 나이도 한참 어린 사람, 앞으로 좋은 기회도 얼마든지 있을 텐데, 더는 내 욕심대로 붙잡아 둘 수도 없어서 저 역시 마음을 접어야 했습니다. 그렇게 그 인연은 끝이 나고 말았네요.

그 뒤로 지금까지 만나본 여자나, 재혼 얘기가 전혀 없었던 것은 아닙니다. 하지만 솔직히 말해서 진심으로 마음이 통했던 적은 없는 것 같습니다. 그리고 새삼스레 자식들 상처 주고 싶지 않더군요. 끝내 그 누구와도 부부의 연을 다시 맺지 못하고 말았네요.

자식들은 하나씩 짝을 찾아 떠나갔고, 이제 저 혼자 남았습니다. 제 욕심을 접고 외롭게 살아온 덕분에 자식들이 나쁜 길로 엇나가지 않았다고 생각하면 하나도 억울할 게 없네요. 하지만 이따금 자식들이 혼자 있는 저를 부담스러워하는 눈치가 느껴집니다. 어떨 때는 아들이 웃으며 묻기도 합니다.

"아버지는 여자친구 없으세요? 진짜로요?"

그런 말을 들으면 헛웃음이 나네요. 자식이란 결국 그런 거구나 싶으면서요.

그러나 오늘 제가 이곳을 방문한 까닭은 외로운 늙은이의 푸념이나 들려주기 위해서는 아닙니다. 실은 우리 둘째 녀석이 몇 년 전에 이혼했습니다. 지금 남매를 키우며 허둥지둥 혼자 살고 있지요. 예전의 제 모습을 보는 것 같아 너무 짠하고, 또한 저와 같은 길을 걸을까 봐 두렵습니다. 아들 역시 같은 얘기를 하네요. 만나는 사람은 있지만 아이들 상처를 줄까 봐 재혼은 안 한다고요. 열서너 살 먹은 우리 손자들 역시 아빠가 재혼하면 집 나갈 거라고 한답니다.

그러나 저는 아들에게 진심으로 충고하고 싶습니다. 내 사람이다 싶으면 용기를 내보라고 말입니다. 아이들은 어디까지나 아이들입니다. 아버지 마음에 언제나 아이들이 최우선이어야 하겠지만, 인생의 길을 아이들 판단에 맡기는 게 정답은 아닌 듯합니다. 결국엔 부모 자식도 독립된 인생이더라는 게, 세상을 먼저 살아본 아버지의 충고인데 아들은 귀기울여주지를 않네요. 요즘은 또 세상이 달라져서 결혼 안 한 남녀가 오래 함께 할 수도 있는 것인지, 혹은 아이들의 반항과 일탈이 예전보다 훨씬 심각할 수 있는 것인지 모르겠습니다. 재혼 경험이 있는 젊은이들의 이야기를 꼭 듣고 싶습니다.

별별다방으로 오세요!

님의 사연을 별별다방에 소개할 때의 제 마음은, 훈훈한 감동과 아련한 아쉬움이 뒤섞인 상태였습니다. 어렵게 만난 아름다운 인연을 모질게 끊어내고, 아버지로 사는 삶에 최선을 다하신 모습에 감동하면서, 이런 분이 아깝게 혼자서 청춘을 흘려보내야 했다는 사실이 너무나 안타까웠지요. 더구나 오늘날까지도 고적한 삶을 살고 계시고, 자식들은 그 깊은 뜻을 헤아려주지 못하는 듯해서 말입니다. 언제든 님을 직접 뵙게 될 기회가 있다면, "왜 그러셨어요?"라고 여쭙고 싶어질 정도였습니다.

물론 별별다방 손님들도 감동과 안타까움으로 님을 맞이해주시더군요. 그러나 댓글들을 자세히 읽어보니, 저와는 조금 다른 색깔의 반응이셨습니다. 저는 안타까움이 더 컸는데, 손님들은 감동과 격려가 더 크시더군요. 특히 님과 비슷한 연배로, 사별의 아픔을 겪은 분들은 이구동성으로 '잘했다, 훌륭하다'라고 칭찬해주셨습니다. 진솔하면서도 쿨한 그분들의 목소리를 한번 들어보시지요.

… 혼자 된 지 만 25년 된, 83세 늙은이라오. 글을 보니 왜 재혼을 못 했는지 충분히 이해가 가며 자식들 위해 33년 독수공방한 것은 잘한 일이라 칭찬하고 싶소. 나의 삶은 희생됐지만, 자식들은 바른 사람으로 성장했으니 말이오.

훌륭하고 의미 있는 삶을 사셨습니다. 내 인생 산다고 뭐 특별한 거 없습니다. 사랑으로 사셨으면 됩니다. 님의 사랑으로 자식들이 잘 살고 있지 않습니까? 잠시 후면 사랑으로 키운 인생나무만 한 그루 남고 우리는 모두 사라집니다. 곁에 누가 있다고 사라질 때의 쓸쓸함이 위로가 되는 것도 아닙니다. 또 한 사람 쓸쓸하게 만들 뿐이지요.

참 의외입니다. 저는 자식들을 위해 홀로 살아오신 아버지에게 동정의 댓글이 쏟아질 줄 알았습니다. 그러나 손님들 대부분은 잘 하셨다, 응당 그러셔야 했다, 존경한다는 글을 남겨주셨습니다. 아름다웠던 인연도, 실제로 부부의 연을 맺고 보면 어떻게 풀려나갔을지 모른다는 분들, 자식들은 원래 저희밖에 모르는 이기적인 존재이고, 그 녀석들도 저희 자식한테는 모든 걸 바쳐야 하는 게 바로 세상 이치이니 너무 상심하지 말라는 분들, 청춘의 즐거움을 놓쳐버린 대신 장성한 자식을 얻었으니 그걸로 됐다는 분들….

때로는 답답하게 느껴지기도 하는 우리 부모님 세대. 그러나 삶의 재미보다는 의미를, 권리보다는 책임을 더 중요하게 생각하는 분들임을 이번 기회에 느꼈습니다. 그리고 재혼이라는 것이 흔히들 생각하기보다 훨씬 어렵고 험난한 길이라는 사실을 다시 생각하게 됐습니다. 마주 보고 자식 낳아 키우는 초혼의 부부도 조화롭게 살

아내는 일이 만만치 않은데, 재혼 가정의 경우에는 그 어려움이 몇 곱절인 모양입니다.

사람의 인연이란 만날 때보다 헤어질 때 아름다워야 하는 것, 그 옛날 그 여인을 아련히 추억할 수 있는 편이 더 나을지도 모른다는 손님들의 위로 말씀에 저는 씁쓸한 기분마저 들더군요. 사람의 수명은 길어지고, 홀몸이 되신 분들의 여생도 같이 길어지는데, 아름다운 새 인연을 맺기가 이토록 힘들구나 싶어서요.

외롭게 살아오신 님의 올곧은 인생길 위에 아드님의 사연이 겹쳐지니, 별별다방 손님들의 안타까움은 더했습니다. 그러나 걱정을 놓고 그냥 지켜봐 주시라고 손님들은 한 목소리로 말씀하시네요. 부자가 똑같은 인생길을 걷게 될까 봐 걱정이라지만, 결국에는 길이 사람을 가는 게 아니라 사람이 길을 가지요. 같은 길도 사람에 따라, 각자의 운명에 따라, 전혀 다른 종착지에 다다를 수가 있지 않을까요? 아드님 나이가 마흔 언저리이면 아직은 젊은 나이입니다. 더구나 요즘의 기준으로는 새로운 출발을 하기에 결코 늦은 나이가 아니니 너무 조급하게 생각하지 마세요. 엄마와 떨어진 아이들을 추스르고 본인의 감정도 차분하게 정리할 시간이 필요하고, 또 그럴 여유가 있는 나이입니다.

또한, 나이 마흔은 부모 아니라 누구의 말에도 흔들리지 않는 나이이기도 합니다. 님이 적어주신 인생 이야기를 돌아봐도 그렇습니다. 마흔 언저리, 재혼하라는 주위의 권고가 전혀 귀에 안 들어오셨지요. 그러다 운명적으로 한 사람을 만났고, 마음이 열렸습니다. 물론 그 인연을 마지막까지 이어가지 못하셨지만요. 아들에게는 아들의 길이 있습니다. 걱정하시기보다는 기도하는 마음으로 기다려주세요. 그것이 저뿐 아니라 모든 별별다방 손님들의 한결같은 생각이었습니다.

마지막으로 따뜻한 편지 한 통이 있어 님에게 전해드리려 합니다. 지구 반대편에도 내 마음 알아줄 누군가가 있다는 게 작은 위로가 되어드리길 바라면서….

제 삶에도 동병상련의 아픔이 있답니다. 20년 전, 40대에 남편을 갑작스럽게 떠나보내고, 선생님과 같은 길을 걸어왔습니다. 재혼 이야기만 나오면 펄쩍 뛰던 자식들이 제 짝이 생기고 나니 다른 말을 하네요. 엄마 인생을 찾으라고요. 선생님! 저 또한 여자의 인생을 버리고 엄마의 자리만 지키며 살아왔습니다. 병 중에 제일 무서운 '외로움 병'에 시달리면서요. 이제 우리는 100세를 산다지요. 선생님의 가슴에도 좋은 인연이 물 흐르듯 흘러들어왔으면 좋겠습니다. 그동안 애쓰셨습니다. 커다란 박수를 선생님에게 그리고 저 자신에게 보냅니다. 행복하시기를…. 캐나다에서.

도우미 아줌마와 황혼 재혼하시겠다는 친정아버지

가난, 질병, 고독이 '노인의 삼고(三苦)'라고 하지요. 그러나 오늘 사연 속의 연로하신 아버지는 가난하지 않습니다. 아직은 건강에도 자신이 있습니다. 다만 배우자를 떠나보낸 후, 남자로서 겪는 고독 앞에서 고개를 숙일 뿐이지요. 젊은 자식들은 그의 고독을 몰라주고 세상은 그의 고독을 이용하려고 합니다. 나날이 분노와 의심만 커져가는 외로운 아버지를 막내딸은 어떻게 도와야 할까요?

올해 일흔 되신 친정아버지 일로 문의를 드립니다. 9년 전 엄마가 돌아가시고 아버지는 혼자 되셨습니다. 당시에는 제가 아버지와 함께 살았는데, 곧 결혼하게 되면서 아버지 곁을 떠났죠. 그러나 혼자 계신 아버지가 마음에 걸려, 저는 되도록 친정집 근처에 신혼집을 구하려고 애를 썼고 아버지는 또 그게 고맙고 미안하셨는지, 저희에게 지금의 집을 얻어주셨어요. 정확히 말하면 아버지 소유의 집에 들어와 살게 해주셨죠.

그렇게 저마저 아버지 곁을 떠난 지 7년. 그래도 제일 가까이 사는 제가 아버지를 자주 만나게 되고, 오빠들은 한 달에 한 번 정도 만나며 지내왔죠. 살림은 큰올케 언니가 구해준 도우미 아줌마가 와서 했고요. 아무리 그래도 남자 노인 혼자 살아가시는 게 얼마나 적적할까 신경이 쓰였지만, 아버지는 언제나 괜찮다고만 하셨어요. 그래서 그런지 자식들도 차츰 무뎌져가더군요. 연세에 비해 건강하시고 또 워낙 경제적으로 능력이 있으시니까, 여느 아버지들처럼 안됐다는 생각은 들지 않았던 것 같습니다.

그런데 지난겨울에 아버지가 느닷없이 아줌마를 그만 나오시라고 하셨다더군요. 이젠 혼자 살림하시겠다고 하시더랍니다. 도무지 말이 안 되는 말씀을 듣고 큰올케도 어찌할 바를 몰랐는데 그만두는 아줌마의 말은 좀 달랐답니다.

아무래도 영감님이 만나는 분이 있으시고, 그 여자분이 집에도 드나드는 눈치라고 귀띔을 해주더라고요. 큰올케 언니의 부탁을 받고 제가 아버지께 웃으면서 넌지시 여쭤봤어요. 좋은 분이 있으시면 저도 소개해달라고요. 그랬더니 아버지가 어렵게 말씀을 꺼내시는데, 말씀을 듣고 제가 얼마나 놀라고 당황했는지.

상대가 우리 딸아이를 4년 동안 봐주신 우리 집 '이모'였어요. 4년 동안을 가족같이 지낸 분인데, 그분이 몇 달 전에 갑자기 그만두신다고 해서 우리 집이 한바탕 난리가 난 적이 있습니다. 알고 보니 그 이유가 제 아버지였던 셈입니다.

두 분을 서로 소개한 사람은 당연히 저입니다. 우리 집에서 우연히 같이 식사하신 적도 몇 번 있었죠. 그러나 그분과 제 아버지를 연결해서는 어떠한 상상도 해본 적이 없었어요. 아버지와는 15년 차이 이상이고, 더구나 외모로만 봐서는 부녀간으로 보일 지경입니다. 아버지는 저한테 이해를 구하셨어요. 외로운 늙은이들끼리 그럴 수도 있나 보다 하고 대범하게 넘어가 달라고요. 그리고 오빠들에게는 직접 알리시겠다고 하시더군요. 조마조마한 마음으로 기다리자니, 며칠 뒤 오빠들이 난리가 났습니다. 아버지가 정식 결혼까지도 생각하고 계시던데 대체 어떤 사람인지 알고는 있느냐고요.

오빠들은 도저히 받아들일 수 없다는 입장입니다. 보나 마나 재산을 노리는 꽃뱀이라는 겁니다. 그런 여자를 어머니로 받아들일 수 없는 건 물론이고, 나중에 아버지가 받을 상처와 모욕감 때문에라도 반대라고요. 그러나 그 아주머니를 오래 겪어본 저로서는 뭐라고 단정 지을 수가 없어요. 궁색하게 살아도 돈 앞에 자존심은 좀 있으시다는 느낌을 늘 받았거든요. 우리가 그렇게 전적으로 의지하는데도, 급여 문제로 한 번도 배짱을 부린 적이 없으셔서 저는 '참 법 없이도 살 분'이구나 했지요.

친정 식구들이 한자리에 모였고 오빠와 올케들은 아버지 앞에 무릎 꿇고 앉아 정식으로 반대의견을 냈습니다.

"그동안 아버님 외롭고 쓸쓸하신 심정 알아드리지 못한 점 죄송합니다. 이제부터라도 아버지한테 어울릴 만한 분으로 저희가 새어머니 감을 찾을 테니 그런 여자는 가까이 안 하셨으면 합니다."

그러나 아버지는 아버지대로 역정을 내시더군요. 그런 여자가 어떤 여자냐고요. 내 일은 내가 알아서 할 테니 괜한 신경 쓰지 말라고 하시더군요. 나중에는 언성도 높이셨어요. 언제부터 그렇게 내 일거수일투족에 관심이 있었느냐고, 당장 집으로 돌아들 가라고요.

결국, 올케언니들이 저한테 중재를 부탁해왔습니다. 그 아주머니에게 제안해달라는 거죠. 결혼까지는 자식들이 받아들이기가 너무 부담스러우니, 지금 아버지 사시는 집을 받으시는 조건으로 아버지 돌아가실 때까지 같이 지내시면 어떻겠느냐고요.

내키지 않았지만, 전화를 걸었고 아주머니를 따로 만났습니다. 아주머니는 올 게 왔다는 식이더군요. 그리고는 내내 그저 미안하게 되었다, 이해해달라는 말뿐이었습니다. 저는 오빠들 제안을 전했습니다. 그러나 한참 침묵한 끝에 내놓은 대답은 거절이었습니다. 어린 자식들 보기에 떳떳하지 않은 생활은 안 하고 싶다네요. 무엇을 바라고 아버지를 만난 게 아니라고요.

오빠들은 그 여자가 제안을 거절한 것만 봐도 목적이 확인됐다는 주장입니다. 한편 아버지는 계속 쓸데없는 관심은 끊어달라고 하시고, 자식들과의 대화 자체를 거부하십니다. 올케언니들은 아버님 저러다 덜컥 저지르고 보면 어쩌느냐며, 당분간 자극하지 말고 가만히 있자고 하고요.

저는 중간에서 어떻게 해야 할지 갈피를 못 잡겠습니다. 하필이면 우리 집 아줌마인 것이 남부끄럽고 민망한 한편, 저까지 원망하고 의심하는 듯한 오빠 내외의 태도가 분하기도 합니다. 부리던 사람을 어머니로 부를 일도 기막히지만, 남편한테는 또 뭐라고 운을 떼야 할지요.

만일의 경우 재산분배 문제가 신경 쓰이는 것도 사실입니다. 막내딸인 제가 이런데, 마흔 중반 두 오빠의 입장은 어떻겠어요? 그러나 이 생각 저 생각 끝에는 그냥 아버지 편이 돼 드리고 싶은 심정입니다. 진심이든 계산속이든, 아버지 생전에 마냥 행복하시면 그걸로 된 거 아닌가. 돌아가신 뒤에야 배신을 당하든, 난리가 나든, 소송이 붙든 아버지는 모르실 테니까요.

이렇게 여러모로 차이가 지고, 말이 많은 재혼, 결말이 아름다운 경우도 있나요?

별별다방으로 오세요!

님의 사연이 소개되고 한동안 별별다방은 빗발치는 댓글들로 몸살을 앓았습니다. 그만큼 님과 같은 문제로 고민하는 가정이 많다는 얘기겠지요. 그리고 소외된 채 고독으로 힘겨워하시던 어르신들의 억눌린 목소리가 일시에 터져 나온 거라고 생각합니다. 수많은 댓글들 가운데 대세를 이루는 목소리는 다음과 같은 의견들입니다.

… 어서 빨리 재혼시켜 드리세요.

… 그간 아버지의 고독에 무관심하다가, 이제 와서 간섭을 하는 건 참으로 이기적인 행동입니다.

아버님이 누구를 만나 어떤 인연을 이어가시든, 그 선택은 전적으로 아버님의 뜻에 달려 있으며, 자식들이 왈가왈부하는 것은 아버지의 재산에 대한 검은 욕심을 드러낼 뿐이라는 게 대체적인 의견이었습니다. 아마도 아버님과 동년배이신 어르신들의 격한 공감의 결과인 것 같은데, 솔직히 저는 그 의견에 선뜻 한 표를 더할 수는 없었습니다. 님의 사연 속 상황이 그렇게 단순하게만 보이지는 않았거든요. 그간 아버님이 남몰래 외로움을 앓아오셨다는 건 분명하지만, 상대 여성의 품성이나 생각이 어떠한지는 미지수입니다. 그리고 두 오빠의 예민한 반응 또한 현실적으로 이해가 전혀 안 가는 건 아니거든요. 황혼 재혼이 아름답지 않은 결말로 치닫는 경우를 워낙 많이 보고 듣고 있으니까요.

아버지 재산을 욕심내느냐는 별별다방의 비난에, 아마도 님의 오빠들은 이렇게 반박할 겁니다. 만약 이 결혼이 잘못된 선택일 경우, 아버지가 겪을 상처는 어떻게 할 거냐고요. 한편, 아버지는 분통을 터뜨리며 이렇게 일갈하시겠지요.

"늙었다고 내가 도로 어린애가 된 줄 아느냐? 재산이 축나도 내 재산이 축나고, 마음을 다쳐도 내 마음을 다치니, 너희는 신경 꺼라!"

그 팽팽한 줄다리기를 바라보며, 어느 쪽 줄도 잡지 못하고 안절부절못하는 님의 고충, 이해가 갑니다. 왜냐하면, 양쪽 말이 다 맞는 말이면서, 틀린 말이기도 하니까요. 우선 오빠들은, 상식과 분별을 말하지만, 도를 넘는 월권행위를 하는 게 맞습니다. 가족이 잘못된 선택을 하는 걸 그냥 두고볼 수 없다는 말은 맞지만, 본인을 대신해서 가족이 검증을 해주거나 결정을 내려줄 수는 없는 겁니다.

또한, 별별다방 손님들의 의견에 따르면, 아버님의 일갈 또한 현실성이 결여돼 있습니다. 당신의 결혼에 대해 전적인 결정권을 갖고 계신 것은 맞지만, 아버님이 지금 평상심을 잃고 감정적으로 흐르고 계신 것만은 자명한 사실입니다. 손님 한 분은 이렇게 표현하셨더군요.

… 누구나 사랑에 빠지면 바보가 됩니다. 이성에게 혹하면 판단력이 흐려집니다. 여자보다는 남자가 더 그렇고, 사랑 앞에서는 나이가 없습니다. 어쩌면 스무 살 청년보다 일흔 살의

아버님이 더 많이 흔들릴 수도 있습니다. 여생이 얼마 안 되고, 마지막 기회라는 절박함이 있지요. 오랜 외로움에 시달린 끝이라, 몸과 마음을 열어주는 상대 여자가 천사처럼 보일 수밖에 없습니다.

그렇습니다. 사랑에 빠지면 우리는 누구나 분별을 잃습니다. 그것은 결코 부끄러운 일이 아닙니다. 노령에도 아직 그런 사랑이 가능하다는 사실에 아버님은 자부심과 기쁨을 느껴도 좋습니다. 하지만 감정에 빠져 있을수록 주위를 돌아보고, 균형을 잡으려고 애써야 하는 것도 사실입니다. 젊은이의 무분별은 성숙의 기회가 될 수도 있지만, 노년의 실수는 치명적인 결과를 낳기 때문입니다. 청춘이 한 번뿐이듯, 노년도 한 번뿐입니다. 인생의 마지막 페이지를 아름답게, 멋있게, 즐겁게 장식하기 위해 우리는 최선을 다해야 합니다. 그 페이지에 사랑스러운 여인이 등장한다면 그건 축복이겠지요. 그러나 그 결말을 어떻게 만들어가느냐는 노인 스스로 이성적인 판단력에 달린 것입니다.

여러모로 차이가 나는 황혼 재혼이 아름다운 결실을 맺는 경우도 있느냐고 님은 물으셨습니다. 별별다방 손님들은 그에 대한 진솔한 경험담을 들려주셨고, 그 결말은 참으로 다양했습니다. 재혼하셨다가 몇 년 만에 가산을 탕진하고 빈 몸으로 아들 곁으로 돌아와 참담한 말로를 맞으셨다는 분, 상처한 지 1년인데 벌써 15세 연하의 독신여성과 사랑에 빠져서 우울증을 극복하는 노익장의 사연이 있는가 하면, 22년 전 아내와 사별하고 지금껏 혼자 사신 걸 뼈저리게 후회하신다는 안타까운 분도 계셨습니다.

이처럼 인생 스토리는 각자가 쓰는 것입니다. 타인들이 결말을 단정할 수도 없고, 대신 써줄 수도 없습니다. 아버님이 당신의 황혼 이야기를 만들어 가시도록 님은 곁에서 응원해주세요. 다만, 님이 품었던 그 모든 의심과 우려에 대해 죄책감은 느끼지 마세요. 자식이기 전에 가족으로서 당연한 의심이고 우려입니다. 예민한 반응을 보인 오빠들에게도 넓은 아량으로 다가가 이해를 구하세요. 젊은이들도 결혼할 때는 조건과 이점을 따지는데, 하물며 노년의 재혼이 순수한 감정만의 결합이기는 힘듭니다. 현실을 인정하고, 결말을 지켜보려는 여유로운 태도로 아버님을 대할 때, 님은 아버님의 진정한 '보호자'가 될 수 있을 겁니다.

여자로서의 자존심,
늙으면 사치인가?

'황혼의 로맨스', '로맨스 그레이'와 같이 노년의 사랑을 일컫는 우아하고 멋들어진 표현은 어쩌면 현실의 남루함을 감싸는 화려한 포장지와 같은 건지도 모르겠습니다. 인생의 마지막 반려자와 함께 가려는 길이건만, 자식들이 가로막고, 생계가 발목을 붙들고, 질병이 훼방을 놓기도 하지요. 그래도 아직은 여자이기에, 조건보다는 나를 위해줄 남자를 찾는다는 오늘의 손님. 과연 그녀는 그 꿈을 지킬 수 있을까요?

저는 올해 58세로, 11년 전 남편을 먼저 보내고 혼자 사는 여자입니다. 남매를 두었는데, 큰딸은 시집을 갔고 아들 역시 곧 결혼할 예정입니다. 남편 생전에는 크게 어려움을 모르고 살다가, 그 양반이 갑작스럽게 쓰러지면서 사업이 잘못됐고, 또 투병하면서 더 힘들어졌습니다.

떠난 사람 애달파할 겨를도 없이 아이들 뒷바라지로 세월이 이만큼 흘렀네요. 누추하나마 발 뻗고 누울 데는 있으니 건강이 허락하는 데까지는 내 몸 부지런히 움직여 살아가자, 최대한 자식들한테 부담이 안 되는 어머니로 떠나는 게 내 마지막 숙제라고 생각하며 살아갈 수밖에요.

현재 저는 어느 맞벌이 가정의 아이 둘을 봐주고 있습니다. 1시쯤 가서 집안 정리하고 어린이집에서 막내를 데려오죠. 오후에 큰애 받아서 간식 먹이고 여기저기 학원 데려다주고, 저녁 식사에 숙제까지 시켜주고는 밤늦게 애들 부모 중 누구 하나 퇴근하면 저도 퇴근입니다. 내가 이런 일을 하게 될 줄은 몰랐었지만, 부끄럽다 비참하다는 생각은 안 합니다. 내 나이 여자가 할 수 있는 일 중에는 그나마 보람도 있고 재미도 있는 일이죠. 적성에도 맞고요.

그런데 지난가을 어느 날, 애들 놀이터에 풀어놓고 벤치에서 지켜보고 있는데 낯익은 할아버님 한 분이 곁에 와 말을 거시더군요.

가끔 엘리베이터나 놀이터에서 뵙던 분이라 저도 반가웠습니다. 저한테도 애들 엄마냐 할머니냐고 농담을 하시기에 도둑이 제 발 저린 기분으로 얼른 '봐주는 이모'라고 대답한 적이 있습니다.

그날도 할아버지가 이런저런 걸 물으시더군요. 어디 사느냐로 시작해서 애들은 몇이냐, 취직들은 했느냐, 친손주는 없느냐, 바깥양반은 뭐하느냐 등등…. 처음엔 공손히 대답을 해드렸습니다. 그런데 얘기가 점점 이상한 방향으로 흘러갔습니다. 마나님 돌아가신 뒤 이 아파트에서 혼자 5년째 살고 계시다고 하시고 자식들 잘된 자랑을 좀 하시더군요. 의사 딸에, 대기업에서 높은 자리에 있는 아들이 있다고요. 그러고는 곧 본인 건강 자랑, 재산 자랑으로 이어졌습니다. 여전히 골프를 치러 다니시는데 동년배들보다 체력이 월등하시다나요?

저 같은 사람 붙잡고 이 영감님이 왜 이러시나 하는데, 결국 본색을 드러내더군요. 무엇 하나 아쉬울 것 없이 살지만 다만 한 가지, 죽을 듯이 외로우시답니다. 외로운 사람끼리 벗하면 안 되겠느냐고 하시더군요. 마음만 먹어주면 아쉬울 거 없이 해주겠다는 소리까지 들었습니다.

너무 놀라고 어이없어서 단박에 자리를 털고 일어섰습니다. 놀라기도 하고 무엇보다도 불쾌했습니다. 일흔 서넛은 돼 보이는 분이시라 재작년에 돌아가신 우리 아버지가 생각나 말 한마디라도 잘 해드리려는 것이었는데, 이런 일 한다고 사람을 무시하는 건가.

남부끄러워 아무한테도 말 못하고 있었는데, 얼마 전 친구들 모임에서 그 비슷한 얘기가 나왔습니다. 역시 혼자 사는 친구 하나가 기차를 타고 지방 내려가다가 옆자리 영감님한테 그런 비슷한 얘길 들었다는 겁니다. 대학교수로 은퇴했고 형편도 넉넉한데 짝이 없으시니 살맛이 안 난다고요.

다들 기막혀 하면서도 깔깔대고 웃어대기에 저도 제 얘기를 했습니다. 그런데 친구들 반응이 싹 달라지더군요. 그렇게 펄쩍 뛸 일만은 아니라나요? 인품은 어떤지, 얘기나 좀 해보지 그랬느냐는 겁니다. 노후가 든든한 친구한테는 이런 일이 어이없는 횡액이지만 저 같이 가진 게 없는 과부에게는 더없는 기회라는 거잖아요.

저라고 왜 안 외롭겠어요. 벗이든 짝이든 저한테도 누군가가 간절히 필요합니다. 힘들고 외로울 때 차라도 한잔 하며 얘기 나눌 수 있는 사람, 이 얘기 저 얘기 나누며 산행이라도 같이할 수 있고, 젊은 애들 틈바구니에서 같이 영화라도 한 편 볼 수 있는 짝이 있었으면 싶습니다. 재혼이요? 솔직히 말해서 해도 그만 안 해도 그만입니다. 늙어도 여자라 그런지, 상대가 능력이 있어서 저 하나 책임져 줄 수 있다면 재혼도 고려해보겠습니다. 그러나 그런 상황이 아니라면 친구로만 지내도 될 것 같습니다.

그런데 친구들은 제 생각을 답답해합니다. 남자들은 그런 멋진 친구를 찾는 게 아니라네요. 한집에서 내 수발 다 들어주고 한이불 덮고 사는 마누라를 원한답니다. 그리고 남자를 보는 제 생각에 선후가 바뀌었답니다. 앞으로 살날은 길고, 준비는 안 돼 있으니, 능력 있는 재혼 상대를 물색하랍니다. 사람 찾은 다음에 능력을 볼 것이 아니라 능력 있는 남자 중에 인품도 좋은 사람을 찾으라는 거지요. 그게 현실이랍니다. 이 나이까지 남자를 남자로 보고, 마음 통하는 남자를 찾는다면 '주책'이 되는 거냐고, 되묻고 싶었습니다. 그러나 더 늙어서 자식한테 손을 벌려서는 안 되지 않느냐는 말에는 저도 할 말이 없더군요.

자식 얘기가 나오면 말문이 막힙니다. 자식들한테 제 존재가 어떻게 느껴질지…. 노후 준비도 안 돼 있고, 혼자 이러고 있는 엄마가 마음에 그늘을 지우기는 하겠지요. 내가 벌어먹는다지만, 세월 앞에 장사 없다 하니 그것도 장담은 못 하는 노릇이고요. 각자 짝을 만나 애들 키우며 앞만 보고 뛰어야 하는 우리 아이들, 엄마까지 책임질 형편들이 아닙니다. 엄마가 능력 있는 짝을 만나 걱정 없이 지내기를, 내심 바라고 있는 것은 아닐까요? 자존심이랍시고 붙들고 혼자 이러고 있는 제가 자식들에게는 오히려 부담일까요?

일전에, 친정아버지의 재혼을 고민하는 딸의 사연이 커뮤니티에 소개된 적이 있습니다. 그때도 별별다방은 황혼 재혼에 대한 논쟁으로 한껏 달아올랐었는데, 님의 사연 역시 그에 버금가는 열기를 불러일으킨 것 같습니다. 그러나 댓글의 내용은 지난번과 전혀 다르더군요. 남자 노인의 황혼 재혼에 대해서는 '그분, 마음껏 사랑하게 해드리라!'고 외치시던 손님들이 이번에는 의견이 분분하십니다. 님의 고민에 크게 공감하시는 분들도 계셨지만, 더 성숙한 시각으로 황혼을 바라봐 달라는 주문도 많았답니다. 특히 흥미로웠던 것은, 사연 속 남자분과 같은 또래인 70대 남성들의 반응이었습니다. 그분들은 제목의 '자존심'이라는 단어에 예민하게 반응하시더군요.

… 여자로서의 자존심이 도대체 뭔지요?

… 이 글의 제목은 '50대인 내게 벗하자는 70대 남자, 불쾌하다'로군.

… 70대 남. 내 나이가 어때서?

아마도 그분들은 님이 말씀하신 여자의 자존심에 대해 오해를 하신 듯합니다. 나이도 비교적 젊고 능력도 갖춘, 제법 근사한 남성이 아니면 상대하지 않겠다는 의미로 받아들이신 거죠. 그러나 제가 보기에 님은 그런 허영심으로 상대를 제한하는 분은 아닌 것 같아요. 상대의 조건에 자존심을 거시는 게 아니라, 그 사람과 만나서 마음을 여는 과정에 자존심을 거시는 것 같아요. 놀이터에서 만난 남자 노인분도, 만일 님에게 좀 더 자연스럽게 다가와서 천천히 마음을 열었다면, 자존심을 다쳤다고 느끼시진 않았을 겁니다. 대뜸 자기소개한 뒤에, 거래하듯 데이트를 제안한다는 건 나이를 불문하고 상대에겐 모욕감을 느끼게 할 뿐이지요.

그러나 별별다방 손님들은 말씀하십니다. 님보다 그 할아버님이 더 안 됐다고요. 그 연배의 노인이 무슨 수로 자연스럽게 다가와 자신을 어필할 수 있겠어요? 성실한 분들일수록 그런 일에 서툴 수밖에 없지 않을까요? 손님들 중에는 그 분에 대해 상당히 긍정적으로 평가하는 분들도 계셨어요.

… 사실 나이 드신 분이 님에게 '첫눈에 반했소'라고 말하기는 쉽지 않습니다. 그분은 나름대로 '당신 한 사람은 내가 책임지고 행복하게 해줄 수 있는데, 우리 벗해봅시다'라고 자기 마음을 전한 것 같습니다.

황혼 재혼 자체에 대해서는 찬반 의견이 팽팽했습니다. 말이 좋아 황혼의 로맨스지, 현실을 보면 복잡하고 구질구질하기 말로 다 할 수 없다는 분들, 나이 먹었으면 혼자 삶을 마무리해야지 이제 와서 새로운 출발을 하는 건 어리석다는 분들이 계셨지요. 그런가 하면, 노년이야말로 짝이 필요한 시기이며, 만일 그 인연을 통해 외로움도 덜고 생계의 불안도 해소할 수 있다면 더할 나위 없이 아름다운 인생 마무리라고 하신 분들도 많았습니다.

그러나 님이 황혼 재혼에 대해 어떠한 입장을 선택하든, 자식이나 친구들의 압력 같은 것을 느낄 필요는 전혀 없다고 생각합니다. 재혼해서 부끄러울 것도 없고, 안 해서 미안할 것도 없습니다. 누굴 택했든, 초혼 때와 마찬가지로 님의 자유입니다. 그런 여유를 갖고 보면 놀이터에서의 일도 얼마든지 웃어넘길 수 있는 일일 겁니다.

… 제가 님이라면, '흥! 보는 눈은 있어서'하고 웃어넘기겠습니다.

… 어쩌면 그런 식으로라도 말을 걸어주는 이성이 있다는 것이 행복일 수 있습니다.

'내가 아직 살아있네!'라며 피식 웃어넘기기! 그러나 님에게는 그

것이 말처럼 쉽지 않을 수도 있다는 생각은 드네요. 그렇게 쿨해지기엔 소녀 감성이 그대로 남아 있는 분이신 듯해요. 소녀는 꿈이 많죠. 그리고 마음이 여립니다. 아마도 그런 면이 님의 매력일 테지요. 하지만 이제부터는 마음의 문을 열고 여유로운 태도로 세상 사람들과의 '사귐' 그 자체를 즐겨보시면 어떨까요? 님이 꿈꾸는 자연스럽고 멋진 인연은 세상을 향해 활짝 열린 마음에 깃드는 행복일 테니까요.

홀로 되신 아버님께 다가온 위험한 로맨스

자식을 제일 모르는 게 그 부모라고들 하지요. 기대와 걱정 때문에 눈이 흐려져 있기 쉽다는 뜻일 겁니다. 그렇다면 부모를 제대로 아는 자식은 과연 얼마나 될까요? 언제나 그 자리에 계셨기에, 처음부터 지금의 모습이셨을 것만 같은 분들이기에, 우리는 부모님의 가슴 속의 열정과 충동을 인정하기 어렵습니다. 어쩌면 사춘기 자녀보다 더 격한 변화의 시간을 살고 계시는지도 모를 노부모님들. 그분들의 이야기에 귀 기울여야 할 때입니다.

결혼 12년 차인 맏며느리입니다. 여자라면 대개 부담스러워하는 맏며느리 자리, 저 역시 겁이 났습니다. 그러나 상견례 자리에서 나란히 뵈었던 시부모님의 모습이 무척 좋아 보여 저도 모르게 용기를 낼 수가 있었네요. 두 분이 연세보다 고우시고, 또 금실도 좋아 보이셨기 때문입니다. 아, 나도 저렇게 나이 먹고 싶다 싶을 만큼 인상이 좋으신 시어머님에, 그런 마나님을 곁에서 자상히 챙겨주시던 시아버님이셨지요.

그러나 그런 좋은 날은 그리 길게 가지를 못했습니다. 제가 시집오고 3년째에 저희 시어머님이 갑자기 작고하시고 말았거든요. 저는 몰랐었지만, 워낙 심장이 안 좋으셨고 큰 시술도 받으신 상태였다고 합니다.

홀로 되신 아버님 뵙기가 참 애잔하고 가슴 아팠습니다. 한 쌍의 원앙처럼 지내시다가 갑자기 혼자 남겨지셨으니 그 상실감이 어떠하셨을까요. 그래서 맏이인 저희가 함께 지내시자고 청을 드렸지만, 아버님은 완강히 거부하셨습니다. 돌아가신 어머님이 생전에 자주 하신 말씀이 "누구든 먼저 가거든 남은 사람은 자식한테 신세지지 말고, 꿋꿋이 버티고 귀신이 되어서도 들락거리며 말벗 해주자"고 하셨답니다.

결국 저희는 2년 전에 아버님을 같은 아파트 옆 라인으로 모시는 수밖에 없었습니다. 기본 생활은 아버님 혼자서 다 하시고, 저는 반찬이나 챙겨 드리고 드나들며 청소나 빨래를 해드리곤 합니다. 쉬운 일은 아니지만, 남편을 비롯해 형제들도 다들 저한테 '잘한다, 고맙다'라고 해주니 저도 힘이 나고 보람되더군요.

그런데 요 며칠, 아버님 댁에서 우연히 보게 된 사소한 것들이 제 마음을 어지럽혀서 고민입니다. 결론부터 말씀드리면, 아버님께 만나시는 여자분이 생기신 것 같습니다. 물론 그 자체로는 오히려 반길 만한 변화입니다. 그러나 우연히 아버님의 신용카드 사용명세를 보게 된 뒤로는 당황하지 않을 수 없었습니다. 자세한 항목을 열거할 수는 없지만, 이건 누가 봐도 성인 남녀가 데이트하는 장소와 목적이 주를 이루고 있었습니다.

여성 의류 브랜드나 화장품을 사신 내역도 눈에 들어왔는데 그 금액 역시 상당했습니다. 물론 만나시는 분이 있으시다면 그런 지출도 생길 수밖에 없겠지요. 그러나 여자인 제 느낌에, 이건 좀 과하다 싶은 데가 있었습니다. 아버님의 평소 근검절약하시는 생활방식이나, 연세에 비추어보면 더 그랬지요.

게다가 뒤늦게 제 머릿속에 떠오른 한 가지 생각이 저를 더 불안하게 했습니다. 얼마 전부터 아버님의 차가 통 보이지를 않아서 여쭈어 본 적이 있었는데, 그때 아버님 말씀이 친구분한테 빌려줬다고 하셨거든요. 그 뒤로도 한동안 차를 돌려받지 못하고 계신 것 같아 의아하게 생각해온 참입니다. 혹시 그 차도, 사진 속의 여인에게 빌려(?)주신 것은 아닌지….

외람된 일이지만, 저는 아버님 방을 뒤져보지 않을 수가 없었습니다. 어떤 분인지, 어느 정도의 관계인지 알고는 있어야 할 것 같아서요. 그 결과 낯선 사진 두 장을 찾아냈는데, 그걸 보고 나니 마음이 더 복잡합니다. 중년의 여자들이 어울려 찍은 사진들이었는데, 두 장에 공통으로 등장하는 한 여성이 눈에 들어오더군요. 그 사람이 제가 궁금해하는 그분이 맞는다는 전제 하에, 저희 아버님과는 너무 어울리지 않는 분이어서 무척 놀랐습니다.

우선 나이가 그랬습니다. 기껏해야 저보다 10살도 더 되지 않았을 듯했지요. 차림새나 인상도 그랬습니다. 사람을 외양만으로 함부로 말할 수는 없지만, 저는 아버님의 이성 친구분을 상상할 때 좀 더 품위 있고 점잖은 여자분을 떠올렸었습니다.

저희 아버님, 그 시절에 명문대 나오셔서 한동안은 서울 모 고교에 영어 선생님으로 재직하셨고, 그 뒤로는 사업하셨습니다만 항상 교육자의 풍모를 잃지 않으셨던 분이세요. 붓글씨도 오래 쓰셨고 시집도 한 권 내셨지요. 돌아가신 어머님만 생각해봐도 너무 점잖으시고 얌전한 어른이셨어요. 물론 어떤 분을 만나느냐는 순전히 아버님 의사에 달렸지만, 저로서는 실망스럽다 못해 걱정스럽기까지 합니다. 혼자되신 남자 노인들을 둘러싸고 온갖 흉흉한 소문이 다 들리는 세상 아닌가요. 과연 순수한 의도로 시작된 인연인지부터가 솔직히 의심스럽습니다.

신랑은 저한테 화를 내네요. 당신이 뭔데 아버지 물건을 뒤지고 사생활을 간섭하느냐고요. 그리고 당신이 생각하는 그런 불미스러운 일은 없을 거라고 잘라 말합니다. 그러나 저는 생각이 다릅니다. 밖으로 도는 남편은 아버님이 뭘 느끼며, 무슨 생각을 하시며 사시는지 잘 모릅니다. 제일 가까운 곳에서 아버님의 외로움과 막막함을 보아온 사람은 바로 저입니다. 지난 몇 년간의 생활이 아버님의 성격이나 판단력도 얼마든지 흔들어 놓았을 수 있다고 저는 생각해요. 제가 존경하는 아버님에게 다가온 새로운 인연이 아름답게 마무리되지 못하고, 아버님의 여생에 상처와 불명예만 남기게 되지는 않을지 걱정이 됩니다.

제가 지레짐작으로 없는 분란을 만들고 있는 건가요? 여러 어르신들의 의견을 듣고 싶습니다.

황혼의 고독을 둘러싼 고민이 소개될 때마다, 사연에 대한 착잡함과는 별도로 손님들의 댓글들 속에서 다시 한 번 씁쓸함을 느끼곤 합니다. 부모님의 '이성 친구'를 부정적으로 보는 자녀는 곧 부모님의 재산에 눈독을 들이는 불효자라는 등식, 부모에게는 무관심하면서 부모 재산은 저희 것으로 아는 자식들의 이미지가 노년층의 마음속에 뿌리 깊이 박혀 있는 듯해서 말입니다. 님의 사연에 대한 댓글 중에도 그런 완고한 거부감이 담긴 글들이 많았습니다. 아버님의 '사생활'에 대한 관심 자체를 못마땅하게 여기는 분들, 그 관심의 밑바탕에는 이기적인 계산속이 깔려 있다고 의심하는 분들 말입니다. 님으로서는 억울한 생각이 드실 겁니다. 만일의 경우로부터 아버님을 지켜드리기 위한 궁리일 뿐인데, 사심을 가지고 시아버지 주변을 염탐이나 하는 며느리로 비쳐진다면 말입니다.

그러나 조금만 더 냉정히 생각해보면, 사심이라는 단어 앞에 우리는 자유로울 수가 없습니다. 님의 마음을 어지럽히고 있는 걱정은 순수히 아버님만을 위하는 마음은 아닐 수도 있기 때문입니다. 아버님의 고독한 생활에 대한 안타까움, 여생을 품위 있게 마무리하시기를 바라는 님의 마음은 분명 100% 아버님을 위한 진심일 겁니다. 그러나 사진 속의 여인에 대한 반감은, 님 자신의 반감이지요. 아버님에게 어울리는 여인의 이미지, 아버님에게 필요한 이성교제의 방식에 대해 님은 이상적인 모델을 가지고 있었던 것 같습니다. 그리고 그 모델은 어디까지나 님의 입장에서 만든 것이었지요. 아버님의 고상한 이미지를 훼손하지 않는 범위에서 아버님의 고독은 달래주며 가족 내의 기존 질서와 평화에는 위협이 되지 않는 형태에 머무는 교제.

그러나 사진 속의 여인은, 님이 생각하는 이상적인 모델과 맞지를 않았고, 그래서 님은 아버님에게 다가온 새로운 인연을 낙관적으로 보기가 힘든지도 모릅니다.

물론 아버님 신상에 어떤 변화가 있는지는 자식으로서 알 권리와 의무가 있다고 생각합니다. 그러나 아버님이 먼저 말씀을 꺼내지 않는 상황에, 님이 먼저 아는 척을 해도 되는 걸까요. 별별다방 손님들은 어떻게 생각하실까요?

… 아버님 스스로 말씀을 꺼내기 전까지는 지켜만 보십시오. 정히 답답하면 근황을 들을 수 있게 유도해보세요. 생각 없이 불쑥 말을 꺼내진 마세요.

… 그냥 지켜보는 것도 좋겠습니다만, 평소에 대화를 늘리세요. 대화가 많아지다 보면 자연스럽게 그 애기가 나올 수 있다고 봅니다.

당장 문제를 해결하겠다는 자세로 아버님을 다그치지는 말라는 것이 별별다방의 의견이었습니다. 급한 상황변화가 감지될 때까지는 지켜보시라는 의견, 그리고 아버님이 자연스럽게 이야기를 꺼낼 수 있도록, 대화로 친밀감을 높이라는 의견이 지배적이었지요. 부모와 자식 간의 문제에서 가장 근본적인 해결책이면서 동시에 가장 어려운 주문이 바로 그겁니다. 때가 될 때까지 기다려주는 것.

물론 상황을 비관적으로 보기 시작한 님으로서는, 지켜보는 시간이 초조하게 느껴질 수도 있습니다. 모르는 척 두고 보는 사이에 우리 아버님 신변에 무슨 일이라도 생기면 어떡하지? 실제로 별별다방 손님 중에는, 극단적인 사례를 들어 경고해주신 분도 계십니다. 들어볼까요?

… 저는 경찰관입니다. 그렇지 않기를 바라지만 이런 경우 사기범들의 의도적 접근일 때가 많습니다. 대상을 물색하고, 역할을 정해서, 도박이나 골프 사업 등 다양한 방법으로 속여 돈을 뺏으려는 것일 수 있습니다.

오싹한 기분이지만, 처음 듣는 얘기도 아닙니다. 드라마에서나 보던 범죄가 내 늙은 부모님을 과녁으로 하고 있다면 자식으로서 잠시도 지체할 수 없는 문제이지요. 그러나 그런 경우는 우리가 염두에 두어야 할 극단적 사례일 뿐, 아버님 연배의 남성들이 겪는 일반적인 경험은 아닐 겁니다. 그들에게 흔히 일어나는 일은 노인들 자신도 잘 알고 있다고, 별별다방 어르신들은 말씀하시네요. 70대 노인이 이성을 만나 외로움을 해소하는 방식이, 젊은이들의 연애와 같이 순수할 수는 없을 뿐이라고요. 외로운 삶에 활력과 의미를 불어넣어 주는 여인이라면, 그녀의 속셈쯤은 모른 척해줄 수 있으며, 선물을 바라면 선물을, 생활비를 바라면 생활비를 줄 수 있는 능력 있는 남자이고 싶다고 말씀하십니다.

… 애정 문제로 돈을 좀 썼다고 해도, 외로운 인생에 수업료 좀 냈다고 치면, 그리 노심초사할 일은 아닌 것 같습니다.

… 노인들이 다 꽃뱀에게 걸리는 것은 아닙니다. 노인이 여유가 있어서 젊은 여자에게 돈도 쓰고 외로움도 잊고, 성적인 즐거움도 누릴 수 있다면, 자식들이 걱정할 일은 아니지요.

님과 저 같은 자식 세대가 이 대목에서 다시 한번 생각해야 할 것이, 바로 노인의 고독입니다. 특히 홀몸이신 남성 노인들의 경우, 고독이 얼마나 깊고 고통스러우시면 이런 현실 타협적인 결론에까지 이르러 계신 걸까요? 그분들에게 있어서 황혼의 연애는 사랑이나 우정의 문제가 아닌 듯합니다. 관계의 본질이 어떠하든 지금 당장 나를 살아있다고 느끼게 해주는 내 곁의 사람일 뿐이지요.

지난 10년간 님이 걸어온 길은 요즘에 보기 드문 효부의 길이었습니다. 아버님이 생활하시기에 불편하지 않게 최선을 다해 돌봐드렸지요. 그러나 그런 노력만으로는 아버님의 외로움이 달래지지는 않았을 겁니다. 아내와 오랜 기간 행복한 결혼생활을 해 오신 분일수록 더 큰 상실감에 빠져듭니다. 많이 배우시고, 자신을 억제해 오신 분일수록 정서적인 배출구가 절실한 법입니다. 충분한 타당성을 갖춘 우려임에도 불구하고 님의 사연을 곡해하는 분들이 계셨던 것은 아마도 그 부분일 겁니다. 아버님이 외롭다는 걸 절실히 느껴왔다면서도 그 외로움이 저절로 사그라지기만을 바랐던 소극적 태도 말입니다.

장성한 자녀들은 결혼하라는 부모의 잔소리를 귀찮아합니다. 그러나 연로한 부모님들은 그와 반대이지요. 부모의 외로운 생활을 어쩔 수 없는 일로 치부해버리는 자식들을 서운해합니다. 오롯이 혼자서 감당하는 외로움 속에서 노인이 분별심을 지키기는 쉽지 않습니다. 무분별한 황혼 재혼이 집안의 고민으로 떠오르지 않게 하려면 부모님의 외로움을 해결하려는 자식들의 적극적인 노력이 필요한 게 아닌가 싶습니다.

지금부터라도, 님은 마음을 열고 아버님의 이성 교제를 바라보았으면 좋겠습니다. '사진 속의 여인'에 대한 경계심을 당장 해제하라는 뜻이 아닙니다. 지금 이 사람이 아니라면 다른 사람이라도, 아버님에게 꼭 좋은 짝이 생기기를 바라는 마음. 그 마음만 전해지면 아버님의 마음도 솔직하게 열리지 않을까요?

황혼의 로맨스?
자식들에게는 불륜남녀일 뿐

부모의 이혼과 재혼. 요즘은 드문 이야기도 아닙니다만, 그 과정을 직접 경험하는 자녀의 고충을 제3자는 다 알 수가 없을 테지요. 그리움 끝에 만난 엄마이건만, 엄마는 엄마이기 이전에 여자라는 사실을 아프게 깨달아야 하는 딸이 오늘 별별다방을 찾아주셨습니다. 어린 시절 그리움과 환상의 대상이던 엄마를 이제 있는 그대로의 모습으로 받아들이는 과정이 참으로 힘겹네요.

제 부모님은 제가 초등학교 입학하기 전에 이혼하셨습니다. 두 살 밑의 남동생과 저는 아버지가 맡아 키우셨고, 어머니와는 20년 가까이 만나지 못하고 살았지요. 어머니가 그리웠지만 찾아 나서기에는 너무 어린 나이였고 또 아버지와 친할머니 눈치가 보였었습니다. 워낙 어머니를 안 좋게만 이야기하시는 할머니 때문에 엄마에 대한 질문 한 번 해보지 못했습니다.

그러다 다시 어머니를 만나게 된 건, 아버지가 암으로 일찍 세상을 뜨신 뒤였습니다. 그때 저는 대학생이었고 남동생은 고등학생이었지요. 아버지도 없이 남동생까지 돌봐야 한다는 막막함에 어머니를 제 쪽에서 적극적으로 찾았습니다.

거의 15년 만에 만난 어머니는 지방에서 작은 식당을 운영하면서 혼자 살고 계셨습니다. 아버지도 평생 혼자 살다 가셨는데, 어머니 역시 혼자 힘겹게 살고 계신 걸 보니 참 씁쓸하더군요. 함께 살지는 않았지만 그때부터 우리는 어머니를 엄마로 부르며 어색하나마 정을 쌓아오기 시작했습니다. 엄마와 연락을 하며 지내보니 그동안 우리 삶이 얼마나 삭막했었는지를 알 수 있었습니다. 명절이나 생일 같은 때에 만나서 엄마라고 부를 수 있는 사람이 있다는 것, 그 전의 삶과는 비교할 수 없는 행복이었죠. 부자 엄마도 아니고, 그리 잘 된 자식들도 아니지만, 이제라도 만난 것에 감사하고 서로 의지하며 살기로 마음을 모았지요.

그 뒤로 10여 년. 그 사이에 저는 어른이 되었습니다. 졸업하고 직장 다니다가 결혼을 해서 아들도 하나 낳았습니다. 남동생은 끝내 대학 진학에는 실패했지만, 군대를 갔다 와서는 마음잡고 일을 배우고 있습니다.

그리고 어머니는 현재 만나는 분이 있으세요. 저도 말로만 듣고 있다가 올해 처음으로 인사를 드렸습니다. 한 번 만나본 것으로 다 안다고 할 수는 없지만 점잖은 인상의 신사분이셨어요. 저희 엄마가 쉰여덟이신데 엄마보다 열한 살 많으시더군요. 상처하신 지 5년 되셨고, 장성한 자식들은 모두 결혼해서 잘 살고 있고요. 엄마는 제 반응에 무척 신경이 쓰이는 눈치였지만, 저야 엄마만 좋다면 상관없었습니다. 다만 건강하신 분이면 좋겠고, 또 경제적으로는 쪼들리지 않는 분이기만을 바랬습니다. 평생 여자로서의 행복을 모르고 사신 분인데 노년에라도 푸근하고 안락한 생활을 하셨으면 싶었기 때문입니다. 그런 마음을 꿰뚫어보는 듯, 그분이 자랑 아닌 자랑도 하시더군요. 건강도 자신 있고, 재산도 있으시다고요. 뵙기에도 궁색해 보이는 분은 아니었습니다.

그러나 그 날 이후 저는 복잡한 기분에 사로잡혀서 불안한 날을 보냈습니다. 두 노인 양반이 하루하루를 재미나게 보냈으면 하는 바람, 동시에 정식으로 결혼하시는 게 과연 맞는가 어떤가 하는 생각을 했지요. 반대하는 건 전혀 아닌데, 일이 그렇게 순조롭게만 흘러갈까 싶은 막연한 불안감이었습니다. 그러다 얼마 전, 생각지도 못한 황당한 일을 겪으면서 불안감이 현실로 나타났습니다. 낯선 번호로 걸어온 전화를 한 통 받았는데, 웬 여자가 자신을 그 영감님의 딸이라고 소개하더군요. 놀라웠던 것은 저의 집 근처에 이미 와 있다는 거였습니다. 얼떨결에 나오라는 곳으로 나가보니, 저보다 나이가 열 살쯤 많아 보이는 여자 둘이 기다리고 있었습니다. 용건은 간단하고도 무례했습니다.

무조건 엄마를 설득해서 자기들 아버지와 헤어지게 해달라는 것이었습니다. 제가 이유를 물었습니다. 그러자 몰라서 묻느냐고 하더군요. 첫 번째 이유는 두 사람 사이가 명백한 불륜관계이기 때문이랍니다. 그들 어머니가 아직 살아 계실 때 처음 만난 사이이고, 어머니가 힘겹게 투병 중일 때 아버지가 집을 나가 불륜을 저질렀답니다. 그 스트레스로 그들 어머니 병세가 악화하여 일찍 세상을 뜨고 말았으니 불륜 중에도 가장 악질적인 불륜이라고 주장하더군요.

저는 두 분이 3년 전에 만나신 거로 알고 있다고 했더니 코웃음을 치더군요. 엄마에 대해 잘 모르느냐며, 이미 10년 전부터 그런 관계였다고요. 잘 믿기지 않았습니다. 어떻게 제가 전혀 모르고 있을 수 있었는지요.

그리고 두 번째 이유는 말도 안 되는 수준 차이 때문이랍니다. 그들은 자기네가 얼마나 많이 배우고 많이 누려온 사람들인지를 설명해주더군요. 그야말로 잡초처럼 겨우겨우 살아온 우리 모녀와는 판이한 다른 세계 사람들이더군요. 그제야 옷차림부터가 저하고는 격이 다르다는 게 눈에 들어왔습니다.

야단을 맞듯, 그렇게 혼쭐이 나고 저는 어안이 벙벙한 채로 돌아왔습니다. 엄마한테 물었더니, 긍정도 부정도 안 합니다. 그저 모른 척해달라며 한숨만 쉽니다. 그러나 모른 척하기도 쉽지 않네요. 그 여자들로부터 수시로 전화가 걸려오는데, 저는 그 전화를 맘대로 받지도 못합니다. 사실 남편과 시집은 저희 부모님이 과거에 이혼한 사실은 모르고, 아버지가 일찍 돌아가신 줄로만 압니다. 장모님도 좋은 분 만났으면 좋겠다고 말하곤 하는 남편에게 지금 돌아가는 상황을 알게 하고 싶지는 않습니다. 그러나 전화기를 꺼놓고 있자니 좌불안석입니다. 집 주소까지 다 알고 있던데 언제 우리 집 벨을 누르고 쳐들어오지나 않을까 싶어서요. 심지어는 저의 남편도 함께 만나서 두분 관계에 대한 대책을 세우자며 협박 아닌 협박을 하고 있습니다. 장모도 부모인데, 부모가 어떤 행동을 하고 다니는지 자식이 알아야 할 거 아니냐고요. 남편이 이 일을 알게 되어도 할 수 없다고 머리로는 생각하면서도 상상만 해도 너무 부끄럽고 창피하네요.

좀 더 깔끔하게 살아오지 못한 엄마에 대한 실망감도 크고, 이럴 때 무조건 엄마 편이 되지 못하고, 엄마라는 존재가 새삼 부담스럽게만 느껴지는 저 자신도 싫네요. 떨어져 산 세월이 너무 길었던 걸까요? 솔직히 제 앞가림이 먼저네요. 참 나쁜 딸이지요. 그리고 무엇보다 우리 모녀를 보던 그들의 시선에 상처를 받았습니다. 수준이 그렇게 높다는 이들이 협박과 공갈을 일삼을 수 있는지요. 저는 그런 사람들과 가족으로 엮이고 싶은 마음 추호도 없습니다. 다만, 그리 아름답지는 못한 출발이었다 해도, 현재 두 노인 양반이 서로 정이 좋으시다면 그걸로 족할 수도 있지 않나요. 젊은이들처럼 이것저것 다 따질 순 없지 않을까요? 저를 뻔뻔한 불륜녀의 딸로만 모는 그들과, 무조건 모르는 척해달라는 엄마 사이에서 저는 어떤 행동을 취해야할지 고민입니다.

벌벌다방으로 오세요!

황혼 재혼을 둘러싼 부모와 자식 간의 갈등은 대개 유산 상속과 새 배우자에 대한 처우 문제인 경우가 많습니다. 이미 성년이 된 자녀들은, 외로운 부모님이 새 배우자를 만나 여생을 함께하시는 자체에는 찬성합니다. 그러나 부모님, 특히 아버지의 새로운 동반자가 원가족의 틀을 깨거나, 혹은 이기적인 목적만을 추구할 것을 자녀들은 우려하지요. 또한 자식의 그러한 우려를 아버지는 노여워하시고요. 아마도 우리가 아는 가장 흔한 황혼 재혼 고민은 그런 것일 겁니다.

그런 사연들 가운데에서, 님의 사연은 우리에게 황혼 재혼의 또 다른 한 축을 생각하게 했습니다. 어머니의 재혼은, 아버지의 재혼과는 조금 다른 이야기일 겁니다. 더구나 어린 시절 헤어져 살다가 성장해서 만난 어머니이고, 지금껏 힘든 삶을 이어오고 계신 분이십니다. 엄마가 여자로서 행복을 느낄 수만 있다면, 다른 문제는 아무것도 따지지 않겠다는 님의 입장, 충분히 이해가 갑니다. 어쩌면 부모님의 황혼 재혼을 바라보는 자녀의 시각은 그래야 마땅할지도 모르지요.

그러나 황혼 재혼도 결혼인 이상, 결혼의 속성을 얼마간 지니게 됩니다. 두 사람의 감정과 의지 이외에 양쪽 집안의 결합이기도 합니다. 한쪽이 반대하면 수월하게 성사되기 어렵지요. 또한, 부모가 반대할 때보다, 자녀가 반대할 때 그 양상은 더욱 복잡해질 수 있습니다. 자식 이기는 부모 없다고, 부모님 반대는 세월과 함께 수그러들기도 하지만, 자녀의 반대는 이기적인 계산을 토대로 하는 경우가 많기에 법률적인 문제로 이어지기도 하지요. 게다가 님의 어머님 경우에는 '불륜'이라는 멍에가 덧씌워져 있습니다. 그쪽 자매의 말이 어디까지 진실인지는 모르겠습니다만, 어머니가 투병 중일 때 아버지가 부정하게 인연을 맺은 여자라면 어머니 사후에도 좋은 감정으로 수용하기는 어려울 것이라는 게 별별다방 손님들의 의견이었습니다.

… 입장 바꿔 생각해보세요. 어머니가 투병 중이라 온가족이 힘든데, 아버지는 밖으로 돌며 열 살 연하의 여인과 연애에 빠졌다면? 저는 아버지를 도저히 용서 못 할 것 같습니다. 방식은 비겁했지만, 그쪽 집안 자식들 이해가 갑니다.

만일 그 쪽 자매가 별별다방에 사연을 보냈다면 어땠을까요? 아버지의 불륜과 재혼을 절대로 용납하지 말라는 조언이 대부분일 겁니다. 황혼의 행복을 위해서는 능력 있는 재혼상대를 찾는 것도 중요하지만, 주위의 인정을 받는 떳떳한 출발이 우선입니다. 자칫하다가는 마음 고생만 하다가 빈손으로 밀려나게 될 수도 있다는 거죠.

그러나 그쪽 자녀들이 그렇게 적극적으로 반대하는 이유는 유산

상속에 대한 계산 때문이라는 의견이 더 많았습니다. 아마도 그 두 가지 이유가 섞여 있겠지요. 현실적인 이유에 감정적인 앙금까지 더해졌으니 그들의 행동에는 거칠 것이 없어 보이네요.

사실 님에게는 아무런 책임이 없습니다. 어머니와 그분의 관계를 알고 있었든 모르고 있었든 그들이 님을 성가시게 할 근거는 전혀 없습니다. 그리고 근본적으로 책임이 없는 가족을 찾아와서 명예를 훼손하고 협박을 한다는 것은 자칭 수준 있는 사람들이 할 짓이 아니지요. 손님들은 이렇게 말씀하시네요.

> … 님은 걱정하실 거 하나 없습니다. 귀하의 인생이 아니고 어머니의 인생입니다. 어머니가 좋다고 하시는 대로 격려해드리세요. 또한, 그쪽에서 어떤 형태로든 접촉해오면, 그쪽 집안일은 알아서들 해결하라고 하세요. 아버지를 설득하든지, 반대하든지.

> … 남편은 남의 편이 아니고 님의 편입니다. 잠시 부끄러운 마음이야 당연하지만, 남편이 사실을 알게 되면 오히려 님에겐 힘을 더해줄 거예요. 만약 님과 장모를 비웃고 비협조적으로 나온다면, 친정엄마보다 남편이 더 큰 문제인 셈이죠.

남편이 알게 될까 봐 꺼려지는 그 마음은 충분히 이해하지만, 그런 사람들에게는 일관되게 냉정한 대응을 하는 수밖에 없습니다. 지금으로서 님의 대응책은 그것뿐인 듯합니다. 나머지 결정은 어머니에게 맡겨야지요. 물론 가족으로서 대화를 통해 의견을 낼 수는 있지만, 어머니의 선택을 책임질 수는 없으니까요.

어머니의 황혼 연애는 어쩌면 떳떳하지 못한 인연으로부터 오늘까지 이어져 왔는지도 모르겠습니다. 자식으로서는 실망스러울 수밖에 없는 현실입니다. 그러나 '불륜'이 됐든 '부정'이 됐든, 노년에 맺어진 인연이었던 만큼 정상을 참작해드려야 하지 않을까요? 황혼의 인연은 말하자면 제2의 인연입니다. 첫 번째 인연과 두 번째 인연을 연결하는 매듭이 어떤 모양이 될지는 누구도 자신할 수 없습니다. 가족들에게 분노와 상처를 준 사실을 인정하되, 두 분의 인연에 대해서만큼은 죄의식을 갖지 않으셔도 될 것 같습니다. 어쨌거나 지금은 양쪽 배우자가 모두 돌아가신 상태잖아요.

혼인신고나 동거 여부 등, 두 분이 어느 선까지의 결합을 택할지도 두 분의 자유로운 선택에 맡겨야 한다는 생각입니다. 다만 그쪽 자녀들이 민감하게 반응하고 있는 재산의 분배 문제는 지혜로운 타협안이 얼마든지 도출될 수 있겠지요. 사랑만으로 현실을 돌파하려는 젊은이는 그 순수한 무모함이 아름다워 보이기도 합니다. 그러나 노년의 사랑은 다릅니다. 주위를 배려하고 포용하는 노년의 여유와 지혜를 보여줄 때, 두 분의 소중한 감정을 인정받을 수 있다고 봅니다. 아마 이번 일로 어머니도 고민이 많으실 텐데, 곁에서 붙잡아드리세요. 어머니의 마지막 인연이 행복한 결말을 맞을 수 있도록 말입니다.

별별다방으로 오세요!

펴낸날 초판 1쇄 2015년 7월 1일 | 초판 2쇄 2015년 7월 20일

지은이 홍여사

펴낸이 임호준
이사 홍헌표
편집장 김소중
책임 편집 김송희 | **편집 3팀** 윤혜민 김은정
디자인 왕윤경 김효숙 | **마케팅** 강진수 임한호 강슬기
경영지원 나은혜 박석호 | **e-비즈** 표형원 이용직 김준홍 최승현 류현정

일러스트 김한걸 · 조선일보 기자 이철원
인쇄 (주)웰컴피앤피

펴낸곳 북클라우드 | **발행처** (주)헬스조선 | **출판등록** 제2-4324호 2006년 1월 12일
주소 서울특별시 중구 세종대로 21길 30 | **전화** (02) 724-7632 | **팩스** (02) 722-9339

ISBN 979-11-86512-98-2 03810

• 이 도서의 국립중앙도서관 출판예정도서목록(CIP)은 서지정보유통지원시스템 홈페이지(http://seoji.nl.go.kr)와
국가자료공동목록시스템(http://www.nl.go.kr/kolisnet)에서 이용하실 수 있습니다.(CIP제어번호: CIP2015016584)

• 북클라우드는 독자 여러분의 책에 대한 아이디어와 원고 투고를 기다리고 있습니다.
책 출간을 원하시는 분은 이메일 vbook@chosun.com으로 간단한 개요와 취지, 연락처 등을 보내주세요.

북클라우드는 건강한 마음과 아름다운 삶을 생각하는 (주)헬스조선의 출판 브랜드입니다.